講談社文庫

新装版

検察捜査

中嶋博行

講談社

目次

新装版

検察捜査

プロローグ　危機

冬の陽光が、高層までつらなる窓ガラスに反射し、巨大なビルはまぶしい光に輝いていた。検察法務合同ビルは霞《かすみ》が関《せき》の官庁街を威圧するようにそびえている。周囲には裁判所の合同庁舎、日本弁護士連合会の会館や法曹《ほうそう》会館が建ちならび、このあたりはわが国の司法制度の中心区域になっていた。

東京高検の司法部長森本幸雄《もりもとゆきお》は検察合同ビル最上階ちかくの会議室で部屋に背を向け、窓際《まどぎわ》に立っていた。二重に合わせた強化ガラスをとおして、地上には三車線の広い道路が見える。この会議室から見ると十九階建ての裁判所も新しい弁護士会館も上から見おろす形になる。森本はこの眺《なが》めが好きだった。検察庁が無力な裁判所や無能な弁護士会の上に君臨しているのだ。しかし、今日は、裁判所の灰色の建物や弁護士会のちっぽけな会館を見おろしても、先ほどからつづいている陰鬱《いんうつ》な気分を解消することはできなかった。

森本は窓ガラスから視線をはずすと部屋の方に向きなおった。二十人あまりの検察官が一斉《いっせい》に森本を見た。広い会議室の中央には合成材でつくられた楕円形《だえんけい》のテーブルがあり、その周囲に二十人ほどの東京高検管轄《かんかつ》内の検察官がすわっていた。他に法務省の人事担当者も出席している。森本は重量感のあるテーブルの正面に立ち、いずれも冴《さ》えない表情をしている部下の検察官を見わたした。

「おまえらは検察庁をつぶそうとしているのか、それとも単に脳死しているのか、そのどちらかだ」

何人かの検察官が反発する視線を向けたが、大部分の者は萎縮《いしゅく》したように顔を伏《ふ》せた。

「検事の数が足りず、ただでさえ事件に追われているときに、おまえらを事件捜査からはずして司法修習生に張りつかせていたのはいったい何のためだ」

彼は言葉を切った。頰肉《ほほにく》を削《そ》ぎ落としたような精悍《せいかん》な顔に侮蔑《ぶべつ》の表情が浮かぶ。部下は誰もが黙ったままで、森本も答えは期待していなかった。各地検から抜擢《ばってき》された若手の検察官に特別な使命が与えられ、彼らは、全員、その任務に失敗した。そして、この会議が開かれている。

検察庁は数年前から未曾有《みぞう》の危機に直面していた。危機の原因は、ある意味でバカげたものであったが、同時に本質的なものでもあった。新任検察官の人数が激減しているのだ。

検察官は司法官としての性格から、裁判官や弁護士と同じように司法試験に合格した司法修習生の中から任命される。その司法修習生の中で検察官志望者は長年にわたって低落傾向をたどり、いまでは極端に少なくなっていた。定年退官者以外に各地の地検で弁護士に転出する者が続出して、人員の減少は組織的危機をまねく段階に来ている。現在、公判請求事件は年間二十万件にちかづいており、これら絶えまなく発生する膨大《ぼうだい》な事件処理には、最低限、全国で千二百人の検察官が必要とされていた。

昨年、すでにこのボーダーラインを割り込んでいる。地方都市ばかりでなく東京地検や大阪地検など大規模な検察庁でも定員割れが恒常化していた。最高検察庁の要請で法務省から有能なテクノクラートが派遣《はけん》されて、各支部の統廃合や広域捜査体制の導入をはかり、全国の地検で省力化を徹底させた。うつべき手はすべてうってある。これ以上の省力化は物理的にも人的にも不可能だった。とにかく新任の検事を獲得しなければならない。裁判官志望の修習生を片っぱしから引きぬき、検察庁に取り込む必要があった。一年前の全国検事長会議では、新任検察官の確保に関するプログラムが構造汚職の摘発や重要事件の合議を押し退けて緊急の課題となった。プログラムと予算が決まり、若手を中心に全国の地検から司法修習生担当の検察官が選出された。

彼らの任務は大量の新任検事を一挙に誕生させることだった。

彼らは、実務修習で全国に散らばった司法修習生に張りつき、手足をとるようにして面倒をみて、検察官の魅力を語り、時々、控えめな口調で裁判所の悪評を流した。検察庁幹部は自分たちの誇り高い官庁の未来が今回のプログラムの成否にかかっていることを十分に理解していたから、とぼしい人数にもかかわらず、このプログラムのために全国で検察官総数の一割の人員を投入した。しかし一年をすぎて、結果は明白だった。卒業する司法修習生の中で検察官志望者は飛躍的に増えるどころか、再び劇的に減少した。

検察合同ビル南側の広い窓からは冬のやわらかい日ざしが部屋の中にそそぎ込んでいた。しかし、会議室には冷たい緊張が張りつめている。この日、全国八ヵ所の高等検察庁では司法修習生担当検事を集め、プログラムの総括《そうかつ》会議が開かれていた。いまや状況は深刻だった。有罪率九九・九八パーセントを豪語し、精密刑事司法の要《かなめ》を占める検察庁が、肝心の検察官の不足によって組織の存立を脅《おびや》かされている。バカげた話だが、笑える状況にはなかった。そのことは、この会議に参加している全員がよく分かっていた。

「東京高検管轄内の任検《にんけん》予定者ですが」法務省から出席している人事担当者はテープ

ルから数枚のコピー用紙をとりあげた。

「東京で実務修習をおこなった司法修習生のうち検察官志望者は六名となっています」

森本は立ったままの姿勢で報告を聞いていた。東京で実務を学んだ修習生は三百人を超えている。三百分の六——彼はテーブルの左側に固まっている東京地検の連中をにらみつけた。

「次に横浜、ここはゼロです」法務省の官僚はコピー用紙を目で追った。

横浜地検からは女性検察官が出席していた。森本は視線をわずかに動かし、表情を殺してすわっている二十代後半の女性を一瞥《いちべつ》した。横浜修習の人数も七十人は超えていたはずだ。外見だけは知的に装っているが、無能な女だ。彼は自分のために用意された革張《かわば》りの椅子《いす》を手前に引くと深々と腰をおろした。

「浦和、ゼロ」

「千葉、ゼロ」

「前橋、ゼロ」

「水戸、三名」

「静岡、ゼロ」

報告は淡々とつづいていった。ゼロがならび、ときたま数字が挙がっても、到底、最上階にいる検事総長が聞いて喜ぶような数ではなかった。

「……東京高検管轄内の司法修習生は四百八十七名、その内、任検志望者は合計十二名。男性九名、女性三名。以上です」縁《ふち》なしの眼鏡《めがね》を鼻先にかけた法務省人事担当者は、官僚的な几帳面《きちょうめん》さで報告を終え、森本の方を向いた。

「すばらしい。修習生が四百八十七人もいて、われわれが獲得できたのはたったの十二人だ」

森本は大げさに肩をすくめると、リクライニングのきいた椅子から身を乗り出した。

「これで、今年、検察官総数が千百人を切ることはまちがいない」

会議室の中は死のような静謐《せいひつ》に閉ざされた。エアコンの低いうなりが壁の内側から響いている。二十人あまりいる出席者のほとんどは配付された数枚の資料に目を落とし、とっくに読み終えているにもかかわらず、そこから顔を上げようとはしなかった。

「千百人でいったい何ができる。われわれは公判請求事件だけで年間十九万件も抱えている。そのうちの半分を副検事に任せても、これからは、検察官ひとりで、百件ちかい事件を処理しなければならない。三年も経《た》たないうちに検察庁はパンクするだろう」

森本は、いったん言葉を切って、部下を見わたした。先ほどから彼の方に顔を向けているのは二、三人だけで、大部分の者が顔を伏せて、死刑宣告のとおり過ぎるのを待っていた。彼らに反論などあり得なかった。

「断っておくが、私は残業時間が長くなることを話しているのではない。それはおまえら自身が心配することだ。問題はもっと根が深い」森本はテーブルの上で両手を組み合わせた。

「今後、事件数はわれわれの処理能力を超えて裁判に係属する。弁護側がそれを待っているのだ。あいつらは全国の裁判所で攻勢に出てくるだろう。国選、私選を問わず、弁護人が機会あるごとに逮捕、勾留《こうりゅう》の適法性や自白調書の任意性をあげつらって、騒ぎだすに決まっている。しかし、われわれにはいままでは補充捜査に割《さ》ける人員はいない」

森本の声には危機感がにじみ出ていた。

「とんでもない事態が明日にでも起きようとしている。検察が裁判で敗北し、これまで〇・〇二パーセント以下だった無罪率が爆発的に増えるおそれがある。そうなれば、検察の公訴権《こうそけん》に対する信頼が揺らぎ、われわれがこれまで積み重ねてきた刑事司法に対する優越的な支配も、終わりだ」

彼は椅子を背後に押して、ゆっくりと立ち上がった。上背があり、がっしりとした東京高検の幹部検察官は、冷たい視線で部下を見おろした。

「われわれには、優秀でやる気のある新任の検事が、それも大量に必要だったのだ。とくに、残っているのが無能なやつばかりの現状ではな。大体、おまえらを一年間、司法修習生に張りつけにしておくために、各地検でどれだけの予算と事件捜査のやりくりがおこなわれたかを知らないはずはないだろう。その結果が……」

「そんなに修習生が欲しかったら、特捜部に政治家を二、三人逮捕させたらどうですか」突然、広いテーブルのすみで、よく通る女性の声が上がった。

森本は唐突に自分の話がさえぎられて面喰《めんく》らった。彼は怒りの感情も忘れて声の方を見た。ショートにした髪、利発そうな瞳《ひとみ》の若い女性がこちらを向いていた。横浜地検の女性検察官は森本のいぶかしげな視線を受けても物おじする様子もなく言葉をつづけた。

「特捜が活躍すれば、検察の人気が上がって、単細胞の修習生がどっと任検《にんけん》してきますよ」

周囲で何人かの検察官から失笑が起きたが、彼らは東京高検の上司がにこりともしていないことに気づくと、たちまち口を閉ざした。

「きみは？」森本はおだやかな口調で訊《たず》ねた。

「横浜地検の岩崎《いわさき》です」

「いいかね、特捜部の活躍でわれわれが必要とするだけの司法修習生を集めるには国会議員を半分は逮捕しなければならないだろう。状況はそれほど深刻になっている。きみの形のよい頭の中にはいったい何が詰《つ》まっているんだ」

岩崎が何か言いかけたが、森本は手で制した。

「私は、くだらないことで議論するつもりはない」森本は冷ややかな態度で、反抗的な女性検察官の存在を黙殺した。しかし、思いがけない横槍《よこやり》に、森本の気勢は削《そ》がれ、彼は部下の失敗を叱責《しっせき》するきっかけを急速に失っていた。

「今日づけの辞令で、全員を司法修習生の担当からはずし、通常の事件捜査に戻す。おまえらに何かを期待していいものか自信がないが、各地検で配点された事件の解決に全力をつくして、検察の力量を少しでも世論にアピールするんだ」森本はそれだけを言うと腰をおろし、椅子の中で脚《あし》を組んだ。

会議は各地検からの個別報告に移った。報告はいずれも失敗の総括《そうかつ》であり、まったく意気の上がらないものとなった。森本は報告を聞きながら、頭の中では別のことを考えていた。東京高検管轄内を主戦場にして、刑事司法の覇権《はけん》をめぐるたたかいが始まろうとしていた。

これまでは、検察が訴訟《そしょう》手続のあらゆる場面で弁護側を圧倒し、同時に裁判所に対するにらみもきいていた。司法制度の枠組も同じだった。検察庁は法務官僚の援護を受けて、裁判所や弁護士会を押さえ込んできたのだ。しかし、今回の組織的な危機は、これまでの優劣関係を激変させるおそれがあった。森本の内部に苦々しい感情が広がった。われわれの法廷で、金のためならば喜んで悪魔の下僕《しもべ》にもなる弁護士に好き放題をさせるわけにはいかない。その点では、世間知らずの裁判官に何を期待しても無駄《むだ》だ。彼らはこれまでどおり法壇におとなしくすわっていればいい。

森本の関心は、いま会議室でだらだらとつづいている報告ではなく、今後、予想される法曹界《ほうそうかい》での激烈な攻防にあった。彼は背中を椅子にもたせかけ、脚を組みなおした。彼の視線は、岩崎と名乗った横浜地検から来た検察官の目と合った。森本は、彼女の端正《たんせい》な顔を凝視《ぎょうし》しながら、今回の責任問題について何も言及しなかったことを思い出した。当然、次の異動時期には、この生意気そうな女性検事も他の同罪者も全員を東京高検管轄内から放逐《ほうちく》するつもりだった。

第一章 事件

1

男は、自分の足もとに倒れている老人の死体を強く蹴《け》り上げた。衝撃で小柄な身体《からだ》がわずかに持ち上がったが、反応はない。まちがいなく絶命している。細い手足は折れまがり、うすい頭髪の下の顔は苦悶《くもん》の表情のままで凍りついていた。老いぼれのくせに、意外にタフなやつだった。年老いた小さな身体に似合わず、老人が見せた頑強《がんきょう》な抵抗は、襲撃者に強い印象を与えていた。男は慎重な足どりで死体から離れると、部屋の中を見わたした。狭い書斎は男によって荒らされ、あらゆる物がひっくり返っていた。机の上に転がっている銀枠の置き時計は午前一時三十七分をさしている。

男は脱ぎすててあった厚手のアノラックに腕をとおすと、目もとまで被《おお》うフードを頭からかぶった。彼はドアのわきのスイッチを切って、書斎の明かりを消し、廊下《ろうか》に出た。薄暗い廊下の先に玄関の外灯《がいとう》がぼんやりと光っている。用心のために、乗ってきた車は家から離れたところに停めてあった。このあたりは閑静な住宅街で、二月のこの時間、誰かに目撃される心配は考えられない。それでも、古びた玄関のガラス戸を開けるとき、男は緊張で手が汗ばむのを感じた。わずかに開けたガラス戸の隙間《すきま》から冬の冷たい風が吹き込んでくる。路上には建物の暗い影が伸びて、それが住宅街のはずれまでつづいていた。男はその影の中に身を置くと、足音を立てないようにして老人の家から離れていった。

その日の早朝、内閣法制局の秘書官を乗せた公用車は、定刻より少し遅れて横浜市にある西垣文雄《にしがきふみお》の家に到着した。しかし、玄関先に西垣の姿は見えなかった。西垣は普段《ふだん》、迎えの公用車が来る前から身なりをととのえて表に出ていた。秘書官が車から降りて玄関のインターホンを押した。呼び出しのボタンを押しつづけても家の中からは何の応答もない。不審に思った秘書官は玄関のガラス戸を開けて、中の様子をうかがった。家の中は静かで、人の気配がなかった。半開きになっているドアが秘書官の注意を引いた。彼は靴《くつ》を脱ぐと、きしんだ音を立てる廊下《ろうか》を歩いて奥のドアにちかづいていった。部屋に足を踏み入れた瞬間、秘書官はよろめくようにあとずさった。乱雑に散らかった部屋の中央に西垣文雄が仰向《あおむ》けに倒れていた。死んでいることはすぐ分かる。秘書官を震《ふる》え上がらせたのは死体の形だった。四本の手足は別々の方向にねじれ、首も背中の方にまでまがっている。折れまがった首の上から西垣の顔が秘書官をにらんでいた。その顔は、自分の身体に加えられた理不尽なあつかいから生じる激痛にゆがんでいた。

秘書官は震えながら電話を探した。しかし、警察に通報する直前、彼の心にためらいが走った。官僚的な自己防衛の直観がはたらき、彼はまず自分の所属官庁に連絡をとった。法制審議会委員、西垣文雄の死は、内閣法制局から警察庁に知らされ、そのあとで神奈川県警に報告された。

「わたしは脳死しているそうよ」岩崎紀美子《きみこ》は黒のハーフコートを机の上に放り投げると自分の椅子《いす》にすわり込んだ。

検察事務官の伊藤《いとう》がいれたてのコーヒーを岩崎にわたし、そのまま彼女の机の縁《ふち》に腰を乗せた。

「それでも、心臓が動いているだけましでしょう。こっちは検事が東京に行っている間に心拍停止の状態ですよ。これじゃ人工呼吸でもしないかぎり助かる見込みはないな」

「どういうこと」岩崎は、事務官の角張った顔を見上げた。

「横浜地検もいよいよ末期症状だっていうことです。公判部《こうはんぶ》の望月《もちづき》検事、あの人も今月末で辞めるみたいですよ。表向きは実家の両親が高齢で、一緒《いっしょ》に住んで面倒をみるとか言ってますけど、でも、あの人の実家には前から長男夫婦が住んでるって話じゃないですか。まったく誰の面倒をみるんだか」黒縁《くろぶち》の眼鏡《めがね》をかけ、今年三十一歳になる伊藤は顔をしかめた。

「もちろん、弁護士になって自分の面倒をみるのよ。去年の吾妻《あづま》さんにつづいて、またたヤメ検《けん》の弁護士誕生ね」

「岩崎検事はどうなんです。もっぱら、辞めるって評判ですけど」伊藤が疑いの視線を岩崎に向けた。岩崎は椅子から身を乗り出すと検察事務官の短く刈《か》り込んだ頭をぽんぽんとたたきながら言った。

「伊藤くん、前から話してるでしょう。わたしが検察官を辞めるときは、お金のためでもなく、仕事に飽《あ》きたからでもなくて、いい男が現れたとき」

「これも前々から言ってますが、ぼくなんかどうです」

「きみは駄目《だめ》。わたしより背が低いから」岩崎はにっこりと微笑《ほほえ》んだ。

「そういう性格、直した方がいいですよ。ただでさえ小生意気に見えるんだから」伊藤は、三歳年下の女性検察官を見ながら、再び顔をしかめた。そのあとで思い出したように訊《たず》ねた。

「ところで、今日から私たちは何をやるんです」

岩崎と伊藤のチームはこれまで事件捜査を離れ、司法修習生の面倒をみる日々に明け暮れていた。

「さあ、昨日、修習生の担当をクビになったばかりだから、知らない」岩崎は両手を頭の後ろで組んで椅子の背にもたれかかった。彼女の脳裏に東京高等検察庁での会議の記憶がよみがえった。権威主義者の森本のような人間が幹部に居座《いすわ》っている限り、検察庁の未来は暗い。

それにしても……、岩崎はため息をついた。横浜から新任の検察官がゼロというのにはショックを受けた。彼女は裏切られた気分だった。少なくとも五人の修習生が「絶対、検察官になります」と誓い、その倍くらいの人数が「前向きに考えてみます」と調子のいいことを言っていた。それが、最後の土壇場《どたんば》になって、全員、裁判官や弁護士に転向してしまった。

復讐《ふくしゅう》してやる。岩崎は、バカづらをした裏切者の修習生を思い浮かべ、いつか連中を法廷で切りきざんでやろうと心に決めた。彼女はコーヒーカップを手に取った。白いカップに口をつけながら、岩崎は机の上に乗せられた伊藤の腰に目をやった。

「いいかげん、その色っぽいお尻《しり》をわたしの机からどけてくれる」

「これはすみません」伊藤は検察官の机から降りると、横にある自分の机の上にすわった。

「今回のリクルートが失敗したことに関して、その後の庁内情報は」岩崎が訊《たず》ねた。

「ろくでもないものばかりですね」伊藤は眼鏡をはずすとティッシュペーパーでレンズを拭《ふ》いた。レンズを顔の上にかざして汚れのないことを確かめる。

「検事正はずっと不機嫌のままです。最近では、岩崎検事を僻地《へきち》の支部に左遷《させん》して、二度と横浜に戻って来れないようにしてやると公言していますから、よっぽど頭にきているのでしょう。実際には、四月の異動で飛ばされるのは自分の方なのにね。更迭《こうてつ》されるという噂《うわさ》ですよ。それに比べて、主席は私たちに同情的です」

「同情的……」岩崎が聞き返した。

「ええ。もっとも検事正のように口汚くは罵《ののし》らないという程度の同情ですが。まあ、主席は内心、期待しているんじゃないですか。検事正が失脚すれば、序列からいって、当然、主席にチャンスがまわってくる」

「あの主席がチャンスをものにできるかどうかは、ちょっとあやしいわね。それに佐伯《さえき》さんは定年がちかいでしょう。いまから出世に意欲を燃やしても遅いんじゃないかな」

横浜地検のナンバー2、佐伯主席検事はどちらかというと検察内でしのぎを削《けず》る権力闘争に敗北した人間だった。やっと主席になれたのも定年を間近に控えた去年のことだ。この後、検事正や高等検察庁の検事長になれる見込みはほとんどなかった。背は高いが、線は細く、いつも庁内を猫背《ねこぜ》で歩いている。主席が同情的でも、岩崎にはあまり頼りにできる後ろ楯《うしだて》とは言えなかった。

「他の検察官はどう。ショックは大きい？」岩崎は同僚たちのことを訊ねた。

「気にすることもないですよ。みなさん、それどころじゃないでしょう。吾妻検事、望月検事と、こうもつづけて辞められては、自分のことで精一杯で、修習生のことを考えてる余裕なんかありませんよ。このまま検察庁に残るか、それともさっさと辞めて割りのいい弁護士になるか。私が検事だったら……」

「どっちを選ぶの」

「もちろん、後者ですよ」伊藤は当然のことだというようにうなずいた。

「やっぱりね。そう言うと思った。でも、弁護士ばかりが増えたら過当競争になってしまう。そのうち、日本でもアメリカみたいに失業弁護士が生活保護を申請するようになるんじゃない。いまだって東京の弁護士は飽和《ほうわ》状態にちかづいているでしょう。

だから……」

電話のベルが鳴り、岩崎の話は中断された。伊藤は机の上にすわったままの姿勢で、器用に身体をひねって受話器をとった。

「はい、岩崎検事係です」伊藤が通話口に向かって答えた。

「はい。どうぞ。つないで下さい」彼は保留のボタンを押し、岩崎の方を見た。

「主席からです」

岩崎は目の前の受話器を取ると、電話本体のボタンを押して保留状態を解除した。

「はい、岩崎です。……はい、……分かりました。いまからうかがいます」

会話はすぐに終わり、岩崎は受話器を置いた。

「主席、何ですか」伊藤が興味を示して訊ねた。

「部屋に来いって。急の呼び出しなんて変だと思わない。同情の言葉でもかけてくれるのかしらね」


横浜地方検察庁の九階建ビルの中で二番目に広い主席室は八階フロアーにあった。主席検事の執務室は、五階にならぶ検事オフィスが丸ごと三つは入りそうな広さだった。ただし、最上階にはもっと広い検事正の執務室があって、直属の事務官の部屋も含めると小柄な検事正のために用意されたスペースは九階フロアーの半分以上を占めていた。

主席検事の佐伯敬一《けいいち》は、岩崎を応接室の方に招いた。主席の部屋は、執務室の一角を区切って応接室が作られ、そこに革張りの大型ソファーとガラス製の低いテーブルが置かれていた。

佐伯は岩崎の正面のソファーに腰を下ろすと、いつもの癖《くせ》で背中を丸めるようにしながら、彼女の方を見た。

「今回の新任検察官の件は残念だった」

岩崎は話の方向がつかめないため、わずかにうなずいて、主席が先をつづけるのを待った。自分のこういう態度が上司には生意気に見えるのかも知れない。

「この一年間、きみと事務官の伊藤君には修習生の面倒で苦労をかけた。ただ、結果がゼロでは、残念ながら、よくやってくれたとは褒《ほ》められない」佐伯は首をふった。

彼女の瞳《ひとみ》に警戒の色が浮かんだ。どうやら、あまり同情的な言葉は期待できそうもない。主席の話しぶりは、東京高検の森本の悪罵《あくば》をオブラートで包んだような言い方だった。

「大体が」佐伯の口調が強まった。

「マスコミは、検察の人気も地に落ちたとか勝手なことを騒いでいる。新聞の連中はどうしてこうもバカぞろいなのかね。私には理解できないよ。検察官の人気がないという評価も、彼らの偏見だな。ためしに、いま、わが国で検察官になりたいと思っている人間を募《つの》ったら、どのくらいいると思う。まちがいなく何千人になるはずだ。検察官の給料は一般の公務員よりずっと高いことを知れば、この数は何万に増えるだろう。いまは不況が続いているから、優秀な人材が検察庁に集まってくる」そこまで言って、佐伯の口調は弱まった。彼は肩をすくめた。

「しかし、現実には、検察官になるためには、まず司法試験に合格しなければならない。そして、司法試験に受かれば、検察官だけではなく裁判官や弁護士にもなれる。そうなると、司法修習生は目移りして、金の儲《もう》かる弁護士や自分で判決を下せる裁判官に流れてしまう。いまの危機は、検察の絶対的な人気がないのではなく、司法修習生という狭い社会での問題が原因になっている。それを、新聞が煽《あお》っているんだ。われわれにとってはずいぶんと迷惑な話じゃないか」

岩崎の目には、次第に不審の感情が起きてきた。主席は岩崎に対する遠まわしの叱《しっ》責《せき》から、いつのまにかマスコミ批判に向かっている。主席はこのようなことを言うためにわざわざ自分を呼んだのだろうか。

「今朝《けさ》、来てもらったのには理由がある」佐伯は、部下の不審の念を感じとったように用件を切り出した。

「やっかいな事件が起きた」

彼は前かがみにしていた上半身を起こして、話をつづけた。

「今日の早朝、横浜市内で死体が発見された。死んでいたのは西垣文雄だ」

「西垣文雄っていいますと」岩崎は聞き返した。どこかで聞いた名前だった。

「東京の弁護士会の大物で、いまは法制審議会《ほうそうかい》の委員もしている」

彼女の顔に驚きの表情が浮かんだ。法曹界では第一級の重要人物だ。

「あの西垣先生ですか」

「そう、世間ではそれほど知名度はないが、法曹界の中では重鎮《じゅうちん》と言われている。昨日の深夜、殺害された」

「メモを取りましょうか」岩崎はメモ用紙を忘れたことを気にして言った。

「いや、その必要はない。県警の捜査報告書があるから、あとでそれを読んでくれればいい」

佐伯は背広の内側から黒の手帳を取り出し、捜査報告書の要点を走り書きしたページを開いた。

「西垣文雄、六十七歳。自宅は横浜市中区《なかく》にある。死体はいまから三時間前に秘書官が発見した。西垣は五年前に妻に先立たれてから、ずっとひとりで住んでいる。毎日、身のまわりの世話をする家政婦が来るが、事件が起きたのは、当然、家政婦が帰ったあとだろうな。司法解剖《しほうかいぼう》が済んでいないので、いまのところ正確な殺害時間は分からない。死後硬直の状態から見て、昨日の深夜から今朝の未明にかけて殺されたらしい」

「死因は何ですか」

「首の骨を折られている。それが直接の原因だろう。しかし犯人は、西垣を単に殺せばいいと思っていただけじゃないようだ」

「というと」

「西垣の死体には拷問《ごうもん》のあとがあるんだ。発見した秘書官はいまでも震え上がっている」

「……拷問。西垣さんの年齢はいくつとおっしゃいました」

「六十七歳だ」

「六十七……」それを聞いて、岩崎は気分が悪くなった。六十七歳の老人が拷問のあげく、殺害されている。犯人は西垣によほどの恨《うら》みを持っているか、気の狂ったサデイストにちがいない。

「すでに県警が捜査に乗り出している」佐伯は手帳を閉じると、ソファーに沈みこむようにして細い身体を丸めた。

「ただ、西垣は弁護士会の大物だ。それに法制審議会の委員もしている。そこで、うちとしても最初から検事を派遣《はけん》して、県警の捜査に協力することになった。まあ、異例のことだが、弁護士会や内閣に対する手前もあることだし、県警に任せきりというわけにもいかないだろう。これは、うちにとっても検察の存在を宣伝する格好の機会になる」

主席検事は顔を上げ、部下のことを値踏《ねぶ》みするような目で見た。

「事件が事件だけに、本来であればベテランの検事を担当にまわしたいところだが……。きみも知っているとおり、他の者はたくさんの事件を抱えてぎりぎりの状況でね。とても、この事件に専念するわけにはいかない。その点、きみは修習生を担当していたから、フリーの状態だ。西垣の件は、きみに担当してもらおうと思う」

岩崎は思わずむっとした表情になった。主席の言葉は、彼女の担当ではいかにも力不足という言い方だった。

しかし、佐伯の方は岩崎の顔色が変わったことなど一向に気にする様子もなくつづけた。

「この事件はマスコミも飛びついてくる。殺されたのは大物だし、殺し方も異様だからな。きみには最善を尽くしてもらいたい。マスコミの注目を集めるんだ。新聞にはこれまで好き勝手に書かれているが、今度はこっちがマスコミを利用してやるんだ」

彼のかさついた顔に苦笑いが広がった。

「そういう意味じゃ、最適かも知れないな。若くて美人の女性検察官が担当なら新聞も派手に扱ってくれる。テレビも大挙して押しかけてくるだろう。マスコミをうまい具合に利用すれば検察の評判も上がる」佐伯はソファーのひじに手をつき、身体を持ち上げた。彼は自分のデスクの方に向かい、そこに置いてあった捜査報告書を手にとった。

「これが捜査報告書だ」佐伯は数枚の用紙を岩崎に手わたしながら言った。

「きみが担当になったことは、私から県警に連絡しておく。向こうでは刑事部捜査二課がこの事件をあつかっている。今後の捜査状況は、どんな細かいことでも逐一《ちくいち》、報告を入れてほしい。報告は、直接、私のところにもって来るように」

佐伯はそう命じると、自分の執務室から岩崎が立ち去るのを見送った。ドアが閉まり、佐伯は天然のオーク材でつくられた年代物のデスクに戻った。彼は机のはしにある電話をとりあげると外線のボタンを押し、短縮で登録されている番号を呼び出した。

「横浜地検の佐伯ですが、森本部長をお願いします。……いない。それでは、次長の龍岡《たつおか》さんを」

相手が出るまで佐伯はしばらく待たされた。数分後に、電話口の向こうから東京高等検察庁の龍岡の低い声が聞こえてきた。

「佐伯です」横浜地検の主席検事は受話器を包み込むようにした。

「例の件ですが、こちらの担当が決まりました。岩崎紀美子検事です。ええ、情報管理は心配ありません。捜査報告は私のところに直接に届くようになっています」

岩崎は五階の検事オフィスに戻ると捜査報告書にA１０３と書いて伊藤に手わたした。A１０３は検察コードで殺人罪の意味だ。一連の記号と数字は、もともとは量刑事情などを集積するデータベースの入出力コードにすぎなかった。コンピューターの端末を気軽に操作する若手の検事たちが増えて、最近ではそれが罪名の代わりになる符号としても使われていた。

県警の報告書は大急ぎでつくられたものらしく、佐伯から聞いた話とほとんど変わらなかった。

検察事務官の伊藤は捜査報告書をわきに押しやって、岩崎の方を見た。

「拷問と思える痕跡《こんせき》が顕著《けんちょ》である、というのにはあまりぞっとしませんね。A103の中でも最悪なケースだ」彼は大きく息をついた。

「相手が六十七歳の老人では、特にね」岩崎も報告書から目を上げた。

「どう、何か浮かんだ」

伊藤は報告書を横目で見ながら、腕組みをして、しばらく考え込んだ。彼は思いついたように言った。

「拷問というより、テロじゃないかな。過激派のテロという可能性はありませんか。殺された西垣は法制審議会の委員だったんでしょう」

「過激派の線はうすいんじゃない。西垣は法制審議会でも、司法制度という地味な分野の委員よ。これが、選挙制度や治安立法関係の部会だったら、極左のテロも考えられるけれど」

「司法制度か。どうせなら検察庁も改革してほしいですね。できれば修習生の面倒などみなくても済むようにしてほしいな」伊藤は事件を離れて、うんざりしたように首をふった。

「それは、わたしも同感。もっとも、今回の失敗で、わたしたちに声がかかる心配はもうないでしょう。これからは、誰が面倒をみようが、わたしには関係ないの」岩崎も投げやりな口調で答えた。

「面倒といえば、県警との合同捜査はちょっと面倒ですよ。向こうは嫌がるでしょうね。うちが乗り出してくると」伊藤が県警の建物の方角を指さした。神奈川県警察本部の新しいビルは、横浜地検から県庁旧館をはさんですぐちかくの海側に建っている。警察は何かというと捜査の全体を支配したがる傾向にあり、検察庁が口出しするのを自分たちの捜査権に対する厚かましい干渉としてひどく嫌っていた。

「それは向こうの勝手な都合よ。県警にはせいぜいわたしの捜査に協力してもらわなくちゃね」岩崎は短めの前髪をかき上げた。

「わたしの捜査ねえ……」検察事務官の方は疑わしそうな表情を浮かべたが、それ以上は何も言わなかった。彼は捜査報告書をとりあげた。

「話を事件に戻すと」伊藤は数枚のコピー用紙に目を落とした。

「……過激派の線が消えるとすれば、恨みによる犯行でしょうね。それも生半可《なまはんか》な恨みじゃない。憎悪に狂ったやつですよ」

「憎悪に狂ったやつ……」岩崎は口の中でつぶやいた。確かに、普通の神経の持ち主であれば、六十七歳にもなった老人をここまで残虐《ざんぎゃく》にあつかえるはずはない。彼女は捜査報告書を指で軽くたたきながら考えをめぐらせた。西垣は成功した人生のどこかで、他人の心をその人間が西垣を殺したいと思うほどに踏みにじったようだ。犯人は単に殺すだけではなくて、痛めつけながら殺したいと願っていて、実際にそれを実行した。西垣はどこでそのような恨みをかったのか。彼のプライベートな生活についてはいまのところまったく不明だ。しかし、西垣は内閣の法制審議会委員という立場にある。普段《ふだん》の私生活には充分気をつけていただろう。ひとかどの財産を作り、名声も得た人間が何よりも恐れるのはスキャンダルだ。西垣が評判どおりのストイックな人物ではないとしても、私生活で自分の名誉をぶちこわすような無茶をするとは思えない。そうなると、残るのは仕事に関連するものだが……。

岩崎はぼんやりと窓の外を眺《なが》めた。窓からは、冬の澄《す》みきった空気をとおして開港記念会館の褐色《かっしょく》の建物がくっきりと見えた。その死角には横浜地方裁判所と弁護士会館の建物がならんで建っている。瞬間、岩崎の頭の中で捜査の方向づけが形をとりはじめ、それはすぐに確信にまで高まった。西垣は古参の弁護士として数多くの事件を手がけているはずだ。

「伊藤くん、西垣の事件を調べましょう」彼女は勢い込んで言った。

「そりゃ調べなければならないでしょう。事件の担当になったのだから」伊藤は不思議そうに岩崎を見た。

「ばかね。この事件のことじゃないわよ。西垣の手がけた事件を言ってるの」岩崎は立ち上がると、ぽかんとしている事務官の机の上に腰を乗せ、脚を組んだ。

「いい。西垣は法制審議会の委員をしているけど、そんなものは名誉職っていうか、肩書にすぎないでしょう。彼は、もともとは弁護士よ。しかも、何十年も弁護士稼業で事件や紛争を手がけている。その中には、かなりきわどい事件もあったと思う。だから、関係者でひとりぐらい西垣を殺したいほど憎んでいた人間がいてもおかしくない。例えば……」彼女は右手の人さし指を立てた。

「……西垣が殺人犯の弁護をして裁判所をうまく丸め込んで無罪にしたとする。殺された被害者の肉親は、多分、殺意を抱くんじゃない。被害者の恋人だって可能性はある。それから……」岩崎は次に中指を立てながら言った。

「民事事件でこっぴどく負けた相手も恨んでいるかもしれない。民事裁判で敗訴になって、会社が倒産したり、一家心中という破滅的なケースもあるでしょう。……ちょっと、西垣の事務所はどこにあったかしら」

伊藤は捜査報告書をめくった。

「西垣総合法律事務所は、東京の港区虎ノ門《みなとくとらもん》にあります」

「いまからそこへ行って、西垣があつかった過去十年間の事件記録を調べてもらえない」

「十年……」事務官の角張った顔が渋面《じゅうめん》になる。

「検事、西垣ほどのやり手なら、この十年で処理した事件は軽く千件を超すんじゃないですか。それにですよ、十年も昔の恨みで殺しますかね」

「確かに十年は長いかな。わたしにも人間の恨みがどれくらい長つづきするか分からないけど、それじゃや、最初は五年間に絞りましょう。何も出てこなかったら、さらに五年間さかのぼる」

「それだって、五百件だ」伊藤は、目の前に組まれている黒のストッキングに包まれた脚から、岩崎の顔に視線を移した。

「それで、私がほこりっぽい記録に埋もれている間、検事は何をしてるんです？」

「決まっているじゃない」彼女は事務官の机から飛び降りると、自分のデスクに放り投げてあったコートを手に取った。

「県警の連中をたらし込んでくるのよ。こちらの捜査に協力するようにね」

岩崎はコートをつかんでドアのところまで歩くと、そこでいったん止まって、後ろをふり返った。

「あとで、わたしも西垣のオフィスに行くから、向こうで会いましょう」彼女はドアのノブに手をかけながら言った。

伊藤は岩崎が出ていったドアが圧縮式クローザーの働きによってゆっくりと閉まるのを見ていた。彼女とチームを組んで二年間になる。二年前、岩崎は新任検事として検察庁の閉鎖された世界に飛び込んできた。彼女は最初から型破りだった。はじめて担当した事件で、決裁権限を持つ主席検事と起訴の方針をめぐって激しく衝突し、岩崎は当時の主席検事から陰険にやり込められた。新人だった女性検察官の目もとには悔《くや》しさで涙がこみあげたが、それでも一歩も引かずに彼女は泣きながら主席を罵倒《ばとう》した。それ以来、岩崎の存在は有名になり、早くも横浜地検の伝説のひとつになっている。その後も、彼女のおそれを知らない態度に変化はなく、フットワークの軽さも相変わらずだった。そして、時々、思いつきで行動して失敗した。

伊藤はタバコをとりだし、火をつける前に、少しだけ窓を開けた。暖房のきいた部屋に窓の隙間から冷たい外気が吹き込んでくる。彼はタバコの煙を吐《は》き出すと県警に向かっている岩崎の姿を思い浮かべて、にやりとした。県警は第一次捜査権を楯に若い女性検事を冷たくあしらおうとするだろう。司法修習生をたらし込めなかった彼女が、県警の百戦錬磨《れんま》の刑事をたらし込めるかどうか、これはかなり怪しいものだった。

2

神奈川県警察本部の高層ビルは横浜港を眺望《ちょうぼう》する海岸沿《ぞ》いに建っている。白亜《はくあ》の建物は最上階ちかくに円形の展望室が張り出し、警察本部というよりも新しいホテルのような外観をしていた。正面玄関から入った一階ロビーには高級ホテルなみに厚手の絨毯《じゅうたん》が敷きつめられ、ゆったりとしたラウンジも設けられている。ロビーの右側に置かれた総合受付のカウンターにすわっているのは、いずれも容姿抜群の選《え》りぬかれた婦人警察官だった。カウンターの反対側に四基の高速エレベーターがあって、そのうちの二基が一階から十階、他の二基が十階以上とそれぞれに停止フロアーが区分けされていた。重犯罪捜査を担当する刑事部は二十三階建て県警ビルの六階フロアーにあった。

六階フロアーの中程にある部屋では、捜査二課に所属する数人の刑事が、もてあまし気味に目の前に立っている若い女性の応対をしていた。黒っぽいジャケットを着た女性はなかなか美人だったし、タイトなスカートからすらりと伸びた脚《あし》も魅力的だった。問題は彼女の襟《えり》もとにつけられたいまいましいバッジだ。岩崎のジャケットには、四本の白い矢を交差させたような検察官バッジが光っていた。

「現場は鑑識《かんしき》によって、徹底的に捜査されています。分析結果は出ていませんが、遺《い》留品《りゅうひん》らしいものは見当たらなかったようですな。もちろん、鑑識の結果を見ないことには正確には言えませんが」グレーのスーツを着た捜査二課の係長が説明した。米山《よねやま》と自己紹介した四十代半ばの県警係長が検察官の来訪を歓迎していないのは明らかだった。背後にいる三人の刑事も仏頂面《ぶっちょうづら》をして立っていた。

「現場の写真を見せてもらえますか」岩崎は当然のことのように訊ねた。

「……写真ね。女の方が見ても気持ちのいいもんじゃありませんよ」米山は後ろの部下からファイルを受けとると十数枚の写真をとりだし、岩崎に手わたしした。そのあと彼は、まだ若い女性検察官の反応をうかがうようにわずかに後退した。

岩崎は手渡された写真に視線をやった。いきなり凄惨《せいさん》な場面が目の中に飛び込んできた。荒らされた部屋、西垣の奇妙にねじれた死体、恐怖に見開かれた目、すさまじい拷問の痕跡《こんせき》がストロボの光に照らし出されて生々しく浮かび上がっていた。

「確かに、気持ちのいいものじゃないわね」彼女はつぶやくように言うと、残りの写真をめくっていった。

「部屋が荒らされていますね」岩崎は写真から目を上げた。

「その点は、当然、調べています。うちの刑事が家政婦の事情聴取をしました。なくなったものがあるかは、家政婦にもはっきりしません。部屋が荒らされたというより、犯人と争った跡じゃないですか。西垣の身体には争ったときにできたと思われる擦過傷《さっかしょう》が山ほどついている。それに、死体はご覧のとおりの状態です」米山は岩崎の手にある写真の方を顎《あご》でさした。

「司法解剖を待たなくても、一目《ひとめ》見ればどんなにひどいか分かりますよ。脊柱《せきちゅう》がへし折られているし、両手足もねじまげられている。……手の部分を拡大した写真があったでしょう。犯人はご丁寧《ていねい》に指の骨まで折ってやがる。犯人が誰にしろ相当の恨みをもっていたやつですね」

「恨みによる犯行の線は、わたしも同じ考えです」岩崎は二課の係長に写真を返した。

「検察では、いま西垣の事務所に人をやって、彼の手がけた過去の事件記録を洗わせています」

刑事たちは顔を見合わせた。米山が気まずそうに咳払《せきばら》いをして、首にまいたネクタイをゆるめた。

「検察捜査の決定が出たんですか」彼は用心深く訊ねた。検察捜査となると刑事訴訟法一九三条三項によって、米山たちは検察官の具体的指揮権に従わなければならない。二課の係長は岩崎をまじまじと見た。どう観察しても、目の前に立っている青二才の女性検事が捜査の現場を知っているとは思えなかった。

「もちろん、そんなことはありません。こちらは協力するだけですから」岩崎は微笑んだ。

それを聞いて、米山は内心ほっとした。同時に、先走った検察のやり方に腹立たしさも覚えた。

「そういうことなら、西垣の手がけた事件記録の調査もうちに任せてもらわなくては」彼は渋い表情で言った。

「本来ならそうなるんでしょうが、西垣の事件記録は全部が法律絡みですから、まず、こちらで調べた方が早いと思います。その方がずっと能率的でしょう。二、三日中には、検察で疑わしい事件をピックアップします。その事件の関係者をそちらで徹底的に調べてください」

米山は、再び事件捜査の主導権が自分の手からもぎとられようとしているのを感じた。くそっ、彼は口に出さずに舌うちした。この女の無邪気《むじゃき》な笑顔に見とれていると足もとをすくわれかねない。岩崎という検事は「協力するだけ」と言っておきながら、実際は自分で捜査方針を立て、県警を下請《したうけ》会社か何かのようにあつかおうとしている。今日の様子ではこれからも米山たちの捜査に口をはさんでくることは目に見えていた。彼女は、県警本部に所属する捜査員、車両、犯罪捜査コンピューターを勝手気ままに利用しようという気だ。

「調べる必要があるときは、調べます」米山はそっけなく言った。

「どっちにしても、いまの段階で予断を持つのは危険でね。西垣は自分のあつかった事件とは全然関係ないことで殺された可能性だってある」

「もちろん、漠然《ばくぜん》とした可能性はいくらでもあります。ただ、いまのところ具体的に考えられるのは西垣の事務所にある事件記録の山でしょう。とりあえず、そこから始めてみようと思います。……ところで、死体の第一発見者は審議会の秘書官ですか」

「ええ。名前は……」米山はふり返って、若い刑事から別の捜査ファイルを受けとった。そのとき、彼は自分たちが立ったままで話をしていることに気がついた。米山は女性検察官に椅子をすすめ、彼女がすわるのを待って、県警の刑事たちも少し離れた場所に腰をおろした。

「……北沢祐介《きたざわゆうすけ》、三十七歳。内閣法制局に所属する秘書官ですね。西垣のところには公用車で行っています。運転手も専属で……こっちの方は死体を見ていません」捜査二課の係長はファイルをテーブルの上に広げた。岩崎は上半身をかがめて、灰色のスチール製テーブルに広げられた捜査ファイルをのぞき込んだ。

「北沢の調書はとってあるのですか」彼女が訊ねた。

「ごく簡単なやつをね。今日中には詳《くわ》しい調書を取る予定です」

「殺された西垣の家族は？　奥さんが亡くなったことは聞いていますが」

「たしか、息子がいたはずだな」米山は隣に座っている部下の方に顔を向けた。ウール地の紺系《こんけい》スーツに派手なネクタイをした若い刑事はもう一冊の薄いファイルに視線を落とした。

「ひとりいますね。西垣康弘《やすひろ》、今年で三十五歳になります。六年前に結婚して、妻と二人の子供と一緒に京都に住んでいます。勤務先は製薬会社です。向こうには連絡がいっていますから、今日の午後には横浜に着くんじゃないですか」

「父親の遺体を見たらショックを受けるでしょうね」岩崎は沈んだ声で言った。

米山も浮かない表情でうなずいた。

「われわれにしても遺体に対面する家族の姿を見るのは、これはつらいものがある。

西垣に保険金がいくらかかっているか知らないが、少なくともこの件は保険金目的ではなさそうですな」

「鑑識の結果はいつごろ出るんでしょう」

「結果といっても」米山の目にはわずかに軽蔑《けいべつ》の色が浮かんだ。

「鑑識は指紋だけを調べるわけじゃないから。現場に付着した血液や残された髪の毛、糸くず、何でもかんでも拾い集めてそいつを分離器にかけたり、光をあてて調べたりする。指紋だってコンピューター解析《かいせき》にかけるし、最近では血液のＤＮＡ鑑定なんていうのもあるぐらいだから、結果が出るのはまちまちですな。一ヵ月以上時間がかかるのだってある」

「じゃあ、ひとつひとつの結果が出たらすぐに知らせてください」岩崎は気にする様子もなくつづけた。

「それから、捜査会議をやるときは呼んでいただけますか」

「捜査会議にですか……。それは私の一存ではどうも。捜査会議がどのレベルでおこなわれるかにもよりますから。一応、検事さんのご希望は課長に伝えておきますが……」米山は言葉をにごした。

「いまの捜査体制の方はどうなっています」

「うちの捜査二課を中心に可能なかぎり捜査員を投入しています。現在は、西垣の自宅近辺で制服、私服合わせて百人以上の警官が聞き込みに駆けまわっているはずです。それに、不審車の発見にも全力をあげています。殺害されたのが大物ですからね。西垣は弁護士会のボスで内閣法制審議会のメンバーでしょう。いまも司法記者の連中が二階の広報センターに押しかけて騒いでいますよ。早く記者会見をやれってね。県警上層部もピリピリしている」二課の係長は初めて苦笑した。

「そんなわけで、私も総動員をかけられている一人ですから、早いところ捜査現場に戻らなくてはならない。あとは、うちの三宅《みやけ》に聞いて下さい。彼の方から説明します」

米山は椅子を後ろに下げて立ち上がった。残り三人の刑事のうちふたりも立ち上がり、彼らも米山の後についてさっさと部屋を出てしまった。女性検察官の前には、派手なネクタイをした若い刑事だけが取り残された。彼女の視線を受けると彼は困ったように軽く肩をすくめた。

3

正午ちかくになっても二月の大気は冷えきったままだった。岩崎は県警本部から弱い日ざしが落ちる外の通りに出た。彼女はコートの襟《えり》もとを押さえながら、本部ビルを仰《あお》ぎ見た。ていよく追い返されたという感じだった。外からみた県警ビルはスマートだが、内部は古びた縄張り意識の臭《にお》いがぷんぷんとただよっている。米山の応対を見ていると、警察には独自の訓戒《くんかい》があって、そのひとつには若い女性検事に対しては非協力的であれと書かれているようだ。

しかし、それを言うなら、岩崎の所属する検察庁も同じだった。昨日はじめて会った東京高検の森本など縄張り意識と強烈な覇権主義の固まりだ。そして、岩崎自身、気づかないうちにその世界に首もとまで浸《つか》っている。県警に対する協力要請も少々露骨だったたか、彼女は立ち止まって思案顔《しあんがお》になった。もう少し控えめに出れば刑事たちの機嫌もそこねずに、全面的な協力を引き出せたかもしれない。時間はもう昼休みになっている。広い歩道に立ち止まった彼女のそばを昼食に向かうＯＬたちが気にも留めずにとおり過ぎていった。岩崎は苦い気持ちを追い払うように首をふった。今回の件にかぎっては、自分の捜査方針に確信がある。協力しないとすれば、県警の刑事たちはそろってバカなのだ。彼女はコートのポケットに両手を突っ込むとＪＲ桜木町《さくらぎちょう》駅の方角へ歩き出した。

ＪＲ桜木町駅の周囲には、この一、二年の間に近未来都市の光景が出現していた。駅は全面改築され、幾重もの高架橋《こうかきょう》が幾何学的な様相をつくり、海側にはハイテクの粋《すい》を凝《こ》らした超高層ビルが林立している。旧三菱《みつびし》造船所の広大な埋め立て地に計画された「みなとみらい21」の長期開発事業もまもなく最終段階を迎えようとしていた。

岩崎は新設されたばかりの駅構内に入ると、これも真新しいコーヒースタンドで温かいチリ・ドッグとコーヒーを注文し、コーヒーはほとんどを残して改札に向かった。コーヒーぐらいはゆっくりと飲みたかったが、伊藤がひとりで膨大《ぼうだい》な事件記録に取り組んでいることを考えるとそうもしていられなかった。桜木町駅から西垣の事務所がある虎ノ門までは途中で地下鉄に乗り換えて約一時間の距離だった。昨日《きのう》の朝、ラッシュにもまれて東京高検に向かったときと比べて通勤時間帯をはずれている分、車内はゆったりとしていた。

西垣総合法律事務所は地下鉄虎ノ門駅を出て、駅の前を走る桜田《さくらだ》通りに面したオフィス・ビルにあった。建物は古く、外装の塗料がところどころ剝《は》げ落ちているが、内部は広々としている。西垣は七階建てビルの三階と四階部分を事務所に借りていた。岩崎は四階事務所のガラス製のドアを開ける前に、入口に張ってある表示プレートに視線を投げた。西垣の他に弁護士名が三人ならんでいる。ドアを開けると、事務所の中はエアコンから吹き出す暖房の熱が暑いほど効《き》いていた。明るい色彩の受付カウンターにすわっている丸顔の女性に身分を告げ、岩崎はすぐに面談室にとおされた。面談室の一方の壁には判例集や法律学全集を収めた家具調の書架《しょか》がならび、その手前に書架とは対照的な機能一点張りの大型テーブルが置かれている。検察事務官の伊藤はテーブルのはしにぽつんとすわってタバコを吹かしていた。彼の前には記録の山どころか、小さい灰皿以外に何もなかった。伊藤は岩崎の姿を見るとわずかに手を上げた。

「ちょっと、呑気《のんき》にタバコなんか吹かして何やっているの」岩崎はあきれた口調で言った。

「少々問題がありましてね」伊藤は吸いさしのタバコを金属製の灰皿でもみ消した。小振りの灰皿には吸殻《すいがら》があふれている。

「ここの弁護士が西垣の関係記録を見せてくれないんですよ」

「……見せてくれない?」岩崎は怪訝《けげん》な表情で聞き返したが、その瞬間、はっと気がついた。何と自分は間がぬけていたのだろう。バカは県警の刑事ではなくて彼女の方だ。

「依頼者のプライバシーね」

「あたり」伊藤はおもしろくもなさそうに言った。

「武藤《むとう》とかいった弁護士が顔を真っ赤にしてわめいてましたよ。西垣が関係した裁判記録を見せるのは、依頼人のプライバシーを侵害するとか何とか」

岩崎は黙ってうなずいた。こうなることは当然予想しておくべきだった。彼女たちが捜査の対象にしている事件記録は弁護士が保管しているものだ。しかも、現段階ではあくまで任意捜査によっている。裁判所の令状による強制捜査とちがって、任意捜査では西垣の事務所が自発的に事件記録を出してくれなければ岩崎たちも無理に見ることはできない。これが一般の市民や会社ならば、検察庁が書類を見せてくれるように頼めば、それだけで驚いて協力してくれる。しかし、今度の相手は弁護士だった。捜査のスタートから面倒なことになりそうだった。

「ごめんなさいね。完全にわたしのミスよ」岩崎は事務官の肩に手をおいた。

ドアの方から軽いノックの音が聞こえてきた。内側にドアを押して、赤ら顔をした四十代後半の男性が部屋に現れた。岩崎が交換した名刺には「弁護士武藤誠治《せいじ》」と書かれてある。武藤は若い女性を前にして意外な表情をしたが、すぐに無関心を装うと岩崎に椅子をすすめ、自分も太った体を反対側の椅子に預けた。

「そちらの事務官の方からうかがいました。しかし、検事がいらしても結論は変わりません。うちの事務所としては、無原則に西垣先生の手がけた裁判記録をお見せするわけにはいきません」武藤は腕組みをして拒否の態度をしめした。

「西垣先生のことは、わたしも名前は存じ上げていました。社会的にも名声のある方ですから。たしか、東京の弁護士会の役員を歴任して、ちかいうちに日弁連会長にもなられるとか……」

「来年、会長に立候補する予定でした。公《おおやけ》にはなっていませんが、もう秘密にしておいても仕方がないから」武藤は肉づきのよい肩を落とした。彼は大きくため息をつくと緊張をほどくように組んでいた腕をおろした。

おそらく、西垣が日弁連の会長になったときは武藤にも常議委員のポストが転がり込んでくる約束になっていたのだろう。ということは、パートナー弁護士の死で武藤の出世の階段も蹴り倒されてしまったことになる。岩崎は、英国風の高級スーツを着ても窮屈《きゅうくつ》そうにしか見えない太った弁護士に同情した。

「わたし自身が今回の事件にはショックを受けています。検察官も同じ法曹の立場に身をおいていますし、そういう意味では他人ごとには思えません」彼女はじっと弁護士の顔を見つめ、そのあと、つけ加えた。

「検察庁としては西垣先生を殺害した犯人を一刻も早く検挙したいのです」

「それは、私も同じだが……」武藤は岩崎の視線をさけながら、つぶやくように言った。

「……犯人を捕まえるためなら可能なかぎりの協力をしたいと思っています。警察の話では、犯人は残酷《ざんこく》極まるやり方で殺している。変質者だか何だかしらないが、こんな行為は絶対に許されるものではない。弁護士の私も、この事件にかぎっては犯人に同情はなしです」

「西垣先生が殺害されて、事務所の方も大変でしょうね」

「ほとんどパニック状態になっていますよ」武藤の太った顔が疲労感に曇《くも》った。

「マスコミが押し寄せて、電話は鳴りっぱなし。午前中にはテレビカメラがここまで上がってきました。検事さんとかち合わないでよかった。事務所に検察官が来たということになれば、それこそ、ハチの巣をつついたような騒ぎになる。どんな詮索《せんさく》をされるか分かりませんからね。マスコミはぶしつけな連中ばかりだから」

「わたしたちのお願いはぶしつけなものではないと思いますが」岩崎は問いかけるよ

うに首をかしげた。

「そう言われても……。裁判所の令状があればともかく、うちが依頼者の承諾《しょうだく》もとらないで勝手に事件記録を見せては守秘義務に違反してしまう。お分かりになると思いますが、弁護士にとって依頼者の守秘義務はいわば聖域ですから」

「令状があれば問題はないのでしょうが、いまはまだ任意捜査の段階にすぎません。被疑者も固まっていない状況では、こちらとしても漠然《ばくぜん》と裁判所の捜索差押《さしおさえ》令状《れいじょう》を申請するわけにはいかないのです。先生のご心配する依頼者のプライバシーの問題は、わたしたちも充分に配慮して絶対に他言しません。その点は、わたしと検察庁を信用していただけないでしょうか」

「もちろん、信用はしてますよ」武藤はハンカチを取り出して額の汗を拭《ふ》いた。

「……暖房が効きすぎだな。いや、個人的には、犯人逮捕の手がかりになるのなら私の方から裁判記録をお見せしたいくらいです。しかし、弁護士の倫理義務を個人的な感情で左右するわけにはいきません。それに、仮にですよ、あなたがたが裁判記録の中から何かを発見したとする。うちの事務所の依頼者が捜査線上に浮かび上がるかもしれない。そういう可能性のあることに事務所として協力するのは、やはり問題でしょう。お見せするには裁判所の令状がないと……」

「先生の立場では確かにそうかもしれませんね」岩崎はうなずいた。
まずいことに交渉は平行線になりかけていた。武藤が協力の意思をもっていること
は彼の話しぶりでも分かる。ただ、一方には弁護士としての倫理義務もあって、彼は
その両者の板《いた》ばさみになっていた。彼が裁判所の令状にこだわるのも、裁判官の命令
に従ったということであれば事件記録を見せても弁護士の守秘義務に反しないから
だ。令状は守秘義務の逃げ道なのだ。しかし、岩崎には捜索差押の令状を申請してい
る時間はない。いますぐに西垣総合法律事務所が保管している事件記録を調査する必
要があった。何とか妥協《だきょう》の糸口を見つけなくては……。
部屋の中に沈黙がおりた。岩崎の隣では事務官の伊藤がことの成り行きをじっと注
目している。武藤の方は再び腕組みをしていた。岩崎は沈黙が気まずいものに変わる
前に口を開いた。彼女は倫理義務に縛《しば》られた弁護士に対して別の逃げ道を用意するこ
とにした。
「西垣先生の手がけた裁判などの事件記録がどのくらいあるのか分かりませんが、お
そらくこの数年間だけでも膨大《ぼうだい》な数になると思います。その全部について裁判所の令
状をとったら、運び出すのに警察のトラックが必要になるでしょう。この事務所に多
数の警察官や検察事務官がやって来る。そうなれば、マスコミもほうってはおかな

い。今日より、もっと大騒ぎになります」岩崎は、武藤がよく理解したかどうかを確かめるように、いったん言葉を切った。

武藤の顔に困惑の表情が浮かんだ。彼はこめかみを指で押さえた。警察の車がオフィス・ビルの前に横づけされ、制服警官が事務所の中にどかどか入ってくることを想像して、弁護士はにわかに頭痛を感じたらしい。

「ですから、面倒なことを避けるためにもわたしたちとの信頼関係のもとで記録を拝見できないでしょうか。依頼人に対する守秘義務はこうすればどうでしょう」

岩崎の次の言葉を待つように武藤が顔を上げた。

「つまり、拝見した事件記録の中で問題になるものが出てきたら、それについて裁判所の令状をとるのです。最初から全部について令状をとると大事になりますが、問題になりそうなものだけを選んでとれば、大した数にはならない。トラックを乗りつける必要もないし、先生にとっても依頼人に対して理由ができる。その時点では令状をとるのですから」

「そうすると、最初は、やはり令状なしで見るわけですね」

「事実上、そうなります。ただ、こちらが本格的に捜査の対象とするものは、いま説明したとおり、その時点で令状を申請します」

弁護士は考え込むように部屋の中空を見あげた。淡いクリーム色に塗られた天井には蛍光灯《けいこうとう》の明るい光が輝いている。迷いが出ているということは、岩崎たちに可能性があるということだ。社会的な評判を考えれば、弁護士も事務所の中を警官がうろうろするような事態は回避したいだろう。それ以上にマスコミの餌食《えじき》にされるのは避けたいはずだ。岩崎は武藤の表情を読み取ろうとした。弁護士の方は頭の中で複雑な利害得失の計算をおこないながら、天井をにらんでいた。しばらくして、彼は表情をゆるめると女性検察官にうなずいた。

「分かりました。お役に立つかどうかはともかく、西垣先生の記録をお見せしましょう」

「そうしていただくと助かります」岩崎は頭を下げた。彼女はわきに座っている伊藤と顔を見合わせて、ほっと肩の力をぬいた。捜査の第一段階は思いがけない障害につまずきながらも何とか無事にスタートできた。

武藤は椅子から立ち上がると、岩崎たちを書庫に案内した。事務所四階フロアーの奥には記録保管用に使われている部屋があって、そこには約三十平方メートルのスペースに多数のキャビネットがならべてあった。

「西垣先生の記録はここに収納してあります。過去四、五年分の裁判記録は全部そろっていると思います」武藤は壁際《かべぎわ》にならぶ一群のキャビネットを指さした。そのあと部屋の入口ちかくに置いてある長テーブルと椅子に顔を向けた。

「記録を見るときは、そこのテーブルを利用して下さい」

「これ以前の記録はどうしているのですか」

「段ボールにつめて、トランク・ルームに眠ってますよ。昔でいう貸倉庫ってやつです。……何か用があったら呼んで下さい。事務の女の子に声をかけてくれればいいですから」

事務官の伊藤は弁護士を見送った後で、目の前にそびえる大型キャビネットを見あげた。ほこりをかぶったキャビネットの中には裁判記録を綴《と》じた黄色のファイルがびっしりと収められている。

「こいつは一体いくつあるのか見当もつかない。少なくとも気が遠くなるような数であることは確かだ」彼はうんざりしたように首をふった。

「ざっと見て四、五百ってところね。あなたの予想があたったじゃない」

「あまりうれしいとも思いません」

「とりあえず、古い順からチェックしていきましょう。県警の刑事にはこちらで調べると言ってあるから、その手前、総力を上げてやらないと」

「総力といったって、私と検事の二人だけじゃないですか」伊藤はキャビネットの中からひと抱えのファイルを取り出した。ほこりが舞い上がり、送風口から吹き出すエアコンの温風によって汚れた塵《ちり》は部屋中に拡散した。

「コンタクトにほこりは厳禁なのよ」岩崎が両目をぎゅっと閉じて文句を言った。伊藤は、はいはいと生返事をしながら次のひと抱えを取り出し、その作業を四、五回繰り返して、五十件ほどの裁判記録を長テーブルのわきに積み上げた。

彼は岩崎のために折りたたみ式の椅子を引くと、自分も残りのひとつに腰をトろした。

「しかし、殺された西垣っていうのはすごい大物だったんですね。日弁連の会長になろうというぐらいだから」

「そのうち会長になるかもしれないとは思っていたけれど、来年、立候補の予定だったとは驚いたわね」

「日弁連の会長候補者じゃ県警も捜査がやりづらいだろうな。しかも内閣法制局の審議委員ではね。県警もとんでもない事件を抱え込んだものだ。あいつら、少しは苦労するといいんだ」伊藤は含み笑いをした。

「それはうちも同じよ。下手をするとうちだって日弁連から抗議を受けかねない。そんなことになれば、異動時期を待たずに検事正の首が吹き飛ぶでしょうね」

「検事にも、とばっちりがくるでしょう」

「わたし？　この事件をうまく解決すれば最高検察庁の誰かが喜んで、次の異動では女性で三番目の特捜検事の誕生。ドジッたら、やっぱり、誰かが頭に来て伊藤くんと一緒に僻地《へきち》の支部へ左遷《させん》。だから、横浜を離れるのが嫌だったら、日弁連の動向には充分に気をつけていること」岩崎は最後のところを真顔で言った。

日弁連――日本弁護士連合会は全国で約二万人の弁護士を擁《よう》するわが国最大で唯一の全国組織だった。しかも、弁護士法によって独立国家のような強固な自治権を認められている。もちろん、現在の強力な弁護士会が誕生するには、戦後の一時期、当時の行政官庁や最高裁判所との間に激しいあつれきがあった。行政官庁は弁護士会が法務省の監督を離れて完全な自治団体になることに強く反対し、一方、最高裁判所も弁護士に関する規則は最高裁判所規則によるべきであり、弁護士法の制定は憲法違反であると主張していた。検察法務官僚や裁判所はおしなべて弁護士の力が強くなることを嫌悪したが、それは、弁護士を判検事より一段低くみる旧来の傾向のあらわれでもあった。

検察、裁判所の反対にあって一時的な苦境に追い込まれた弁護士側は間もなく反撃に転じた。衆議院の法務委員会に連日のように圧力をかけ、議員を動かし、ついに完全な自治権を認めた弁護士法を議員立法として衆議院で可決させたのである。これに対して、法務官僚は参議院で最後の抵抗をこころみる。彼らは弁護士の台頭を苦々しく思っている頭の古い議員をたきつけ、参議院で法案の一部を修正することに成功した。しかし、衆議院は参議院の法案修正の要請を一蹴《いっしゅう》すると、三分の二以上の圧倒的多数をもって原案どおりに再議決した。こうして、昭和二十四年六月に現行の弁護士法が成立した。

いまでは、日弁連に対して最高裁判所や最高検察庁も指揮監督をすることはできない。逆に、最高裁判所の裁判官には日弁連の役員出身者が何人もいるし、弁護士会は政府の各審議会にも多くの人数を送り込んでいる。国連の非政府組織《NGO》の有力メンバーとして、日弁連の名前は国際的にも権威があるものだった。そんなところと一戦を交えることになったら、全国の弁護士を敵にまわすようなものだ。岩崎は黄色いファイルを手にとりながら、彼女が取りかかった捜査が非常にデリケートな領域に踏み込んでいることを実感した。この事件の処理をひとつまちがうと大変なことになる。検察庁と弁護士会が法曹界を二分した全面対決に突入する可能性だってないとは言えない。自分がその起爆剤になることは願い下げだった。

彼女は小さく息をつくと、表面を覆《おお》ったほこりが飛ばないように慎重な手つきでファイルをめくった。ほこりっぽい書庫の中にはしばらく記録のページをめくる音だけがつづいた。岩崎と伊藤は裁判記録の調査に没頭し、時々、法律用箋《ようせん》にメモを取った。午後三時すぎになって、受付にいた丸顔の事務員が紅茶を出してくれた。岩崎は開いたファイルをひじで押さえ、片手でティーカップを持ち、視線の方はファイルから離さなかった。調査済みの黄色いファイルは次々とテーブルに積み上げられ、伊藤がキャビネットから新たな五十冊を運んできた。何十冊も法律用語で書かれた裁判記録に集中していると、さすがに目が疲れてくる。岩崎は濃紺《のうこん》のバッグからコンタクト用の目薬を取り出し、上を向いた。二、三滴さすとひんやりとした清涼感がまぶたの奥に広がった。

「あなたもよかったらどうぞ」彼女は小さなプラスチック製の容器を伊藤にさし出した。伊藤は黒縁《くろぶち》の眼鏡《めがね》をはずして、岩崎から受けとった目薬をかかげ、透明な液体を大量にそそぎ込んだ。

「しかし、弁護士は真面目《まじめ》に裁判をやる気があるんですかね」彼は両目をぱちぱちさせながら憤慨《ふんがい》して言った。

「裁判をやっても判決なんて半分もないじゃないですか。大体が和解で終わっている。高い金を払って弁護士を雇《やと》っても、裁判でなあなあの結論ですまされては依頼人がバカをみるだけだ」

「裁判所の和解は談合とはちがうのよ。いいかげんにやっているわけじゃないから。それより、どう、問題になりそうなのが見つかった?」

「いまのところは全然。西垣っていう弁護士はあまり刑事事件をあつかっていませんね。こっちにはC234が二件あっただけです」

　C234は業務上過失致傷の中でも交通事故をあらわす検察コードだった。

「わたしの方も同じようなもの。西垣は弁護士会では大物みたいだけれど、刑事事件にはそれほど熱心ではなかったようね。とても、A103で無罪を取るようなタイプじゃないみたい」

「この分だと、恨まれた原因は民事記録の中にあるとみた方がいいかな」

「先入観はなしでチェックしてみましょう。五百件のうちにたった一件だけあればいいのだから、それが刑事事件という可能性も捨てきれない。これまでに、わたしたちが読み終えたのは全体の五分の一もいってないしね」

「まだ、五分の一。明日も一日中ここにすわってほこりを吸うことになりそうだ」

「裁判官の気持ちが分かるわね。毎日、こんな記録を何十件も読まされたら頭が変になってしまう。何を主張しているのかさっぱり見当がつかない準備書面もあるでしょう。被告からお金を取りたいということはしっかり書いてあるけど、その理由になるとほとんど意味不明のやつとか。これじゃ、裁判官も判決を起案する気力がなくなっちゃう。和解が多いのはそのあたりに原因のひとつがあるんじゃない」

「和解で終わったやつはどうします。捜査の対象から外しますか。それだけでノルマが半分に減りますよ」

「和解で恨みが残るというのはあまりないと思うけれど、万が一ということも考えないと……。伊藤くんも横浜から引っ越すのは嫌でしょう？」

「いまの所は住みなれてますからね。そうなると、あのいまいましい記録の中から何かを掘り出さなくちゃならない」伊藤は書庫にならんだキャビネットを見て、それから岩崎の方に視線を向けた。

「あの中から何が出てくるか想像もつかないけど、でも、何も出てこなかったときのことは私にも予想できますよ。こっちの方は悲惨な想像ですがね」

「部屋で荷作りでもしているところ？」岩崎は苦笑した。彼女は励《はげ》ますように事務官の背中を軽くたたいた。

「大丈夫よ。かならず何かが出てくるから。わたしの勘《かん》がまちがっていなければね」

「そうですね……」伊藤の角張った顔に曖昧《あいまい》な笑みが浮かんだ。彼は、少し生意気な年下の女性検察官が好きだったし、その仕事ぶりも認めていた。しかし、彼女の勘が人より強いとはこれっぽっちも思っていなかった。

照明だけはやたらに明るい書庫の中で、岩崎たちは単調な作業をつづけていた。黄色いファイルの大部分は民事関係の書面が綴《と》じられており、そのうちの半分以上に和解調書がついている。これは、訴状を提起しても、裁判官の斡旋《あっせん》とか、訴訟の雲行きに不安を感じた当事者の申し立てとか、何らかの理由で途中から話し合いに移行した事件だ。話し合いとはいえ、裁判上の和解には確定判決と同じ効力がある。和解条項に違反した場合は強制執行が可能なのだ。裁判上の和解は、和解成立後にどちらかが約束を破って紛争が再燃し、強制執行が必要になる場合も想定している。しかし、ファイルには和解調書までしか綴じられていないから、いくら読んでも、その後に紛争が持ち上がったかどうかは知ることができない。

岩崎はスチールパイプ製の椅子に背をもたせた。つまり、この調査にはいくつもの穴があるということだ。和解成立のあとも、犯人の深い心層に憎悪の炎がくすぶりつづけ、その憎しみが何かをきっかけにして急に燃えあがったとすれば、こんなところでほこりにまみれたファイルを読んでいても何の役にも立たない。彼女はボールペンを握りなおして、テーブルに広げられた裁判記録に視線をもどした。捜査への不安材料を数え上げていったら一歩も進めなくなる。いまやるべきことは、この書庫にならべられたファイルを片っぱしから読んでしまうことだった。冬の短い一日が終わって、女性事務員が事務所の閉まる時間が近づいたことを知らせに来た。弁護士はまだ残業をしていくようだったが、岩崎たちは事務員の帰宅する通常の終了時間で追い出されるらしい。この日、調査が終わったのは百二十六件の裁判記録と二十二件の裁判外交渉記録だった。西垣弁護士に対する殺意が記録の中からほとばしるような事件は一件も見当たらなかった。

岩崎と伊藤は、西垣が何らかの恨みをかう可能性のある事件をメモした。民事裁判で三件、そのうちの二件が損害賠償《そんがいばいしよう》請求事件、一件が土地建物明渡《あけわたし》請求事件、いずれも西垣がかなり狡猾《こうかつ》な法的手段で相手方をねじ伏せている。裁判に敗北したことで相手方が受けた経済的、精神的なダメージも相当なものだった。しかし、それでも、西垣は代理人にすぎない。相手方にとって、本当の憎しみの対象は西垣に依頼した本人なのだ。仮に、憎悪が代理人に向けられても、彼の両腕、両足の骨を一本ずつ折って、激痛に苦しむさまを見ながら悦楽にひたりたいと妄想《もうそう》することと、それを現実に実行することの間には天と地ほどの隔たりがある。裁判記録から見るかぎり、相手方がそこまで異常人格であるとは思えなかった。肝心の刑事裁判の方では収穫はゼロだ。期待どおりにはいかなかったが、まだ三百五十件ちかいファイルが残っている。

岩崎はファイルを片づけながら思った。その中にはとんでもない事件が隠れているかも知れない。彼女は見送りに出てきた武藤弁護士に礼を言って、明日も調査に来ることを告げた。太った弁護士は受付のドアのところで、社交儀礼程度の笑みを浮かべ、

「お待ちしています」と答えた。

ビルの外に出ると、伊藤は風を防ぐようにコートの襟を立てた。

「車で来てるから、送ってきますよ」彼は岩崎の方をふり返った。

「地検の車に乗ってきたの？」

「当然ですよ、これは捜査なんだから。どうせ、車両だけは余っているし」

伊藤は先に立って歩き出した。退社時間を迎えて、歩道には周囲のビルから人があふれてきた。虎ノ門は東京でもオフィス・ビルが密集しているところだ。岩崎たちはたちまち人の波にのまれた。

「どこかで食事をしていきましょうよ。地検にも電話をかけたいし」岩崎は助手席にすべり込みながら言った。

「向こうでは、いまごろいらいらしているでしょうね」伊藤はエンジン・キーをさし込んだ。キーをまわしても冷えきったエンジンはなかなか始動しない。

「いいかげんに買い換えりゃいいのに」事務官はぶつぶつ言って、アクセル・ペダルを踏んだ。咳《せ》き込むような音がしてエンジンがかかり、しばらくアイドリングすると低い振動に落ちついた。伊藤はブレーキレバーを倒し、ウインカーを点滅させながら、ゆっくりと車線に入っていった。

4

横浜地検の佐伯主席検事は幹部用の回転椅子に身をかがめて、机の上に重ねられた起訴状に目をとおしていた。もう退庁時間はとっくに過ぎているというのに未決裁の起訴事件が二十通も残っていた。どの事件も起訴の提起日が迫っており、今日中にはすべて処理しなければならない。

彼は一通の起訴状と事件記録を決裁済の箱に入れると、新しい一通を取り出して読み始めた。五階の各オフィスでは、いまも事件担当の検事たちが佐伯の決裁が下りるのを待っているはずだ。机の上に広げた起訴状の被告人欄《らん》には外国人の名前が書かれていた。検察官の人数は激減しているのに、犯罪の数は一向に減ろうとしない。とくに横浜地検管内では外国人による犯罪が急増していた。佐伯はカタカナで記載された被告人名を苦々しくにらみつけた。こいつらが犯罪を起こすと、その度《たび》に通訳の手配や入国管理局との連絡で貴重な人員と時間を割《さ》かれてしまう。国民の税金が無駄《むだ》になるのだ。検察官の定員割れでうんざりするほどの事件を抱え込んでいるのに、この上、外国人の犯罪まで押しつけられてはたまらなかった。

検察会議の場で、佐伯たちは外国人の入管手続をもっと厳しくするように何度も提案した。しかし、いまの検事総長の取り巻き連中には少数のリベラル派がいて、彼らが入管条件の規制強化に頑強《がんきょう》な抵抗をしている。外部では口うるさい人権擁護《ようご》団体が外国人排斥《はいせき》の反対を騒ぎ、それを弁護士会の人権擁護委員会が支援していた。外部の騒音と内側の消極論に邪魔《じゃま》されて、最高検察庁ではいまだに法務省に対し、入国管理法の規制強化を申し入れることができない状態だった。あの連中が浮かれていられるのも、いまのうちだ。われわれの計画が実現したら……、佐伯は内部から静かな興奮がわき起こってくるのを感じた。検察内に残存するリベラル派は一掃《いっそう》され、ついでに九階の執務室でふんぞり返っている短軀《たんく》の男も検事正の職を解かれるだろう。

電話の呼び出し音が鳴って、佐伯は起訴状から顔をあげた。彼は受話器をとると事務的な声で返事をした。地検の交換が岩崎からの外線であることを告げ、すぐに女性検察官のよくとおる声が聞こえてきた。彼女は県警での担当係長との話と西垣総合法律事務所での調査を手短に報告した。

「で、西垣があつかった事件からは何か出てきたのかね」佐伯は訊ねた。岩崎はまだだと答えたが、調査は始めたばかりで明日も継続したいとつけ加えた。

「そうしたまえ。問題になる記録が見つかったら、きみの言うとおり、それについて令状をとろう」主席検事は同意した。岩崎の声の背後からは人のざわめきと音楽が聞こえてくる。

「ところで、いまどこからかけている?」

彼女は都内のレストランで食事をとっていると答えた。佐伯は腕時計に目をやった。すでに午後八時を過ぎている。

「今日はこのまま自宅に帰りたまえ。こっちに戻ってくる必要はない。報告書は明日でいいから」

彼は電話を切った。主席検事は両手を組んで岩崎の報告内容について考えをめぐらせた。彼女の捜査方針が犯人逮捕に結びつくかどうか、今の段階では何とも判断がつかなかった。まあ、いいだろう。どちらにしても、県警本部が関係者を徹底的に調べ上げるはずだ。佐伯は、しばらくの間、若くて元気のよい部下に捜査方針の選択を任せるつもりでいた。そのことに格別な不都合があるとも思えなかった。

彼は、再び受話器に手を伸ばした。西垣の事件に関してはどんな情報でもただちに東京高検の龍岡に報告することになっていた。

・観葉植物と派手な色彩で飾られたエスニック風のレストランは入口に行列ができるほど混雑していた。岩崎は店内にならんだテーブルの間をすりぬけて自分の席にもどってきた。

「主席は何か言ってましたか」伊藤がコーヒーカップから顔をあげた。テーブルの上にはきれいに平らげられた四、五枚の皿が乱雑に置かれている。

「ふんふんうなずいていたわね」岩崎は椅子を引いて、あまりすわり心地のよくないレザークッションに腰を下ろした。

「それだけ？」

「このまま捜査を続行しろとも言っていたかな」

「佐伯さんにしてはめずらしいですね。必ず文句のひと言は出るはずなんだけど、性格的に。やっぱり、われわれに同情的なのかな」

「今日はもう帰ってもいいだろう、とか言ってくれてね」岩崎は主席検事のぼそぼそとした口調を真似《まね》て言った。

「帰っていい！」事務官は大げさな身ぶりで両手を開いた。

「裏に何かあるんじゃないですか」

「それとも、最初からわたしたちに何も期待をしていないか、どちらかね。だとしたら、主席の鼻をあかしてやるだけ。ねっ？」同意を求めるように、岩崎は事務官の目をのぞき込んだ。

「そんなうまくいくかどうかは明日の結果を見ないと……」伊藤は真面目な顔で答えた。

　彼はテーブルの周囲を見わたすと声を落とした。

「それより、そろそろ出ませんか。客はならんでいるし、さっきから店の子がこっちを見てるから」

　岩崎たちは目黒《めぐろ》通りに面したエスニック料理店を出ると、車で第三京浜に向かった。環状八号線から大きくカーブを曲がり、三車線の広い高速道路に入ると伊藤は真ん中の走行ラインを運転した。彼は急ぐ様子はなく、淡いオレンジに光るメーターの針も制限速度をわずかに超えた位置で揺れていた。隣の車線は猛烈なスピードを出した車が次々と走りぬけ、目の前に見えた赤いテールランプがあっという間に小さくなっていく。

「港北《こうほく》インターが空いていれば、三十分もあれば着きますよ」伊藤は助手席の方をふり向いた。

岩崎は黙ってうなずいた。彼女のマンションは横浜市港北区の大倉山《おおくらやま》にあった。第三京浜港北インターチェンジを降りて、鶴見川《つるみがわ》沿いに走れば十分もかからない。彼女はそこに2DKの賃貸マンションを借りていた。

検察官には専用の官舎がある。四、五年前までは浴室にシャワーもついていない古びた建物が多く、とくに若い検察官の顰蹙《ひんしゆく》をかっていた。法務省では最近の清潔好きな新人検事を獲得するために、法外な予算を要求し、渋い顔の大蔵官僚を説き伏せて、全国の官舎を一新した。いまでは、若手の検事でも高級マンションなみの官舎に格安の賃料で入居できる。しかし、官舎には検察官とその家族しか住んでいないから、役所の上下関係や派閥の争いがそのまま帰宅後の居住空間にまで持ち込まれてしまう。岩崎はそんな面倒な雰囲気を嫌い、民間のマンションを借りていた。

彼女は助手席のシートにもたれかかった。長い一日が終わろうとしていた。フロントガラスの前方には、灰色の路面がつづき、その先は闇に消えている。岩崎たちの捜査も夜の闇を走っているようなものだ。高速道路とちがうのは、路上を照らす灯火《とうか》もなく、そこには標識プレートもなかった。出口さえどこにあるのか分からない。その暗闇の中に西垣を殺した犯人がひそんでいる。岩崎の瞳を、一瞬、はげしい感情が横切った。追いつめて、かならず引きずり出してやる。

「もうすぐ、港北インターです」伊藤の声が言った。暗い高速道路のはるか前方に、グリーンの標識が照明で浮かび上がっていた。

「車は、あした返せばいいんでしょう」岩崎はふっと思い出したように訊ねた。

「ええ、配車係もこのポンコツのことは気にしないと思いますよ」

「それだったら、今日はうちに泊まってもいいのよ。ワイシャツもこの前のをクリーニングに出しておいて上げたから」

伊藤はちらっと岩崎の方を見た。車内の暗がりの中で、彼女の視線は正面のフロントガラスに向けられたままだった。

霞が関の官庁街は静寂に包まれていた。国会の会期中であれば、この時間になっても各省庁のビルから明かりが消えることはない。しかし、国会が閉会している二月の午後十時すぎに、すき好んで残業をする役人はいなかった。多くの省庁ビルは、わずかな明かりを残してほとんどの窓から電気が消えている。その中で、日比谷《ひびや》公園に面した検察法務合同ビルだけは冬の闇に溶け込むことを拒絶していた。窓には点々と照明が灯《とも》り、とくに東京地検の検事オフィスが集中する十四階、十五階フロアーは真昼のように明るかった。

東京地検に所属する約百名の検事たちは地下鉄の終電で帰ることをとっくにあきらめていた。彼らは常に時間に追われている。何台もの護送車に詰められて、毎日、被疑者が送り込まれてきた。都内の全警察からピストン輸送されるのだ。検察官の持ち時間は勾留《こうりゅう》延長でも認められないかぎり十日間しかなかった。その間に被疑者を取り調べ、補強捜査をして起訴するかどうかを決めなければならない。忙しいので、もう少し待ってくれとは言えなかった。たった百人の検事が東京区内の全犯罪者の半分を相手にしているのだ。残りの半分は副検事が担当していた。

時間との過酷な競争で地検内部は殺気だっていた。東京地検の検事たちは自分たちの境遇を呪《のろ》い、何の手もうたない検察幹部の無策ぶりを憤慨《ふんがい》した。かつて東京地検に配属されることは検察エリートのあかしだった。いまではエリートの全員が過労死になりかけている。彼らは神経をすり減らし、それでも次々と配点される膨大な数の事件に立ち向かっていた。

東京地検の上層フロアーには東京高等検察庁がある。ここも状況は似たようなものだ。本来、控訴事件をあつかう東京高検は多くの人員を下の階の応援に取られて、地検と同じく定員割れに苦しんでいた。いま、その一室で目立たない会議が開かれていた。総務課に出された会議室使用の申請は国際刑事法研究会となっているが、部屋に集まった五人の人間にとって申請名称はまったくの名目にすぎなかった。

「時機尚早《じきしようそう》とはどういうことだ?」森本は法務官僚に険しい表情を向けた。

法務省から参加している二人の官僚は困惑したように顔を見合わせた。年配の方の役人が身じろぎして言った。

「言葉どおりの意味です。私たちが法務省内ではまだ少数派であることをお忘れにならないで下さい。もちろん、できるだけの協力はしようと思っています。しかし、法曹三者協議会でも話し合われていないことに、省としてバックアップ体制をとるのは不可能です」

「裁判所や弁護士会と話し合うことが何の役に立つ?　三者協議会などに持ち出してみろ、紛糾《ふんきゆう》して、それこそ収拾がつかなくなる」

「私たちが心配してるのもそこのところです。日弁連がこの計画を知ったら、彼らは騒ぎ立て、計画案を葬り去るためには何だってするでしょう。弁護士会は議会に対して大きな影響力を持っている。なみの圧力団体など問題にならない。そうなったら、私たちが省内でいくら頑張《がんば》っても計画案を維持するのは難しくなります」

「弁護士どもが反対するのは最初から分かりきっていたことだ」森本は吐きすてるように言った。法務省の官僚たちは口をとじて、再び当惑した表情を浮かべた。

森本はテーブルに置かれたタバコ・ケースをとった。東京高検の司法部長がタバコに火をつける間、部屋の中には沈黙が流れた。彼はゆっくりと立ち上っていく煙を見ながら、今度は穏やかな口調で話した。

「きみたちの法務省での立場も分かる。不安に思うのはもっともなことだ。しかし、日弁連に関しては心配することはない。間もなく、連中はそれどころの騒ぎじゃなくなるんだ」

「と言いますと、どういうことでしょうか」年配の役人が興味をそそられたように訊ねた。

「西垣文雄の件は知っているだろう。今朝、殺されているのが発見された弁護士だ」

森本は質問に直接答えず、逆に聞き返した。

「ええ、あの方とは法制審議会の場で何回かお会いしたことがあります。ニュースを聞いてショックを受けましたよ。しかも、拷問されているとか。私の知るかぎりでは、とても恨みをかうような方には見えませんでしたが」

「西垣が日弁連の次期会長候補だったことは知っているかね」

「そういう噂は聞いたことがあります。それが、今回の事件と何か関係があるんですか」役人は思わず声をひそめた。

「それは軽々《けいけい》には断言できない」森本は吸いさしのタバコをガラス製の灰皿でもみ消した。

「しかし、われわれには独自の情報がある。もし、それをうまく利用して事件の捜査がわれわれの望む方向に行けば……」彼は、もう一本のタバコを取り出すと指の間にはさんで真っぷたつに切断した。

「……日弁連を吹き飛ばせる」

森本はタバコの残骸《ざんがい》を灰皿に投げ入れ、テーブルのはしに座っている部下の方に顔を向けた。

「今朝からの捜査はどうなっている？」

「神奈川県警が総出で捜査をつづけています。初動捜査の段階では手がかりは見つかっていません」東京高検司法部次長の龍岡が答えた。龍岡豪紀《ごうき》は森本の腹心の部下だった。ちょうど三十歳になったときに東京地検特捜部に配属され、その後の十年間、特捜検事として辣腕《らつわん》を振るってきた。十年前に比べて額の髪は後退しているが、血色はよく、エネルギッシュな活動量にも変わりがない。彼は三年前に森本に引きぬかれて東京高検司法部に移籍してきた。声が低くて少し聞きづらいことを別にすれば、森本が望みうる最高の副官だった。

「横浜地検の方は担当が決まったのか」

「ええ、報告では岩崎紀美子という若手の女性検事です」

「岩崎紀美子……」森本の目が疑わしそうに細まった。彼の脳裏にショートにした髪と勝気そうな瞳がよぎった。司法修習生をひとりも獲得できなかった女だ。

「何でそんな無能なやつを担当にしたんだ。横浜地検にもこちら側の人間がいるだろう。佐伯は、一体、何を考えている」彼は腹立たしげにテーブルをたたいた。事情の分からない二人の法務官僚が驚いて森本の方を見た。

「しかし、部長。横浜地検は犯罪数に比べて人員が極端に不足しています。あそこはとくに外国人が多いから。担当が可能だったのは岩崎検事だけという報告です」龍岡は冷静に答えた。

「また人手不足、いつもその話だ。それはもう、うんざりするぐらい聞いている。それで、岩崎は何をしている？　弁護士会で起きた例の事件は彼女の耳に入っているのか」

「いえ。その情報をつかんでいるのは、いまのところ検察庁でもわれわれだけです。佐伯からの報告では、岩崎検事は西垣の手がけた裁判記録を一日中調べていたそうです」

「どこまでバカな女なんだ」森本は唸《うな》った。

東京地検から出席している幹部検察官の河谷《かわたに》が、控えめな口調で発言した。

「こちらから、それとなく情報をリークしましょうか」

「いや、それはまずいでしょう」龍岡は即座に否定した。彼は禿《は》げ上がった額に手をあて、言葉を選んでつづけた。

「まず、この件は慎重にことを運ぶ必要があります。岩崎検事に対しても不自然な情報提供は避けた方がいい。彼女が自分で捜査を進めて、弁護士会の事件を探りだすのが理想的な形です」

「岩崎という検事が袋小路に迷い込んだらどうします」河谷が疑問を口にした。

「そのときは、また対策を考えれば……」そこまで言って、龍岡は地検幹部の河谷と上司の森本を交互に見た。

「それに、例の事件に絡んで裁判がおこなわれたという情報もあります。西垣の手がけた裁判記録を調べれば、岩崎検事は案外早く弁護士会で起こった事件にたどりつくかも知れない」

「そうあってほしいものだ」森本は懐疑的な顔つきでうなずいた。

「出来ればもう少し詳しく聞かせてもらいたいのですが」法務省の官僚が椅子から身を乗り出して言った。彼らは西垣の殺人の裏に隠された背景があることを嗅《か》ぎとっていた。

「西垣の件については、いまの段階で詳しいことは言えない。しかし、われわれの計画にとって非常に有利な状況が生まれている。今度の事件の捜査をまちがえなければ、ということは岩崎という検事が少しは頭を使えばということだが、われわれは弁護士会の力を削《そ》ぐことができる。そうなれば、彼らが計画案に反対しても、ずいぶんと気ぬけたものになるだろう」森本は皮肉っぽい表情を浮かべた。彼には、岩崎の見込みのない捜査活動を黙って見守っている気持ちなど微塵《みじん》もなかった。二、三日の間に何の成果もなければ、あの女は担当から外すべきだ。今後のことを、至急、龍岡と話し合わなければならない。場合によっては、横浜地検の佐伯に連絡して、事件自体を東京地検の管轄《かんかつ》に移す必要がでてくるだろう。日弁連の中枢《ちゅうすう》にくさびをうち込むのだ。

森本は会議の出席者を見まわした。森本たちのインフォーマルなグループは検察内部で急速に数を増やしている。法務省の官僚にも賛同者がいた。

「弁護士会もいずれは様子がおかしいことに気づくはずだ。彼らは法曹三者協議会で問題にするか、あるいは地検レベルを飛び越して、ここか、最高検に直接ねじ込んでくるかもしれない」彼は上の階に指を立てた。森本の精悍《せいかん》な顔に冷たい笑いが広がった。

「そのとき最高検察庁がどういう判断をするか、これはちょっとした見物じゃないかね」

第二章　動機

1

朝の陽光がブラインドの隙間《すきま》からななめに差し、ベッドの上に光の細い線が落ちた。岩崎は髪をかき上げると下着のままでベッドを降りた。冷えきった空気が彼女のむきだしの肌をさす。伊藤はまだベッドの中で毛布にくるまっていた。暖かいウール地の毛布から筋肉質の肩がのぞいている。伊藤は岩崎と同じぐらいの背の高さしかなかったが、体格はがっしりしていた。いまは顔を枕の中に埋め、無防備な姿勢で熟睡《じゆくすい》していた。岩崎が起きてもぴくりともしない。このまま一日中でも眠っていられそうな勢いだ。彼女はセラミック・ヒーターのスイッチを入れ、シャワーを浴びた。シャワーを出るころには部屋の中はかなり暖かくなっていた。ベッドサイドのシンプルな目覚まし時計は午前八時を表示している。彼女は伊藤の毛布をはぎとって、たたき起こした。

横浜地方検察庁は朝からマスコミの攻勢を受けていた。一階のロビーは司法記者クラブに所属する若手の記者に占拠《せんきょ》されていた。彼ら以外にも東京の本社から応援部隊が集まっている。薄いレンガ色のビルの前には新聞社の小旗を立てた大型車が何台も停まっていた。記者たちは受付ブースの守衛に西垣事件の担当検事に会わせろと迫り、岩崎の名前を上げて記者会見を要求した。

「なに、この騒ぎは……」、岩崎は一階ロビーに入ったとたん、目の前でくり広げられている混乱に足を止めた。広くもないロビーには、新聞社の腕章とネームプレートをつけた人間が二十人は集まっている。中年の守衛は狭いブースの中でなすすべもなく見守っているだけだった。

「ちょっと、やばいですよ」伊藤が眉間《みけん》にしわを寄せた。

「西垣の事件は今朝《けさ》の新聞でも社会面のトップにあったでしょう。昨日の夕刊なんかぶちぬきの記事だった」

「じゃあ、彼らが狙っているのは……」岩崎は事務官を見た。伊藤の角張った顔がうなずく。彼は岩崎の腕を引っ張って外へ出ようとした。何人かの記者が入口でもたもたしている二人の方に注意を向けた。

「連中に捕まらないうちに、早く逃げましょう。裏口から入ればいい」

「岩崎検事じゃないですか!」記者の集団の中から鋭い声が上がった。岩崎は、突然、名前を呼ばれて思わずふり返った。地元新聞社の若い記者が彼女たちの方に突進してくる。後ろからはカメラマンが走ってきた。そのあとに全員がつづいた。彼女はたちまち新聞記者に取り囲まれた。何本ものマイクが突きだされ、カメラのシャッターが激しく切られる。岩崎はあわてて伊藤の腕をさがしたが、事務官の方は人垣の向こうにはじき飛ばされていた。

「西垣事件の捜査状況はどうなっています」

「殺された西垣弁護士が内閣法制審議会の委員だったことは捜査に影響を与えますか」

「県警本部との捜査協力がうまくいっていないという情報がありますが」

矢継《やつ》ぎ早《ばや》に質問が浴びせられる。ふだんから傍若無人《ぼうじゃくぶじん》な記者たちは、捜査担当検事が若い女性なのを見て俄然《がぜん》本領を発揮した。彼らは岩崎の逃げ道をふさぎ、どうあっても情報を引き出すつもりだった。

「ノー・コメント」岩崎はもみくちゃになりながら、マスコミ向けの常套句《じょうとうく》を連発した。

「ノー・コメントじゃ困るんだよ、政治家じゃあるまいし」背広の襟《えり》に全国紙のネームプレートをつけた記者が声を荒らげた。

「女性検察官としてのハンディキャップはありますか」別のところからは事件の内容と無関係な質問が上がった。

「あるわけないでしょう」岩崎は声の方をにらんだ。

「検事の年はいまいくつですか」岩崎の正面に立ちはだかっている若い記者が質問した。無邪気《むじゃき》な表情をした丸い童顔にはまだ学生の雰囲気が残っている。

彼女は新米記者の胸もとのネクタイをつかみ上げた。

「あなたよりは年上だと思うけれど、わたしの年齢が事件に関係あるの？」

ストロボが光り、再びシャッターの音が連続した。岩崎は手を離すと唖然《あぜん》としている若い記者を押し退けた。

一階ロビーの奥にあるエレベーターのドアが開き、四、五人の男が飛び出して、混乱の中心にいる岩崎の方へ駆けよってきた。岩崎のよく知った顔も見える。受付の守衛から連絡を受けて、総務課の職員が彼女を救出するために動員されたらしい。彼らは、群がる報道記者とその中で立ち往生している女性検事の間に割って入った。記者たちの不平の声を浴びながら、岩崎は周囲をガードされた恰好《かっこう》でやっとエレベーターに乗り込んだ。

「これじゃまるで護送される凶悪犯人と同じね」上昇するエレベーターの中で、彼女は総務課の職員に声をかけた。

「どうせなら、重要人物なみと思った方がいいですよ」職員は笑顔で答えた。

彼女が五階の検事オフィスのドアを開けると、一足先に着いていた伊藤が部屋のすみのカウンターから顔をあげた。彼はコーヒードリップに電気ポットからお湯を注いでいる最中だった。

「そろそろぬけ出して来るころだと思ってました」伊藤はコーヒーカップを岩崎にわたすと、自分の大きなマグカップにドリップを載《の》せた。

「ひどい目に遭《あ》いましたね。まったく連中は慎《つつし》みってものを知らないから」彼は同情めかして言ったが、顔の方は笑っていた。

「きっと、どこかの間ぬけが、わたしが担当になったと口をすべらせたのよ」岩崎は黒いコートを着たままで椅子《いす》にすわった。彼女はカップに口をつけた。コーヒーの強い酸味が身体《からだ》に残っている昂《たかぶ》りを静めてくれる。

伊藤はマグカップを手に持って、パソコン用の機能的なラックに寄りかかった。

「一応、上に報告しておいた方がいいんじゃないですか」

「そうね。主席は結構、細かいことを気にするからね」岩崎は受話器をとると主席デスクの直通ボタンを押した。呼び出しの電子音の後に、耳にあてた受話器から主席検事の声がした。

「岩崎です。おはようございます。いまロビーで新聞社の記者につかまりました。彼らは、わたしが西垣の事件を担当していることを知っています。どうも地検からマスコミに情報が洩《も》れているような気がするのですが」

「ああ、その件か。きみが担当になったことは、昨日、私が司法記者クラブに連絡したんだ」佐伯は当然のことのように言った。

「主席が……」

「もちろんだよ。ただ、昨夜、きみから連絡が入ったのは八時をすぎていたから今日の記者会見の時間を決められなかった。それで、記者連中が朝から張っていたのだろう」

「ロビーは大混乱でしたが……」岩崎は釈然《しゃくぜん》としなかった。

「段取りが悪かったことは認めなければならない。しかし、昨日話したとおり、今度の事件はマスコミも注目している。われわれにとってもチャンスだ。このところ大きな事件はなかったしね。きみは捜査担当検事であるとともに報道官の役割も持っているんだ。マスコミとはせいぜい仲よく頼むよ。明日には正式な記者会見をやるつもりでいる。きみにも出てもらうよ」

「できるかぎり」

「できるかぎりじゃ困る。何といっても、メインはきみなんだ」主席検事はもう決定済みだという口調で言った。

「今日も西垣の事務所で調査するのかね」

「はい、そうしようと思っています」

「では、出かける前に昨日の捜査報告書の提出を頼む」

「分かりました。あとで事務官に届けさせます」彼女は電話を切ろうとした。

「記者連中のきみへの反応はどうだった？」切りかけた電話の向こうで佐伯が訊ねた。

「ええ、よかったと思います。胸ぐらをつかんであげましたから」

岩崎は受話器を置くと椅子をぐるりとまわした。検事デスクの背後は広い窓になっている。外には洋館造りの開港記念会館を真ん中にして見なれた風景が続いていた。主席は彼女のことをマスコミ向けの飾りにしようとしている。適当に愛想をふりまいて、テレビカメラにもにっこり微笑《ほほえ》むことを望んでいるのだ。猫背の佐伯が会見するよりは岩崎の方が格段にテレビ映りがいいに決まっている。確かに、美人検事というのはどこにでもいるものではない。岩崎はひとりでうなずいた。しかし、彼女がテレビに映ったり、写真が新聞に載るときは美人検事ではなくて、美人で優秀な検事として紹介されるべきだ。

「伊藤くん」岩崎は机の方に向き直りながら事務官に声をかけた。

「昨日の報告書を書いちゃうから、八階まで届けてね。そのあと、西垣の事務所へ出かけましょう。あと、今日やることは……」彼女は少し間をおいた。

「どうせ東京に行くのだから、ついでに第一発見者にも会ってこない？」

「第一発見者というと？　法制局の秘書官ですか」

「そう。第一発見者は同時に第一容疑者である、と捜査講義で習ったでしょう」

「第一容疑者？　まさか本気じゃないでしょうね」伊藤はうさんくさそうに岩崎を見た。

内閣法制局は議会別館の三階フロアーに局部屋を間借りしていた。学校の教室をつなげたような縦長の部屋には古い木製の机がならび、目の前の豪華な議員会館ビルに日ざしもさえぎられ、いかにも予算を切りつめられた役所という印象を受ける。

法制局は検察法務合同ビルが竣工《しゅんこう》したときに、それまで入っていた総理府の建物から明るく広々とした合同ビルの方に移転する予定だった。その移転に議会からクレームがついた。内閣法制局は法律の制度そのものを検討するところなのに、それを法律の執行人にすぎない検察庁などと同居させるのは立法を軽視するものだ、というのが議会側の主張だった。彼らの主張にはそれなりの筋が通っていたために政府を戸惑わせた。たとえ議会側の本音が、自分たちの手もとに法制局の役人を置いて議員立法の便宜《べんぎ》をはからせるといった厚かましいものでも、法務委員会の議論では表向きの主張が通った。総理府からの引っ越しを直前にして移転先が変更になり、段ボールや事務機器を積み込んだトラックは行き先を変えた。

いまの議会別館は総理府の建物よりぼろぼろで、しかも横柄《おうへい》な議会本館にもっと近かったから、この引っ越しを歓迎する人間は局内には誰もいなかった。細長い部屋に立ち込める陰鬱《いんうつ》な雰囲気は新たな移転先が見つかるまでつづきそうだった。

内閣法制局の薄暗い応接室で、岩崎は事務官の伊藤とならんでソファーにすわっていた。ソファーは革製の立派なものだが、古びて元の色が分からないほどに変色している。彼女たちの前には法制局に所属する秘書官が迷惑そうな面持《おもも》ちですわっていた。岩崎は注意深く秘書官を観察した。北沢祐介はどう見ても第一容疑者という印象からはほど遠い。三十代後半の色白の男は小さな目をたえずきょろきょろさせながら口をとがらせた。

「もう二度も同じことを神奈川の警察に話しています。事件については触れたくないんですよ。西垣先生の死体が目に焼きついてしまって離れてくれない。あの姿が、どうしても頭の中から消えないのです」

「わたしも現場写真で見ました。あれは悲惨《ひさん》な写真でした」岩崎は同意した。

「写真？」北沢がバカにしたように手をふった。

「写真で何が分かります。写真なんかじゃ、あのひどさが実感できるはずはない。私はこの目で見たんですよ」

岩崎は目の前でふられた北沢の指に注目した。白く繊細《せんさい》な指だ。この指で、老人とはいえ抵抗する男の脊柱《せきちゅう》をねじ折れるとは思えなかった。

「北沢さんが発見したときの状況は警察の調書に載《の》っています。ここで嫌な記憶を掘り返してもらう必要もありません。わたしがお聞きしたいのは生前の西垣先生のことです」

「それも警察に話してあります。大体、私は西垣先生とは審議会のある日しか会っていません。迎えに行って、車の中で仕事のことや雑談をしながら先生を審議会に送り届ける。帰りも同じです」

「西垣先生は法制審議会ではどんなことをしていたのですか」

「審議会は非公開です。ということは国家秘密ということになる」北沢は苦笑気味に言った。

「もちろん、実際は秘密でも何でもないですがね。司法制度全般について、ああでもないこうでもないと話していたようです。最近は民事保全法の改正と検察庁の定員割れが審議委員の話題になっていました。あとの方は検事さんの方がよくご存じでしょう。事件は減らないのに、検察庁も大変ですね」

「ええ……」岩崎は曖昧《あいまい》に微笑んだ。

「ところで、西垣先生との会話の中で何か気にかかることはありませんでしたか。例えば……」

「何を聞きたいかは分かります」北沢はいらいらしたように岩崎の質問をさえぎった。

「死体の様子から見て、西垣先生に対する恨《うら》みの線を追っているのでしょう。刑事たちもそのことをしつこく聞いていましたから。残念ですが、私の記憶の範囲では何もありません。先生はプライベートのことは、ほとんど口にしませんでした。そんなことを話す間柄でもなかったのです、私たちは」

「でも何かありませんか。具体的な話でなくても、西垣先生がふさぎ込んでいたとか、怒っていたとか」彼女は食いさがった。

「先生は感情を出さない人でしたからね。いつもきちんとしていました。審議会の日も迎えの車がご自宅に着く前に身なりを整えて玄関先で待っている人です。まあ、怒ることもあったでしょうが、私の前ではそんな素振りは見せませんでした」

「そうですか」岩崎は気落ちして言った。

「西垣先生が殺害されて審議会の方はどうなっています」彼女はソファーから立ち上がりながら訊ねた。これ以上、北沢に聞くことはなさそうだった。

「いまのところまったく機能停止の状態です。西垣先生は審議会の有力メンバーでしたし、日弁連も後任の委員の選出には手間取っているようです」秘書官もソファーから身を起こした。

「北沢さんは今後どうなさるんですか」

「私のような宮仕えは、ボスが消えても暇をもて余すというわけにはいきません」言い終わったあとで北沢は気まずい表情になった。

「これはちょっと不謹慎でしたね」

岩崎は苦笑した。死者に対する嘆きは肉親などほんの少数のものしか感じていないのだ。

「別の審議委員の方につかれるとか？」

「いえ、当分は残務整理です。西垣先生の荷物を整理しなくてはなりません」

「荷物？」岩崎の表情が緊張した。瞬間、荒らされた部屋の写真が浮かんだ。

「西垣先生の荷物があるんですか」

「いや、勘《かん》ちがいしないで下さい。荷物といっても……」北沢は女性検察官の反応に驚いて口ごもった。

「大部分が審議会の場で配られた資料ですよ。それも西垣先生だけが持っているものじゃなくて、審議委員なら誰でも持っている書類の山です。委員のみなさんが持ち帰るのが大変なので法制局で保管してあるやつです。犯人への手がかりにはなりませんよ」

「資料の山ですか」緊張が急速にしぼんでいく。彼女は秘書官に捜査協力の礼を言い、念のため名刺をわたした。

「もし、資料の中から何か見つかったら連絡してください。おわたしした名刺の番号はわたしのデスクに直通になっていますから」

岩崎たちは古びた建物から外に出た。風がないので、大気はほんの少しだけ暖められている。周囲には緑が多く、それが人工植林された樹木であってもいまではこのあたりの風景にすっかりとけ込んでいた。緑の向こう側には国会議事堂の重厚な壁がそびえている。検察事務官の伊藤は議事堂の威容を見上げた。

「この事件はあそこに飛び火しそうにもありませんね」

「殺されたのは法曹界の大物でも、動機が単純な恨みなら、東京地検特捜部の出番はないわね。しかも、弁護士が絡んでいるだけに捜査には慎重を期さないと日弁連がへそをまげる。そういう意味では、この事件は単純じゃない。でも、動機は本当に単純な恨みといえるか……」

「いえないんですか？　恨みの線が捜査の基本方針でしょう？」伊藤は警戒する顔つきで訊《たず》ねた。岩崎の思いつきで、また何か面倒なことをやらされる予感がした。

「そういうことじゃなくて、恨みにもいろいろあるでしょう。西垣に対する拷問は時間をかけて周到におこなわれている。指まで一本ずつ折ってね。恨みが爆発して刺し殺しました、というのとはまったくちがう。ゆっくりと殺しているのよ。少なくとも激情犯の犯行とは異質な手口になっている……」

「単純じゃないとすれば、複雑な恨みか。なるほど」事務官は歩きながら変に納得した。

「なるほどって、あなたこそ単純ね」岩崎は肩で伊藤の背中を軽く突いた。

「複雑な恨みって、一体、どんな恨みなの？」

「それは……、解答はきっと西垣のファイルの中にありますよ。何しろ検事の思いつきなんだから」伊藤は最後の部分を強調した。

岩崎は事務官の皮肉を無視して、駐車場の方へ歩いて行った。正面の樹木の間には広い通りが見える。きれいに舗装《ほそう》された道路は国会議事堂に向かって走り、その反対側は官庁街につながっていた。

「どこかでお昼でも食べましょう。西垣の事務所はそのあと」岩崎が明るい声で言った。

2

西垣総合法律事務所のオフィスは怒りが充満していた。面談室では弁護士の武藤が、テーブルをはさんで反対側の椅子にすわっている女性検察官と連れの事務官に憤《ふん》激《げき》を込めた視線を投げつけていた。武藤の顔は真っ赤になって、額には汗が浮かんでいる。太った弁護士はいまにも怒鳴《どな》りちらしかねない形相《ぎょうそう》だった。もともと温厚な性格と弁護士としての自己抑制が武藤の声をかろうじて平静なものにしていた。

「年額一千万円の顧問《こもん》料が消えてしまった」彼はこの十五分の間で四回めになる言葉を口にした。

西垣総合法律事務所にとって今日は大きなチャンスが訪れる日だった。二ヵ月ほど前に、わが国での企業展開をもくろむ欧州系フランチャイズ企業が日本側の代理人として西垣事務所にあたりをつけてきた。フランチャイズ企業の大規模な進出が決まれば、代理人の弁護士には法務コンサルタント料として年額一千万円、その他に首都圏を中心とする店舗《てんぽ》買収などで総額数千万円の利益が転がり込んでくる。ここ数年、東京では弁護士の数が増えて競争が激化していた。何千という法律事務所が生き残りをかけて依頼人の奪い合いをしているのだ。もしコンサルタント契約がまとまれば、西垣総合法律事務所は最高のクライアントを手に入れたことになる。

ところが、西垣の死で莫大《ばくだい》な利益を生む代理人の地位も危うくなってきた。もともとが、この契約は事務所のシニア・パートナーである西垣文雄の実力を当て込んでいたものだ。西垣は弁護士会のボスで、しかも法制審議会の委員を兼任している。当然、進出フランチャイズ企業は、網の目のように張りめぐらされたわが国の許認可行政に西垣の顔がきくことを期待していた。西垣が死んでは、この事務所と契約をするメリットもなくなる。そのことは事務所に残された弁護士たちもよく分かっていた。そこで、武藤を中心とする残りの弁護士はフランチャイズ企業側が代理人契約の延期を言い出すまえに先手をうった。西垣事務所ではすでに国際電話とファックスの専用回線を開き、外国語に堪能《たんのう》な事務員を雇い入れ、多額の投資をしている。いまさら話がこわれたからといって事務員をクビにするわけにもいかなかった。

昨日、西垣が殺害されたその日のうちに、武藤はフランチャイズ企業の担当者が宿泊しているホテルに電話をかけ、丁重《ていちょう》に、しかし有無を言わせない口調で契約内容を詰《つ》めるから事務所まで至急お越し願いたいと呼び出しをかけた。担当者はイギリス人で西垣の死を知っているかどうかは分からなかったが、武藤の方はひとことも触れなかった。弁護士の倫理規範など金のなる木を前にしてはどうにでも解釈ができた。相手側は、明日の午前中には事務所に行くと答え、その後、弁護士たちは所内のリープロを総動員して詳細なコンサルタント契約書を作成した。この契約書さえ無事に成立すれば、残された武藤たちが代理人の地位とそれにふさわしい顧問料を手に入れるはずだった。

そして、今日になって、三人の弁護士は磨《みが》き上げられたテーブルの上に契約書を置き、フランチャイズ企業の担当者が現れるのを待っていた。準備はすべて整っている。ただひとつ気がかりなのは、横浜地検からうっとうしい女性検事がやってくることだ。しかし、武藤は心配していなかった。彼女のことは、事務所の奥まった書庫に閉じ込めてしまえば何も問題がない。その中で、ほこりを被《かぶ》った裁判記録と好きなだけ格闘していればいいのだ。

弁護士たちはフランチャイズ企業の担当者がやってきたら、契約書を突きつけ、言葉たくみに丸め込むか、それが駄目《だめ》なら腕を押さえつけてでも署名をもぎとろうと決めていた。今日中に仮契約だけは実現しよう、武藤と他の二人の弁護士はうなずき合った。約束の時間をわずかにすぎて、受付のインターホンが鳴った。弁護士たちはクライアントをにこやかに迎え入れるために立ち上がった。

彼らが笑顔で迎えたのは神奈川県警の刑事たちだった。

「あの刑事たちも、何も同じ時間に現れることはないでしょう」武藤は腹立たしげに唸《うな》った。

受付のところで弁護士たちの笑顔は凍りついた。その直後、彼らは今度は腰をぬかすほど驚愕《きょうがく》した。四、五人の刑事たちの背後には彼らの大切なクライアントが立っているではないか。よりによって、フランチャイズ企業の担当者の来訪は警察の事情聴取の場にかち合ってしまったのだ。

　そのあとに何が起きたのかは武藤もよく覚えていなかった。刑事たちの事情聴取とクライアントの質問攻めが同時に始まって、事務所の中は大騒ぎになった。刑事たちとの間では悪罵《あくば》の応酬《おうしゅう》となり、一方、武藤たちはフランチャイズ企業の担当者を必死でなだめた。しかし、担当者は、何でここに刑事たちがいるのかと息まき、西垣が殺害されたことを知ると激昂《げっこう》した。彼は、西垣の死について武藤が口をつぐんでいたと非難し、自分たちを騙《だま》そうとした、詐欺罪《さぎざい》で訴えてやるとまくし立てた。最後に「おまえのところとは契約をしない」と捨《す》て科白《ぜりふ》を残して、クライアントは席を蹴ってしまった。

「いまごろはベルギーの本社にも報告が入っている……」武藤は悄然《しょうぜん》とした表情になった。怒りの翳《かげ》がうすれて、彼は失意の中に沈み込んだ。

「検事さんの他に、県警の刑事も来ると何でひとこと連絡してくれなかったのです？」太った弁護士はあきらめきれない口調で言った。

「わたしたちにも警察の動きまでは……」岩崎は言葉をにごした。実際、彼女は県警からは何も連絡を受けていなかった。

「そんなことじゃ困る！」武藤はテーブルの方に身を乗り出した。

「検事が出向いてくるのに、警察まで来るとは思わないでしょう」

岩崎は仕方なくうなずいた。武藤の言い分にも一理がある。県警の連中は何とタイミングの悪いときにやってきたのか。

「県警の刑事は誰が来ました?」彼女は訊ねた。

「重犯罪捜査課の米山、あと部下の刑事が何人か」武藤はそれがどうしたという顔つきをした。

米山! 二課の係長だ。あの係長には岩崎たちが西垣総合法律事務所に行くと言ってある。検察で裁判記録をピックアップするから、そのあとで協力をしてほしいと伝えたのに、こんな出しゃばったことをするなんて米山の前頭葉には記憶力が欠けているにちがいない。いや、前頭葉そのものが欠けているのだ。岩崎は唇《くちびる》をかみしめた。断然抗議してやる。横浜に戻ったら頭の空っぽな刑事にまっすぐ会いにいくつもりだった。

一方、弁護士の頭の中は自分の心配事で一杯だった。彼はぐったりと椅子の背に倒れると恨みがましい視線を向けた。

「いまどき一千万円の顧問料を払うところなんて滅多《めった》にあるものじゃない。今日は祝杯の準備をしていたのに、最悪の一日になってしまった」武藤はこれで五度目になる愚痴《ぐち》をこぼした。

岩崎はその様子を見て突然、別のことが心配になった。一千万円の顧問料をふいにしたことで、機嫌を損ねた武藤が裁判記録の調査を断ってきたら……。彼女は用心深くきりだした。

「時間もありませんから、わたしたちはそろそろ調査に取りかかりたいのですが……」

「調査？」弁護士が顔を上げた。

「……ああ、裁判記録ですか。勝手にやっていって下さい。私の方は今日の善後策を講じなければならない。そんな策があればの話だが……」武藤は疲れた様子で椅子から身体を起こした。彼にとって裁判記録の捜査など、もうどうでもいいことだった。弁護士は足を引きずるようにしてドアのところに行くと、岩崎たちをその場に残して廊下に消えた。

岩崎と伊藤は顔を見合わせた。広々とした面談室は急に静かになった。この分だと、誰も書庫まで案内してくれそうにもない。今日の彼女たちはまったく歓迎されない客のようだ。

「どうします？」伊藤が途方にくれたような表情で言った。

「勝手に調べていいんじゃない。弁護士もそうしろって言っていたでしょう」彼女は立ち上がった。

岩崎は廊下に出るとフロアーの奥にある書庫に向かった。その後ろから伊藤がそろそろとついてきた。弁護士が勝手にやれと言ったとおり、少なくとも書庫の扉《とびら》に鍵が掛かっているようなことはなかった。時間は午後一時をすぎている。岩崎たちは西垣総合法律事務所の書庫で二日目の調査を始めた。

「祝杯の準備をしていたとか言ってましたね。事務所のボスが殺害されたのに不謹慎な連中だな」伊藤は黄色いファイルを細長いテーブルの上に積み上げた。

「何しろ一千万円の契約だから仕方ないわよ。一千万、一千万と五回も聞かされたでしょう」

「顧問料だけでこっちの年収の倍以上もあるんだからな」

「そうね、普通の顧問料と違って外資系フランチャイズ店のコンサルタント料だとしても、なみの金額じゃない。あの弁護士がショックを受けるのも当然ね」岩崎はバッグから携帯用のウエットティッシュを取り出すとファイルの汚れを拭《ぬぐ》い去った。昨日は西垣事務所を出てからも口の中がほこりっぽかった。それに懲《こ》りて、彼女は大量のウエットティッシュをバッグに詰め込んできた。伊藤の視線を感じて、岩崎はひとつかみのティッシュを事務官にわたした。

彼女は昨日に引きつづいて再び根気のいる作業に没頭していった。何冊かの記録を読み終えた後に、ひときわ分厚いファイルにぶつかった。検察コードG999、法人税法違反事件。不動産業者の大型脱税事件だった。岩崎はまだ大型脱税事件の捜査を担当したことがない。それに担当したいとも思わなかった。脱税事件は弁護士泣かせ、検察官泣かせの事件と言われている。山のような領収書や支払伝票、会計帳簿書類、最近ではコンピューターの吐《は》き出す膨大《ぼうだい》なプリント・アウトまで細かく調べなくてはならない。東京地検特捜部になると会計書類と金の流れを専門に調査する特別事務官の集団がそろっている。彼らの卓越した能力は政治家に対する贈収賄《ぞうしゅうわい》事件で証明ずみだ。

しかし、一般の地検ではそのような人的組織はないから、国税局に協力してもらって検察官みずからが会計帳簿の仕訳をおこない、複雑な脱税の手口を解明していく。このストレスは恐るべきものだ。経済犯担当の検事は常に胃潰瘍《いかいよう》に悩まされていた。去年、横浜地検を辞めた吾妻検事も経済犯担当のひとりだった。彼はいま東京で、脱税事件に詳《くわ》しい弁護士として無免許の不動産業者や暴力金融から重宝がられている。脱税事件の裁判で同じ苦労をするなら検察官より、金になる弁護人の方を選択したわけだ。ヤメ検という言葉が侮蔑《ぶべつ》的に使われるのにもあながち理由がないとはいえなかった。

刑事事件の記録は相変わらず少なかった。しばらく、売買代金支払請求、手形訴訟《そしょう》、損害賠償《ばいしょう》など民事裁判のポピュラーな記録がつづいて、そのあとC234が一件、また交通事故だ。ケガの程度も大したことがなく、保険金が支払われ示談《じだん》が成立しているので執行猶予《しっこうゆうよ》で終わっている。岩崎はファイルを閉じると、それを読み終わったファイルの上に重ねた。彼女の左側にはまだ手をつけていない何十冊もの裁判記録が積み上げられている。伊藤のわきにも同じくらいのファイルがあった。そして、壁際《かべぎわ》のキャビネットの中にはさらに多くのファイルが残っていた。岩崎はこめかみに指をあてた。これじゃ、明日も来なければならない。きっと弁護士は丸々とした顔に思いきり迷惑そうな表情を浮かべるだろう。

3

陽の落ちた冬空には風が舞っている。午後になって吹きだした冷たい風は夕方から少しずつ強くなってきた。第三京浜の下り線は順調に車がながれていた。岩崎は助手席の中でヘッドライトの照らす前方を見ていた。車内は沈黙が支配している。今日の調査も無駄骨《むだぼね》に終わり、そのことが岩崎の口数を少なくしていた。伊藤もハンドルをにぎったまま運転に集中している。今日だけで二百二十四件のファイルを検討した。昨日の分と合わせると三百五十件を超えている。それでもかんばしい成果は得られなかった。刑事裁判ではＡ１０３はもちろんＡ１１４から始まる強盗殺人、強盗致傷、強姦殺人、強姦致傷などの重犯罪はひとつも見あたらない。黄色いファイルの中から検察コードＢ１１２の傷害罪が出てきたが、全治二週間の擦過傷《さつかしょう》では被害者に恨みが残るとも思えなかった。民事記録の中でメモを取ってきたのは昨日と同じ数の三件だった。これも見込みはとぼしい。明日の最後の調査で何も出てこなかったら……、岩崎は伸ばしていた脚を組んだ。そのときは、彼女たちの捜査が暗礁《あんしょう》に乗り上げることになる。

車は第三京浜をぬけて高速神奈川一号線に入った。前方左手には車のヘッドライトもかき消えるほどのまぶしい光の海が広がっている。「みなとみらい21」の事業区画には、建ちならぶ超高層ビル群がはるか海岸線のあたりまでつづいていた。増設された高速道路は巨大なビルをかすめるようにしてカーブしている。フロントガラスの全面にビルの輝きが映え、車はまるで光の中心に向かって突っ込むように走っていく。

「地検に戻る前に県警本部へ寄ってくれない」岩崎は運転席の伊藤に声をかけた。

「県警ですか」

伊藤は方向指示器を点滅させ、サイドミラーをすばやく確認して、高速の出口にハンドルを切った。高速を降りたあと、車は横浜港の方角に走り、地検の建物をやりすごして左折すると海岸通りに入った。すぐに円形の展望室をそなえた県警本部ビルが見えてきた。「みなとみらい21」の超高層ビルにくらべると見劣りするが、それでも二十三階のフロアーをもつ県警本部の建物は周囲のビルを圧倒していた。

横浜地検の古ぼけたグレーのセダンは本部ビル正面の駐車場に乗り入れた。

「検事、あまり米山を吊《つ》るし上げない方がいいですよ」伊藤がサイドブレーキを引きながら言った。

「へえ、よくわたしの考えていることが分かったわね」岩崎は大して驚いた様子もなく答えた。

「そりゃ、顔を見れば」伊藤は笑ってつづけた。

「その顔は縛《しば》り首《くび》にしてやる、という顔つきでしょう」

その後、彼は真顔になって岩崎を見た。

「でも、いま県警とやり合うのはまずいですよ。これから、例の裁判記録の調査も頼まなくちゃならない。機嫌を損ねると、連中はてこでも動きませんからね」

「わたしの機嫌はどうなるの？　ずっと損なわれっぱなしよ」岩崎は冗談とも本気ともつかない口調で言った。

「検事の機嫌？　そんなもの気にかけているのは私ぐらいですよ。とにかくクールに行きましょう」

「わたしの方は、いつだってクールなつもりだけど」彼女はドアのレバーを引くとひじでドアを押した。

岩崎は正面玄関ロビーの深々とした絨毯《じゅうたん》を横切って、右側にある受付カウンターに向かった。総合受付カウンターでは、二人の婦人警官が近づいてくる訪問者に完璧《かんぺき》な笑顔を見せていた。岩崎でさえ気後れを感じてしまう、とびきりの美人だ。彼女たちは濃紺《のうこん》の制服の代わりに大手ブランド・メーカーがデザインをした淡い色彩のジャケットを着て、おまけに同系色のベレー帽までかぶっている。伊藤は二人の受付係のうちとくに美人の方を選ぶと、捜査二課の米山に取り次いでくれるように頼んだ。一般の来訪者はカウンターで受付カードに記入して、ＩＤプレートをもらわないとロビーの奥には一歩も入ることが出来ない。しかし、検察官にはそのような面倒な手続きは要らず、受付にひとこと言えばフリーパスだった。

岩崎と伊藤は高速エレベーターで六階フロアーに上がると、昨日と同じ小さな会議室で米山が来るのを待った。このちかくに捜査二課の刑事部屋があるはずだが、部屋ごとに分厚い防音パネルで仕切られているらしく、かすかなざわめきも聞こえてこない。県警本部ビルの全体が警察というイメージからはほど遠かった。乱雑に汚れた刑事部屋、うるさく鳴りつづける電話の音、廊下のすみに置かれたタバコの自動販売機、警察のイメージにつきまとう雑多なものすべてが過去の遺物になっているようだ。何百人という職員が二十四時間体制で活動しているのに県警本部ビル自体は高級ホテルなみの静謐《せいひつ》に包まれていた。

会議室のドアが開き、岩崎たちは顔を上げた。くたびれた恰好《かっこう》の大柄な中年刑事が中に入ってきた。彼は立ち上がった女性検察官の全身を上から下までじろじろと眺《なが》めまわした。

「あんたが、検事さん？」刑事が言った。

「ええ、地検の岩崎ですけど、米山係長は？」彼女の方も大柄な刑事を観察した。不《ぶ》精髭《しょうひげ》、安物のスーツ、突き出た腹の下には擦《す》り切れそうなベルトがまわされている。身体《からだ》全体がたるんでいるが、濃い眉毛《まゆげ》の下にある鋭い目つきは、彼が場数を踏んできた刑事であることを物語っていた。典型的な旧タイプの刑事だ。高級ホテルなみのビルを建て、目の覚めるような受付嬢で飾りつけても、人間だけはそう簡単にイメージチェンジをするわけにはいかないようだ。

「係長はヤボ用でね。ちょっと手が離せない」

「ヤボ用……」岩崎は疑わしい目つきを向けた。捜査会議とか取り調べ中とか、もう少しましな言いわけができそうなものだ。この刑事は話しぶりも旧タイプに属していた。

「で、用件を聞きましょうか。こっちもいそがしいから」

「最初に断っておきますけど、いそがしいのはお互いさまです」彼女は自分より頭ひとつ上背がある刑事を見上げた。

「用件の第一は、わたしはいま誰と話しているのかしら」

「ああ、名前ね……」刑事は椅子を引き、どっこらしょと声をかけて腰を降ろした。

「二課の郡司《ぐんじ》だけど。そんなとこに突っ立ってないで、検事さんもかけたらどうです」

岩崎はどうもとつぶやいて椅子にすわった。伊藤も彼女の隣の席にかけた。

「じゃあ、郡司刑事、あなたもいそがしそうだから、さっそく次の用件ですけど、今日、西垣総合法律事務所に捜査員をやったでしょう」岩崎はできるだけ何気ない口調で訊ねた。

「ああ、そういえば係長が何人か連れていったな」

「あなたは行っていないの？」

「班がちがうからね。こっちは目撃者探しに西垣の自宅付近を歩きまわっていた。いや、もう付近とはいえないな。最初は半径五百メートルの範囲だったんだが、ろくな目撃者がいないんでいまじゃ半径七百メートルに広がっている。そのうち一キロまで広がるんだろうが、そうなったら横浜港も入ってしまう。この時分、海の中で聞き込みをやるには少々寒すぎると思うんだが……」

岩崎は横柄な刑事のくだらない冗談を聞きながしていた。米山は吊《つ》るし上げられるのをおそれて、刑事部屋の奥に隠れてしまい、とんでもなくぶしつけな男を身代わりに立ててきた。のっけからいそがしいと言いながら、郡司はまだ長々としゃべっていた。

「ちょっとストップ」彼女は手を上げて、刑事の話を中断した。

「ろくな目撃者がいないことはよく分かりました。用件の三つ目はそのことなんだけど、これまでの捜査状況を詳《くわ》しく教えてくれない」

「捜査状況っていっても、目撃者同様にろくなものはないよ。検事さんが聞いても無駄、無駄」

　この刑事の態度は許せない。無駄か無駄じゃないかは、わたしが判断するからさっさと言いなさいよと思った瞬間、わきに座っている伊藤がテーブルの下で岩崎の足を突ついた。彼女は怒りを呑《の》み込み、にっこりと微笑んだ。が、腹立たしさが先に立ってあまりうまくいかなかった。

「それでも一応聞かせてもらいたいのだけど」彼女は中途半端な笑顔で頼んだ。

「そういうことなら、まあ、係長からもできるだけ協力するように言われてるからね」郡司は安物のスーツの内側に手を入れ、女性検察官のいらだちを見透《みす》かしたかのようにゆっくりとタバコをとりだした。

「目撃者がいないということはそのとおりだな。あの辺は高級住宅街で真夜中に歩いているやつなんていない。聞き込みに行っても昼間だって人が歩いていないんだ。ただ、現場から三百メートルくらい離れている家で午前二時ころ車のエンジン音を聞いている。こいつはちょっと気になるね」大柄な刑事は火のついていないタバコを口のはしにくわえて話をつづけた。

「今朝早く検死の結果が出てる。検死報告書によれば西垣の死亡推定時刻は午前一時から二時の間だ。これは車のエンジン音と時間的にどんぴしゃりだろう」

「不審車の捜査は？」岩崎が訊ねた。

「そっちの方もやっているよ。だけど、こっちには車の種類も分かっていない。型式やナンバーなんて皆目見当もつかない状態だ。ひとつ言えるのは……」郡司はタバコに火をつけた。

「犯人が誰にしろ、そいつは用心深いくそったれだな。わざわざ三百メートルも離れたところに車を停めているんだ」

岩崎の顔にタバコの煙がまともにかかった。彼女は眉をひそめると立ちのぼる煙を手ではらった。このくそったれ刑事にはデリカシーのかけらもない。しかし、犯人については郡司の言うとおりだ。おそらく車は怪しまれないように目立たない場所に停めておいたのだろう。

「検死報告書の所見はどうなっています。特記事項の欄《らん》に何か記載はありました？」

「特記だらけだ。山ほどある」

岩崎はうなずいて、刑事に先をうながした。

「現場の写真があれば一目瞭然《いちもくりようぜん》なんだが……」

「写真は見ています。死体の状況も大体は分かっています」

「それなら話は早い。特記事項は骨折のオンパレードだよ。小指第二関節粉砕骨折、人さし指第二関節粉砕骨折、要するに左指の骨は全部折られている。不思議なことに右手の方は何ともない。あとは両腕とも第二上腕部を折られているし、脚もひどくねじられている。直接の死因は首の骨を折られていることだ。本当は、西垣のじいさんは交通事故にあったんじゃないか？　高速道路でトラックと激突して、その後、自宅に運び込まれた、この事件は殺人じゃなくて業務上過失致死なんだ」

「骨折以外には何か？」彼女は最後の部分を無視して質問をつづけた。

「骨折以外？　あと、じいさんにはションベンを漏《も》らし……ああ、つまり失禁の跡があった」

「ションベンで結構よ」岩崎はそっけなく答えた。

「おれは別にどっちでもいいがね。よっぽど苦しんだんだろうな。六十七のじいさんにまったくひでえことをする」

郡司は短くなったタバコを灰皿でもみ消すと、もう一本をとりだしてまた火をつけた。

「ほかは大した記載はないと思ったが」彼は椅子の背に寄りかかるとタバコの煙を吐きだした。

「現場に残された手がかりの方はどう？　例えば指紋とか」

「指紋ね。機動鑑識《かんしき》班が部屋中に粉をふりかけたらベタベタ出てきたよ」郡司は力なく笑った。

「それで、形が取れるかぎりの指紋を全部コンピューターにぶち込んだ。その件では、まだ指紋照合センターからの返事は来てない。返事があっても期待できるかどうか怪しいもんだ。どうせ、じいさんのと家政婦の指紋だろう。こっちも用心深い犯人がド素人のようなミスを犯してくれるとは思っちゃいない」

機動鑑識《かんしき》班が採取した指紋は県警本部直属の科学捜査研究所へまわされ、科捜研《かそうけん》では指紋を解析度の高いカメラで写真に撮り、コンピューターに入力する。この端末は指紋照合センターのデータ・ベースとオン・ラインで接続されているから、入力後、ただちに照合作業が始まる。コンピューターの照合そのものはマイクロセコンドの速さで行われるが、写真入力に時間を要し、照合結果がプリント・アウトされるまで二、三日はかかった。ただし、犯人が肝心の指紋を残していなければ照合作業は何の役にも立たない。情報がなくては、最新の指紋判読コンピューターもマイクロチップと無数の配線からできたガラクタと変わりがなかった。

「他の遺留物《いりゆうぶつ》から何か分かるまではもっと時間がかかるな。鑑識の連中はバキュームで手あたりしだいに吸いとっていったが、糸くずとか髪の毛なんかは分析に手間取るだろう？」

「ちょっといいですか。血痕はどうです？　私は写真を見ていませんが」伊藤がめずらしく口をはさんだ。

「そいつの結果は出ている」郡司はしかめっ面をして検察事務官にうなずいた。

「現場に残っていた血液はどれもこれも西垣のじいさんのものだ。どうも、今度の殺しについちゃ、指紋とか遺留品《いりゅうひん》はあまり頼りにならない。他に頼りになるものがあるか、というとそれもないがね。このくそ寒い中、聞き込みをしても空振りだったしな」

「そうなると事件の背景とか、動機の線から追っていくしかないですね。これはえらく時間がかかりそうですね」伊藤はあきらめたように言うと、スーツの内ポケットから自分のタバコをとりだした。それを見て、大柄な刑事が事務官の方に使い捨てライターを投げて寄こした。

「検事さん、タバコは？」郡司はタバコの箱を振って一、二本取り出すと岩崎にすすめた。

「吸いません」彼女は冷たく答えた。

「検事は長生きしようと決めているんですよ」伊藤がタバコに火をつけ、笑いながら言った。彼はライターを刑事に返した。

「いま時分の若い女性はタバコを吸うものと決まっているんだがな。県警本部でも署内を禁煙にしろと騒ぎまわっているのは若造の男ばかりで、あいつらはおれたちを目の敵《かたき》にしている」

「事件の背景というか、西垣の背後関係の捜査はどの程度進んでいますか？」岩崎は女性に対する粗野な偏見を無視して質問をすすめた。

「そっちの捜査は壁にぶちあたっているよ。殺された西垣のじいさんが大物だったから、つき合っていた相手も大物なんだ。事情聴取をしたくても、弁護士や役人を引っ張ってくるわけにはいかんだろう。今日だって西垣のところの弁護士から上の方に抗議が来た。情けないことにその点じゃ県警のお偉方《えらがた》もビビッてやがる。一々、警察庁におうかがいを立てているんだ」郡司はうんざりした様子で首をふった。

「警察庁が絡んでいるの？」岩崎が聞き返した。郡司の話しぶりでは、警察の捜査実情はかなり複雑になっているようだ。警察庁は東京の警視庁をはじめ、全国の地方警察を中央集権的に統括《とうかつ》する強力な官僚組織で、わが国の警察権力のトップに君臨している。警察庁が捜査に関与しているとなると、その裏には当然、政府の影もちらついているはずだ。

「出しゃばっているのは検事さんのところも同じだろう」不精髭の顔がにやりと笑っ

た。

「それにこの事件の第一報は警察庁から入っている」

「…………」岩崎は怪訝《けげん》そうに刑事を見た。

「事実が分かればそんな不思議なことじゃないんだ。じいさんの死体を発見した秘書がいるだろう。そいつが警察に電話しないで、自分の役所に連絡した。内閣法制局から警察庁、こっちは最後にまわされて、ついでに貴重な時間も無駄になったというわけさ」

「そうだったの」彼女の脳裏に色白で指のほそい北沢の姿が浮かんだ。いかにも小心者の役人らしい対処の仕方だった。警察に知らせるよりもまず自分の役所での保身をはかったわけだ。

「なんだか、県警の捜査は方々で壁にぶつかっているみたいじゃない」

「おかげさまでな」郡司はぼそりと言った。

事務官の伊藤がアルミ製の薄っぺらな灰皿にタバコの灰を落としながら、岩崎に顔を向けた。

「県警の捜査が難航している現状では、例のファイルが頼みの綱ですかね」

「頼みの綱ねえ」彼女はため息をついた。ファイルの調査は自分で思いついたことだが、いまのところは警察の捜査といい勝負だった。こちらもひどく難航している。

郡司は指にはさんだタバコを揺らして、辛辣《しんらつ》な視線を岩崎に投げかけた。

「係長の話では、検事さんは西垣の裁判記録をほじくり返しているようだけど、一体、そこから何が見つかると思っているんだ?」

「決定的な動機、西垣に対する恨みの原因」岩崎は当たりまえでしょうという顔つきで答えた。

「恨みの原因? 検事さんもうちの係長と同じだな」郡司が軽蔑《けいべつ》したように口もとをゆがめた。

「それはどういう意味かしら」彼女はむっとして言い返した。

「じっくりと考えてみろよ。西垣のじいさんの身体は拷問で轢死体《れきしたい》のようなありさまだ。部屋の中も荒らされている。これが恨みによる犯行といえるかい」

「ちがうっていうの?」

「あんたもつくづく勘《かん》がにぶいな」大柄な刑事は天井を仰《あお》いだ。

「県警本部の捜査方針も恨みの線を追っている。その意味じゃあ、うちの上層部もまぬけぞろいだよ。しかし、拷問は何のためにするんだ?」

「それは……」そんなことは決まっている。西垣に耐えがたい激痛を与えてサディスティックな喜びを感じるためだ……。人を小バカにした郡司の態度にはいらだたしさを感じる。それに、この煙！　さっきから小さな会議室の中はタバコの煙が立ち込めて嫌煙派の彼女には息苦しいほどになっている。どこかで換気扇《かんきせん》の音が聞こえるが、煙は部屋に沈殿《ちんでん》したまま吸いだされていく気配はなかった。これも一種の拷問だ。しかし、タバコを吸っている郡司や伊藤には煙が生理的苦痛を与えることなど思いもつかないのだろう。彼らは何の目的もなく、バカみたいに体内のニコチンを増やしているだけだ。

目的？　ふと岩崎の心にわずかな疑問が走り、ほとんど同時に解答がわき上がった。彼女は無骨な刑事をまじまじと見た。驚いたことに、彼は刑事訴訟法の大原則を問題にしているのだ。自白の任意性——司法修習生のときから慣れ親しんできた言葉が、岩崎の頭の中を駆《か》けめぐった。被疑者から自白を取っても、それが拷問や強制による場合は証拠能力が否定される。被疑者が任意に自白していることが重要なのだ。法廷では自白調書が検察側の最大の武器になる。被疑者から任意の供述《きょうじゅつ》を引きだし、完璧《かんぺき》な自白調書を取るために、岩崎たち検察官はつねに細心の注意をはらっていた。拷問の目的は……任意性の原則をゴミ箱に放り込んで無理矢理に自白させることだ。

「自白のことを言っているわけ？」

「ほう、それほど鈍いわけでもないんだな」

「でも、西垣がどんな情報を握っていたというの。犯人は拷問して西垣から何を聞きだそうとしたのよ」彼女は信じられないという顔で言った。

「可能性は何だってあるだろうよ。誰かのスキャンダルとか、犯罪、政府の秘密とか何だっていい。西垣は外国の情報機関にマークされていたのかも知れない。肝心なことは、拷問するには理由があるってことだ。その理由っていうのは何かの情報をゲロさせることだろう」

「情報といっても……」

「いまはまだ分からないがね。だけど、自白を取るためにどやしつけることぐらいおれだってやるよ。黙秘なんかして悪あがきをするやつには、机をぶったたいてやるんだ」

「さぞ、見ものでしょうね」岩崎は横柄な刑事に冷ややかな視線を向けた。彼女は郡司に取り調べられる被疑者に同情した。こんな大男にどやしつけられたら、恐れ入って、やってもいない犯罪まで自白してしまうだろう。それにしても、西垣が拷問を受けるほどのトップ・シークレットをにぎっていたとは信じ難かった。しかも、並大抵《なみたいてい》の拷問ではないのだ。

「あなたが自白を取るときにどんな方法を使うかはよく分かったけれど、西垣の件はどうもピンとこないわね」

「じゃあ聞くけどな。恨みにかられたやつが部屋まで荒らしていくか？」

「部屋は荒らされたというより、争ったときの跡かも知れない。これはあなたのところの係長が説明してくれたことよ」

「いかにも、頭の固い人間が考えそうなことだ」郡司は深々とタバコの煙を吸い込んだ。

「実は、もうひとつ、検事さんの知らないことがあるんだ」彼は椅子の背から身を起こして、つづけた。いつの間にか表情からは皮肉っぽさが消えていた。

「西垣の検死結果なんだが、じいさんの口腔《こうこう》内からは残留物が何も発見されなかった。どうにも奇妙な話だ。あれだけの拷問を加えられたら、半径三百メートルにはじいさんの絶叫が響いてしまう。時間は深夜だぜ。悲鳴が聞こえないっていうことは考えられない。それを抑えるために、犯人は口の中にガーゼとかタオルを突っ込んだはずだ。ところが、のどを切開しても糸くずひとつ、繊維《せんい》のかけらひとつ見つからない。口の中はきれいなもんだ」郡司は言葉をきると、岩崎と伊藤を交互に見た。

「ここまで言えば何が起きたかは分かるだろう？　犯人が骨をぼきぼき折っている

間、じいさんの口は何か特殊なものでふさがっていたんだ。おそらく、犯人は小さなボール状のゴムかなんかを押し込んだのじゃないか。すべすべして、噛《か》み切れないような強度をもった特別なやつだ。丸いゴムは口の中に広がるから吐きだせないし、悲鳴を封じることもできる。それにしゃべらせるときは簡単に取りだせるしな。そしてタオルとちがって、こっちが分析できるようなものは何も残さないんだ。くそったれやろうは、ずいぶんと気のきいた小道具を用意しているじゃないか」

岩崎の顔に再び驚きの表情が浮かぶのを見て、刑事はうなずいた。

「検事さんの思っているとおりだよ。犯人は用心深いなんてものじゃない。そいつは冷酷《れいこく》きわまるプロなんだ」

4

岩崎たちは県警本部を出ると地検に戻った。横浜地方検察庁ビルは周囲の暗闇と対照的に明るく輝いていた。日銀横浜支店の平べったい要塞《ようさい》を思わせるビルと県庁旧館の歴史的な建物にはさまれた数百メートルの区画が、横浜第一審司法部の中枢《ちゅうすう》エリアになっていた。裁判所や弁護士会館、司法協会、法律扶助《ふじょ》センターはすでに建物の灯《ひ》も消えて静まり返っている。その中で、地検ビルだけは深夜稼働する三交代制の工場のように内部の照明が明々とついていた。検察官に交代制がない分、彼らの労働条件は夜間工場よりもひどいものになっている。岩崎たちが五階フロアーに上がったときも、ほとんどの検事オフィスのドアに「取調中」を示すランプが点灯《てんとう》していた。

「さっきの刑事のこと、どう思います？」伊藤はドアのすぐ内側に置いてあるハンガーにコートをかけながら訊ねた。

「多分、見かけほどバカというわけじゃなさそうね」岩崎はコートを脱ぐと事務官に渡した。

「そんなことじゃなくて……」

「もちろん、いまのは冗談。拷問について言えば、部屋が荒らされていること、犯人はプロらしいこと、それはあの刑事が指摘したとおりだと思う。何かを探していた可能性はあるわね」

「早くも捜査方針を変更ですか？」伊藤がハンガーの方を向いたまま、非難めいた口調で言った。彼は岩崎のハーフコートをとなりのハンガーにかけた。

「でも、捜査方針を変えるなら早いほうがいいのよ。深みにはまる前に」

「もうほこりだらけの裁判ファイルに埋もれちゃっていますよ、われわれは。そこから這《は》い上がるだけでもひと苦労でしょう」

「そうかもしれない」岩崎は事務官の嘆きに笑顔で同意した。

「あまり心配しないで。いまのところ捜査方針を変えるつもりはないから。それに県警では言わなかったけれど、郡司刑事の自信満々の仮説にだって怪しいところがある。辻褄《つじつま》が合わないのは……」

「あ、私が当ててみましょうか」伊藤が軽く手を上げ、学校の授業で挙手するようなしぐさをした。

「はい、伊藤くん」彼女は事務官を指さした。

「結論から言うと西垣に対する拷問が凄惨《せいさん》すぎるということです。あの弁護士が何を隠していたにせよ、指の骨を一本も折られればゲロしてしまう。どんな信念の持ち主だってあそこまでは耐えられないですよ。つまり、あの拷問は自白強要の比例の原則に反している。西垣のつかんでいた情報を得るだけなら、何もあんなひどい拷問をする必要はない。どうです？」

「すばらしい、さすがの郡司刑事もそこまでは頭がまわらなかったのに。あなたって素敵よ」岩崎は大げさに手をたたく真似《まね》をした。

「どうも」伊藤が丁寧《ていねい》に頭を下げた。彼は顔を上げると自分の机に向かい、乱雑に散らばった書類をどかしてワープロのスイッチを入れた。

「それじゃ明日も例のファイルを調べることにして、今日は主席に出す報告書をさっさと仕上げて帰りませんか。あまり遅くまで残っているといつA3―Nで招集されるかも知れない。いったん駆りだされたら徹夜ですよ」

A3―Nは夜間に発生した重犯罪の検察コードだった。A3―Nの連絡が入ったときにたまたま庁内に居合わせたら、これはまちがいなく夜を徹した捜査に駆りだされる。この時期、凍えそうになりながら犯罪現場で夜明けを迎えるのは、二十代後半の女性がすることとも思えない。三十歳を目前にした女性には肌の健康をすべてに優先させる権利があって当然だ。岩崎は自分のワープロに電源を入れた。液晶の画面が明るく輝いて、あらかじめ設定された捜査報告書の書式が現れた。

「わたしの方で西垣のファイルと県警での聞き取りをうつから、伊藤くんは北沢秘書官の部分を作成してね」彼女はそう言ってキーボードに指をのせ、画面をにらんだ。

その後、約三十分の間、検事オフィスの中にはキーボードをたたく音が断続的に響いた。この日の捜査報告書はA4の用紙で三枚にまとめ上げられ、完成した書類は伊藤が八階の主席検事に届けた。八階から戻ってきた伊藤は、明日午前十一時に記者会見をやるので岩崎も必ず同席するようにという佐伯のメモを持ってきた。彼女たちが退庁したのは午後九時近くだった。そのときも、まだ半分以上の検事オフィスで取り調べがつづいていた。

「検事、夕食はどうします」照明が半分に落とされた一階ロビーで伊藤が訊ねた。

「外で食べていくのも面倒だから、今日はうちですますつもり」

「それだったらまっすぐ車で送っていきますよ」事務官はポケットの中をかきまわして車のキーを取り出した。

「あなたねえ、公用車を何だと思っているの」

「でも、専属の運転手がいれば検事にも便利だからいいじゃないですか」伊藤は指でキーをくるくるまわしながら、裏の駐車場の方に歩きだした。

グレーのセダン車は巨大な横浜スタジアムをまわり込むようにして高速の入口に向かった。野球シーズンやコンサートの開催されるときはおびただしい光と歓声が渦《うず》をまいているスタジアムも、いまは暗闇の中に沈んでいる。車のながれは、首都高から三ツ沢《みざわ》を抜けて第三京浜に入っても渋滞とは無縁だった。横浜公園の高速入口から港北インターの出口まで二十分もかからなかった。港北インターを降りて鶴見川《つるみがわ》沿いにしばらく走ると、街路樹がきれいに植えられた道路にぶつかった。道路の両側には広い歩道があって小さな建売住宅や背の低いオフィス・ビルがならんでいる。フロントガラスの前方に岩崎の住んでいる三階建てのマンションが見えてきた。

「あり合わせものでよかったら、うちで食事をしていく？」岩崎は運転席の方に振り向いた。

「そうしていこうかな」伊藤はブレーキ・ペダルに足を乗せた。そのまま静かにペダルを踏み込み、車はこぢんまりとしたマンションの正面に停車した。

「ただし、今日は食事だけよ。泊まりはなし」

伊藤はサイドブレーキにかけた手の動きを止め、戸惑ったように沈黙した。彼が態度を決めかねている間、エンジンの低い回転の音が車内を振動させた。

「男の子なんだから、パッと決めなさい」岩崎はせっついた。

伊藤は、むっつりとした表情を浮かべ、女性検事には想像もつかない生理的な葛藤《かっとう》をした後、何とか自分の内部で折り合いをつけることに成功した。彼は男らしさからはほど遠い口調で言った。

「今日はこのまま帰ります。いま決断しました」

「うん、賢明な決断よ」彼女は傷ついた表情をしている伊藤の腕を軽くたたいた。

「送ってくれてありがとう。このあと気をつけて帰ってね。気落ちして事故なんか起こしちゃだめよ」

岩崎はドアを押して、外に降りると、助手席の窓から車内をのぞき込み手を振った。

「じゃあ、また明日」

彼女は歩道に立って走り去る車のテールランプを見送った。赤いテールランプが遠去かると、岩崎はマンションの階段を一気に三階まで昇った。キーを差し込んでドアを開け、慣れた手つきで入口ちかくの壁にあるスイッチを押した。コンパクトなダイニング・キッチンが明るい光に照らしだされた。岩崎はドアの内鍵をかけずに部屋に上がり、バッグをカウンターボードの上に置いて、脱いだコートは椅子の背にかけた。彼女はもうひとつの椅子にすわって長い脚を組むとじっと耳をそばだてた。すぐに近づいてくるエンジンの音が聞こえてきた。その後、車のドアがばたんと閉まる音が響いた。岩崎はにやにやしながら待った。マンションの階段をどたどた昇る足音が伝わり、足音は岩崎の部屋の前でぴたりと止まった。彼女は椅子に座ったままドアの方に注目した。同時にインターホンの音が鳴った。

「検事、伊藤です。やっぱり食事だけつき合いますよ」

岩崎は思わず吹きだした。

「カギは開いてるわよ」彼女はドアに向かって声をかけた。

5

朝の光がブラインドを開放した窓からフローリングの床とベッドにあふれていた。岩崎は昨夜のうちに選んでおいたダーク・グレーのスーツを着て全身鏡の前に立った。落ちついた色とカチッとしたライン、わずかに絞り込んだスカート、それに短めの髪と胸もとの細いネックレスが調和して、期待したとおりの知的な雰囲気をだすことに成功している。

これで今日の記者会見は半分以上成功したも同然だ。事件の捜査はほとんど進展していないが、そっちの方は仕方がない。まだ、事件が発覚してから三日目だ。それにどうせマスコミには表面的な情報しか流さないことになっている。捜査は密行性が肝心で、記者連中が念仏のように唱えている報道の自由とか知る権利などは寝言ほどの価値もない。とにかく犯人を捕まえることが先決だ。その間は、マスコミがフラストレーションを起こさないようにつなぎの記者会見をして、愛想をふりまいていればいい。事件が解決したら全国ネットのテレビも呼んで大々的な記者会見をやろう。彼女は鏡に映っている自分の姿にうなずいた。今日の会見は予行演習にすぎない。

岩崎はこの日、いつもより早めに出勤した。横浜では「みなとみらい21」の大規模開発に合わせて新交通システムが導入され、私鉄と市営地下鉄の相互乗り入れが実現している。彼女は大倉山駅から電車に乗った。数年前までは横浜方向の車両は東京方面にくらべて格段に空いていたが、「みなとみらい21」の完成によって通勤ラッシュに差がなくなってしまった。大倉山駅を通る私鉄はＪＲ横浜駅の手前で地下にもぐり、市営地下鉄線に合流する。地下鉄の新設駅でホームに降りて階段をのぼると目の前が検察庁だった。

彼女が登庁したのは午前九時前で、まだ伊藤は来ていなかった。この時間帯は検察庁がわずかに静けさを取り戻すときだ。岩崎は窓際に立つと通勤する人々が歩道を急ぐ様子を眺めた。まもなく港南区《こうなんく》にある拘置《こうち》支所や管轄内の全警察署から取り調べを受ける被疑者が続々と送り込まれてくる。横浜港の水上警察からは今日も不法入国の外国人が束《たば》になって送致《そうち》されてくるだろう。通訳に支払う公費で予算は底をついていた。

そして、午後になると検事に面会を求める弁護士たちがひっきりなしにやってくる。彼らは示談書や嘆願書をふりかざし、自分の依頼人は起訴《きそ》猶予《ゆうよ》になってしかるべきだという理由を思いつくかぎりならべ立てた。そう、確かに依頼人は今回少しばかり法を踏みはずしたが、もともとは羊のようにおとなしくて生まれたばかりの赤ん坊のように汚れがない、歯の浮くような科白《せりふ》が平然と口にされた。彼らは真剣だった。起訴猶予になった場合の成功報酬《ほうしゅう》の金額を思えば二、三本歯が浮くことぐらいなんでもない。毎日二万人の弁護士が仕事の奪い合いをしている。きびしい競争社会では良心の呵責《かしゃく》さえ感じているゆとりはなかった。四階フロアーにある弁護士用の控室は順番待ちの弁護士でつねにぎゅうぎゅうの状態だった。

岩崎の目に山下《やました》公園の方から近づいてくる一台の警察車両が映った。無彩色に塗られた警察車はスピードを落とし、開港記念会館の角を曲がって護送用の裏口に横づけした。車からは今日最初の被疑者が制服警官に両脇をはさまれる恰好《かっこう》で降りてきた。

横浜地検本庁は最低でも三十人の検事を必要としている。現実にはたった十六人の検事しか配属されていなかった。まもなく望月検事が辞めるから、今月末には一五人になってしまう。これまでは副検事の増員で急場をしのいできたが、それも限界に来ていた。最近は検察庁法三六条まで持ち出されている。この条文には「法務大臣は、当分の間、検察官が足りないため必要と認めるときは、区検察庁の検察事務官にその庁の検察官の事務を取り扱わせることができる」と書いてあった。定員割れに苦しむ各地検はこの条文に飛びつき、その結果、検察官事務取扱《とりあつかい》検察事務官という漢文もどきの官職が誕生した。しかし、いかめしい官名にもかかわらず、彼らがあつかえるのは道交法違反や風紀事件など比較的軽い事件にかぎられている。どれも急場の策で抜本的な解決にはほど遠かった。

岩崎は窓を離れて検事用の回転椅子に腰を下ろした。不況が長期化して世の中には解雇《かいこ》の嵐が吹き荒れているのに、うちは人手不足で死にかけている。彼女は固い革張りのヘッドレストに頭をもたせた。椅子に寄り掛かった岩崎の視線の先には壁にかけられた時計がある。白い硬質プラスチックで縁どられた円形の時計は九時少し前を指していた。午前九時きっかりに机の上の電話が鳴りだした。彼女は受話器をとると通話のボタンを押した。

「はい、岩崎です」

電話の相手は主席検事で、佐伯はすぐに部屋に来るように言うと何も説明せずに通話を切った。さっそく今日の記者会見の打ち合せをするつもりなのだろう。岩崎は走り書きしたメモを伊藤のデスクに置いて、部屋を出た。エレベーターを待つ間、磨《みが》きあげられた扉《とびら》を鏡の代わりにして、ジャケットのえりを直し、両手で髪をかき上げた。

八階の主席オフィスに入ると、どっしりとした執務机の向こう側で佐伯が顔をあげた。岩崎はドアのところで立ち止まって、一瞬、応接室の方に向かいかけたが、主席検事に動きはなかった。今朝の佐伯は岩崎にソファーをすすめるつもりはないらしい。彼女はまっすぐ主席の方に歩くと、デスクの正面に立った。

「おはようございます」挨拶《あいさつ》をしたあと、机の上に置かれているスポーツ新聞が岩崎の目にとまった。主席がスポーツ紙を読むのは非常にめずらしいことだ。しかも、四、五種類はある。

佐伯の視線もスポーツ新聞の方に向けられていた。彼はそのうちのひとつを取り上げて岩崎の前に投げだすと背中を丸めた姿勢で彼女を下からにらみつけた。

「きみの写真が載っている。有名なものだな」佐伯は皮肉っぽい口調で言った。

「え？」

岩崎は投げだされた新聞を見おろした。とたんに主席検事の不機嫌な理由が分かった。「美人検事大立ち回り」白抜きの見出しが紙面をぶちぬき、岩崎が若い記者のネクタイをつかんでいる写真がカラーで載っている。昨日の騒ぎが大きく取り上げられているのだ。しかし、彼女が自宅のマンションで読んだ新聞には何も載っていなかった。

「何でスポーツ新聞に……？」岩崎はつぶやいた。

「系列新聞から流されたんだよ。現場に居合わせた全国紙も、さすがに自分の紙面に載せるのは躊躇《ちゅうちょ》したのだろう。それで、系列のスポーツ紙に写真と記事を流した、そういうことじゃないかね」

確かに司法記者クラブにスポーツ新聞が所属しているという話は聞いたことがない。岩崎は新聞を手に取って写真をじっと眺めた。横顔を向けている彼女はなかなか凛々《りり》しく写っている。一方、哀れな新米記者は口をあんぐりと開けてまぬけな表情を見せていた。

「よく撮れていると思います」岩崎は正直な感想を述べた。

佐伯は怒りを押し殺した声で言った。

「忠告しておくが、そういう態度はやめたまえ。時々、きみの態度は癇《かん》にさわるんだ。私もきみの行動についてはできるだけ大目に見てきたつもりだ。というのは、検察庁はまだまだ男性社会だし、その中できみがよくやっているのが分かるからだ。しかし、若い女性であれば何をやっても許されると思っていたら勘ちがいもはなはだしい。きみはまず自分が公益を代表する検察官であることを認識しなければならない」

机を隔て、主席と部下の女性検事の間に緊張した空気が流れた。

佐伯は再び口を開いた。

「今度の件も、私はマスコミを利用するように言ったが、こういう形で紙面を飾れとは命じなかったはずだ」

岩崎はあの混乱の場でとった自分の行動が責められるべきものとは思わなかった。それでも、主席の思惑から大きく外れてしまったことはまちがいない。彼女はわずかに頭を下げた。

「わかりました。今日の記者会見では注意します」

「今日の記者会見？　きみは、まだ恥《はじ》の上塗《うわぬ》りをするつもりかね。こういう状況では……」佐伯は机上のスポーツ新聞の束に目をやった。

「会見にはスポーツ新聞どころか今度は週刊誌も押しかけて来るだろう。われわれは興味本位のネタにされてしまう。今日の会見は中止だよ」

「中止ですか……」

「この件はこれで終わりにしよう。いまさら仕方がない」主席検事の両肩が沈んだ。

「記者会見はいずれ時期をみて設定しようと思っている。そういうわけだから、きみにはぜひ捜査の方で活躍してもらいたいものだな。このところ横浜地検は災難つづきで全然いいことがない」背中を丸めた佐伯の姿はいかにも気が滅入《めい》った様子だった。

「西垣弁護士の裁判ファイルからは何か見つかりそうかね？」

「それは、今日、分かると思います」彼女は主席検事の落ちくぼんだ目を見て答えた。

岩崎たちが車で西垣総合法律事務所に向けて走っているころ、東京地裁では午前の法廷が開かれようとしていた。裁判所合同庁舎ビルは検察庁と同じく霞が関の日比谷公園に面した通りにある。この十九階建ての巨大なビルに最高裁判所を除く、各審級裁判所が同居していた。午前十時になるとビルの内部ではすべての裁判所の法廷が一《いっ》斉《せい》に開廷される。合同庁舎の九階にある刑事部第九一二号法廷でも、ありふれた刑事裁判のひとつが開廷時間を迎えていた。

明るい蛍光灯《けいこうとう》で隅々まで照らされた法廷には傍聴人の姿もなく、当事者だけが指定場所にぽつりぽつりとすわっている。弁護人席には三十代前半の若い女性弁護士がすわっていた。国選弁護人の彼女は開廷前の法廷内を見わたした。彼女の左側のベンチにはしょぼくれた被告人が腰縄《こしなわ》と手錠《てじょう》をつけられ、屈強な衛吏《えいり》に両側をはさまれてすわっていた。覚醒剤《かくせいざい》譲渡の現行犯で逮捕された元暴力団員だ。弁護人席の反対側、証言台の向こうには公判検事がすわっている。彼女と同じくらいの年齢の検事は自信にあふれた様子で鷹揚《おうよう》にかまえていた。法廷の正面には一段高くなった裁判官席がある。壇上《だんじょう》にはまだ裁判官の姿は見えない。その真下のボックス席に裁判所書記官が生《き》真面目《まじめ》な顔をして法廷と相対していた。右はしの裁判所廷吏《ていり》は彼女よりずっと若く、ツイードのスーツと細身のネクタイで決めている。時々、ちらっと彼女の方を見ては退屈な時間をつぶしていた。

今日でこの裁判も終わりだ。国選事件は本当に割りが合わない。女性弁護士は廷吏が着ている高価そうなツイードのスーツに目を向けた。あの手の女性物が欲しいが、国から出る報酬ではちょっと高いスーツを買ったらたちまち底をついてしまう。わが国がモデルにしたアメリカの官選弁護人には高額の報酬が約束されている。それにくらべ、こちらの報酬はもらった弁護士がびっくりするほど低額に抑え込まれていた。彼女自身、弁護費用の方が報酬をオーバーする「赤字国選」を何回も経験している。

それに裁判そのものが陳腐《ちんぷ》な舞台劇のようなものだった。下手な脚本を書いているのは検察官で、彼らは彼らだけにしか理解のできない精密刑事司法の実現を目指している。何が、一体、精密なのか？　彼女にはさっぱり見当がつかない。ひとつだけはっきりしているのは、刑事法廷ではつねに検察側が圧倒的な力を持っているということだった。

しかし、今回ばかりは少し事情がちがっていた。彼女は裁判の冒頭から無罪を主張して全面的に争い、六回に及ぶ公判廷では検察側と激しくやりあった。元暴力団の被告人は覚醒剤《かくせいざい》譲渡の現行犯で逮捕されている。しかし、逮捕のときに、覚醒剤はどこからも発見されなかった。にもかかわらず、逮捕の数時間後に警察が現場を再捜査して、偶然、覚醒剤の入ったビニール袋を発見、被告人は覚醒剤取締法違反の訴因《そいん》で起訴されている。

どうみてもおかしな事件だった。逮捕のとき、七、八人の刑事が現場をしらみつぶしに捜査している。仮に被告人が覚醒剤を捨てたのならそのときに発見されるはずだ。彼女は証拠偽造の疑いを指摘して、証言に立った警察官を徹底的にやり込めた。被告人は、また捜査段階で自白もしていた。警察調書と検察調書で自白内容が、がっちりと取られているのだ。彼女はこれも強制によるもので任意性がないと断罪し、取り調べにあたった検察官を証人に引っ張りだして弾劾《だんがい》した。そして、今日が判決の日だった。

「起立!」廷吏《ていり》の声が閑散とした法廷内に響いた。

法廷にいた全員、といっても七人だけだが、彼らは椅子をがたがたさせて立ち上がった。壇上の背後にある扉が開き、黒の法服に身を包んだ裁判官が入ってきた。一同は礼をして、今度も椅子をがたつかせながらすわった。白髪《しらが》の裁判官は眼鏡《めがね》の縁越《ふちご》しに被告人を見た。

「被告人は前に来なさい」

手錠《てじょう》と腰縄《こしなわ》を外された痩《や》せこけた男が証言台の前に立った。男が所属していた暴力団はすでに解散し、五十三歳になる被告人はパチンコ店でアルバイトをしていた。彼は不安そうに女性弁護士の方に顔を向けた。緊張で目尻が痙攣《けいれん》している。彼女は男の貧相な顔に向かって一度大きくうなずくと裁判官席に視線を移した。簡単な人定質問のあと、裁判官は無表情のままつづけた。

「それでは被告人に対する覚醒剤取締法違反被告事件について判決を言い渡す」

法廷に息苦しい沈黙が下りる。

「主文」裁判官は眼鏡の位置をなおした。そのわずかな間が、弁護人席にすわっている彼女の胃の奥をキュッとしめつけた。

「被告人は無罪」

時間が停止し、次の瞬間、すべての緊張が一挙に解き放たれた。ゆるんでいく緊張の中で、身体の内部から勝利の実感がわき上がる。傍聴席からの拍手もカメラのストロボもなかったが、彼女は誇らしげに胸を張った。無罪を取ることがどれだけむずかしいかは刑事裁判を手がけた弁護士なら誰でも知っている。彼女は検察側が張りめぐらした有罪の証拠をひとつずつたたきつぶし、最後に検察の強固な陣地を吹き飛ばしたのだ。報酬が出たら、絶対にツイードのスーツを買おう。輝かしい勝利の記念品だ。壇上では裁判官が主文に引きつづいて無罪判決の理由を述べていた。これで感涙にむせぶ被告人の姿があれば完璧だった。彼女の被告人は涙をながす代わりに口をぽかんと開けて裁判官を見上げている。痩《や》せこけた顔は無罪になったことがまだ信じられないような表情をしていた。

信じがたい思いで判決文を聞いているのは検察官も同じだった。公判検事はいますぐでも席を蹴って、こんな無能な法廷から立ち去りたかった。彼の目が網膜《もうまく》の隅に弁護人の姿をとらえた。ボリュームのある胸をした女性弁護士は顔を紅潮させ、裁判官席をほれぼれと見つめている。どうせ裁判が終わったら、誰かれかまわずつかまえては無罪判決を取ったことを吹聴《ふいちょう》してまわるのだろう。一方、彼の方は思いやりのかけらもない公判部長に敗訴の事情を説明しなければならない。そのときの屈辱感《くつじょくかん》を想像して、公判検事は自分を哀れんだ。

あの胸の大きい女性弁護士はきわどい誘導尋問で裁判官の心証《しんしょう》を引きつけることに成功していたが、彼も法廷でミスを犯したとは思えない。公判が維持されたにもかかわらず敗北したとなると、その原因は……、警察の捜査だ、公判検事の顔に怒りの色が浮かんだ。あの連中はいつでも暴走する。警察での取り調べには自白強要の臭《にお》いがぷんぷんとしていた。多分、脆弱《ぜいじゃく》な警察調書の任意性が問題になったのだ。検察官は口にださずに呪《のろ》いの言葉を吐《は》いた。この無罪判決のおかげで彼の出世は同期の検事より確実に一年間は遅れることになった。

年老いた裁判官は淡々と判決理由の朗読をつづけている。公判検事は平静さをよそおいながら、聞きたくもない敗北の理由が耳に入るのに耐えていた。そのうちに彼は様子がおかしいことに気がついた。マイクで増幅された裁判官の声にはしきりに検事調書という言葉が登場している。公判検事は、一瞬、自分の耳を疑った。検事調書？　警察調書のまちがいではないのか。彼は不審気に壇上の裁判官を見上げた。

裁判官の口からは、引きつづいて、検事による自白の強要、任意性に反する違法な取り調べ、証拠排除という言葉がならんだ。検事による自白の強要！　公判検事はその言葉に度肝《どぎも》をぬかれた。老いぼれ裁判官は事務連絡でも読み上げるように検事調書の証拠能力を葬り去っているのだ。

自白調書には、警察での取り調べを記載した司法警察員面前調書と検事がみずから取り調べをおこなった検察官面前調書の二種類があった。検察官面前調書、すなわち検事調書には刑事訴訟法の規定によって警察調書よりも高い証拠能力が認められている。検察官は公益を保護する国の代理人で、しかも裁判官と同じように司法官の身分を有しているから、検察での取り調べには類型的に任意性も信用性もそなわっているものと考えられていた。ただ、検事調書も万能ではない。人権を最高の価値として、それを制度的に保障する適正手続《デュー・プロセス》の原則下では、検察官もたかだか捜査機関の一員にすぎず、検察が信用できるといっても、それはあくまで警察とくらべた場合の程度問題にすぎなかった。

しかし、現実の刑事裁判において、検事調書の証拠能力には絶対的なものがある。この背景には、刑事司法の全領域をつらぬく検察庁の強大な影響力があった。検察王国とでも呼ぶべき支配権の前では、裁判所もうかつに検察官の違法な取り調べを断罪することはできない。逆に、法務省の仲介で長年にわたってつづいてきた裁判所と検察庁の人的な融合が王国の影響力を補強していた。いまでは多数の裁判官が判検交流の一環として検察庁に送り込まれ、彼らは国家賠償の裁判の場で検事と肩をならべて国側の代理人席にすわっていた。

検事調書には検察庁の圧倒的な権威が凝縮《ぎょうしゅく》されている。検察官面前調書は、検事がじかに被疑者と対面して取り調べをおこない、そのときの供述内容を証拠にしたものだ。検事調書の証拠能力が否定されることは検察の権威と正義が否定されることに他ならない。

　裁判所もそのことは十分に理解していた。弁護人はかならずと言っていいほど検事調書を槍玉《やりだま》にあげたが、裁判所によって証拠排除されるケースは異例中の異例だった。その場合でも検察官の取り調べが違法との判断は慎重に避けられた。違法な取り調べをおこなったのは警察で、「検察はそれを二次的に引き継いだだけである」というのが裁判所の理由となった。そして、刑事裁判の平和は保たれていた。

　法廷の中は異様な空気に包まれている。公判検事は顔面蒼白《そうはく》になって必死でメモを取っていた。弁護人でさえ驚きのあまり目を大きく見開いている。彼らの頭上には検察での違法な取り調べを弾劾《だんがい》する裁判官の声が響いていた。

　公判部長にどやしつけられるぐらいじゃすまない、検察官はメモを取りながら絶望的な気持ちになった。この失態は検察首脳会議の場でも問題にされるだろう。最悪の場合は彼がその会議に引きずり出されるかも知れない。今日の判決はこれまでの無罪判決とは全然ちがっていた。検事調書が正面切って違法の宣告を受けたのだ。その公判を担当した検察官にとっては、自分に死刑宣告が下ったも同然だった。午前の法廷が終わったら、彼はいったん地検に戻って裁判の結果を報告しなければならない。しかし、そんな気力はどこからもわいてこなかった。

6

裁判所の合同庁舎から検察法務合同ビルまでは直線距離で二百メートルも離れていない。裁判官たちがくつろいでランチ・タイムをすごしているとき、目の前の検察合同ビルの一角では地検公判部の幹部たちが深刻な顔つきでテーブルを囲んでいた。

刑事部第九一二号法廷の立会検事から報告された無罪判決の内容は東京地検公判部にパニックを引き起こした。最初の衝撃が去ると、公判部の上級検察官たちは判決内容を徹底的に分析するために緊急会議を開いた。彼らはいずれもショックを受け、それ以上に憤慨《ふんがい》していたが、会議では誰も大声で怒鳴《どな》ったり、責任のなすりあいをするようなことはなかった。彼らが現在の地位を築いたのは自分たちの職務に対する忠誠心と冷徹な判断力をそなえていたからだ。弁解がましい泣き言や根拠のない楽観主義は無用だった。

公判部の幹部たちは、この日の判決が検察庁の歴史的敗北であるという点で認識が一致した。

「しかも、現在の組織的な危機が克服されないかぎり、今後も敗北はつづくだろう」

公判部長は議論をまとめる形で結論づけた。

「上層部には判決文と一緒にここでの議論をそのまま伝えようと思う。上の人間が気づいているかどうかは別にして、まちがいなく、わが国の刑事裁判には地殻変動が起きている」

東京地検公判部のショッキングな報告書は、その日の午後遅く地検最高責任者の検事正に届けられた。検事正のもとに差し出された報告書は、そこから主だった検察首脳に提出され、コピーの一通が森本のオフィスにも届いた。

東京高検司法部長のオフィスは余分な装飾品を置いていない分、贅沢《ぜいたく》な空間が広がっていた。この執務室を引き継いだとき、森本は前任者が残していった名画の複製や巨大で悪趣味な彫刻品をすべて処分し、成りあがり企業の重役室のような雰囲気を部屋の中から一掃した。

東京高検の幹部検察官は報告書のコピーを机の上に置いた。上質のマホガニー材で造られた執務デスクを隔て、来客用の椅子には次長の龍岡がすわっていた。

「われわれの危惧《きぐ》していたことが現実の出来事になった」森本は不快気にデスクの報告書を見た。

「それを読むと」龍岡は禿《は》げ上がった額に手をあてた。

「勾留《こうりゅう》期限ぎりぎりになって捜査担当の検事が被疑者を取り調べています。担当者は他にも死ぬほど事件を抱えていますからね。補充捜査などやるゆとりがないままに、とにかく自白を引き出そうとしたのでしょう。時間切れが迫っていた。当然、取り調べはずさんになります」彼は手を伸ばして報告書をとりあげた。表紙には東京地検公判部の印が押してあった。

「そして、公判部も状況は似たようなものです。公判担当検事は毎日、捜査部からまわされてくる事件をこなすだけで手一杯ですから、一々、捜査内容をチェックすることはできません。どのセクションも人がたりない。その結果が、こいつですよ」龍岡は報告書を指で軽くたたいた。

「実に不合理な話だ。充分な数の検察官がいれば、このような失態が起きることはない」憤慨をあらわにして、森本が言った。

「地検公判部も同じような分析をしています」

「分析？　地検の連中は分析するだけで、あとの事は全部こっちに押しつけようとしている」森本は渋面《じゅうめん》をつくった。

「願ってもないことじゃないですか。この無罪判決が庁内に与えるインパクトは大きい。われわれの計画を実行プロセスに移すときに利用できます。首脳部に対する説得材料として判決を逆手にとるのです。それに法務省の役人にも効き目がある。彼らの及び腰を少しは蹴《け》っ飛《と》ばすことができるでしょう」

「官僚どもに活を入れるのも結構だが、その前に西垣の件がある。まず、日弁連の問題を片づけることが先決じゃないかね。弁護士会は将来、われわれの再建案への反対勢力になることはまちがいない。おそらく最大の反対勢力だ。彼らを未然に弱体化し、腑《ふ》抜《ぬ》けにしておく必要がある」司法部長は渋い表情を崩さずに言った。

「それは、まあそうですが、捜査の進展具合はいかんともしがたいですから……」

「きみの言うようにじっと手をこまねいていたら時機を逸してしまう。無罪判決を利用する前に、西垣の事件にもっと頭を使うのだ。考えてもみたまえ、弁護士会の内紛が西垣殺害の動機になっていたとすれば、これほどのセンセーショナルな事件はない。暴力団の内部抗争と同じことが弁護士会で起きている。日弁連は大混乱に陥《おちい》って、われわれの邪魔《じゃま》をする連中も自滅を遂げるだろう。捜査方針さえ揺るぎがなければ、西垣の事件は危機打開の突破口になるはずだ。ところが、佐伯はわれわれに何の相談もなく担当検事を決めてしまった。その検事がどんな捜査をしているかは……」

森本の精悍《せいかん》な顔に皮肉っぽい感情が広がった。

「……きみも知っているとおりだ。しかも、こっちには情報があるのに有効に利用することもできない」

「情報をリークするのはうまいやり方とは思えませんね」上司のいらだちを横目で見ながら、龍岡は落ちついた声で答えた。

「それだったら、せめて事件の担当をこちらに移すべきだろう。ちがうかね」

「昨日もお話ししたとおり、私としてはそれにも賛成できません。いったん決まった担当を東京地検に移すのはいかにも奇異です。マスコミが何か嗅《か》ぎつける危険があります」

「横浜地検に任せていてはらちが明かないのだからそれもやむを得まい。それに、あの女性検事はどうも気に入らない。大して能力があるとも思えないしな。あの女にできることは、せいぜいスポーツ新聞の三面記事を飾ることぐらいだろう」

「確かに、あの写真は傑作でしたね」龍岡は思い出したように含み笑いをした。

「きみの言っている例の裁判の件だが」森本が物問いたげな視線を向けた。

「仮にだ、弁護士会の内紛に絡む裁判ざたが存在して、岩崎がそれを見つけたとする。見つけられるかどうかも怪しいものだが、ともかくそうなった場合、裁判の記録から宮島《みやじま》のところまで登りつめていくことは、可能かね？」

「それについては、まったくの未知数です。宮島は何重にもガードを固めているでしよう」次長検事は正直に言った。

森本は部下の答えを聞くとうなずいた。

「私も同じ考えだ。宮島は一筋縄《ひとすじなわ》ではいかない。彼は、もう十年ちかく弁護士会の派閥に君臨している。宮島にそれだけの人望があるとは誰も思っちゃいない。あの男は狡猾《こうかつ》なやつだ。彼は抜け目なく立ちまわっている。横浜地検の岩崎がそんなやつを相手にして勝算があるとは、到底、期待できないじゃないか」

「そうかも知れません。しかし、そうじゃない可能性もあります。どちらにしても、移管の決定をあと一日待ってみたところで不都合はないでしょう。佐伯の報告では、例の裁判ファイルの調査は今日中には終わるそうです」

「私には時間の無駄《むだ》のように思えるがな」森本は椅子から立ち上がって、背後の窓の方を向いた。森本のオフィスからも眺望《ちょうぼう》は広がっているが、さすがに最上階近くというわけにはいかない。窓からは裁判所の建物が目の高さに見えた。東京高検の幹部検察官は灰色の建物を凝視し、しばらく沈黙した。龍岡はその様子をじっと見守りながら、椅子のひじに身をもたせかけた。

「今日の無罪判決についても至急処理をしなければならない」窓を向いたまま、森本が口を開いた。

「数年前にゼネコン汚職に絡んで検事の暴行が問題になったことがある。あの時は、捜査段階で発覚したから裁判には支障はなかった。しかし、今度は判決で検事調書の任意性が否定されている。たった一件でも、この判決の影響は大きい。さっそく日弁連の刑事弁護センターあたりが記者会見を開くだろう。検察の違憲的取調《とりしらべ》が断罪されたとか、そのたぐいのバカ話を喜々としてマスコミにながすわけだ。これ以上、無罪率が拡大することはなんとしても避けなくては……」

龍岡は上司の背後でうなずいた。彼にも森本の危機意識は実感できた。無罪率が危険な数値にちかづいているのだ。検察庁の公式見解はいまでも有罪率九九・九八パーセントだった。しかし、あらゆる統計が公式見解を裏切っている。数年前から無罪率は毎年増えつづけ、最新の統計では〇・七パーセントを超えていた。日弁連の独自の集計では一パーセントに迫っている。無罪率が一パーセントを超えると、統計数値上の危機は現実の危機に転化する。百件の裁判があればかならず無罪判決が一件はでる計算になった。ということは全国の裁判所のどこかで、毎日、無罪が生みだされることになる。検察庁はこれまで無罪率を一パーセント以下に抑え込むことを至上命題にしてきた。全庁を挙げて取り組んできたのだ。その政策が破綻し、彼らがリードしてきた精密刑事司法も終焉《しゅうえん》を迎えることになる。

「すでに手はうってあります」龍岡は、肩幅のある背中に声をかけた。

「刑事部第九一二号法廷の裁判官に対しては、今後、係属する全事件について検察側控訴《こうそ》をしかける予定です。有罪判決が出ても量刑不当で控訴は可能ですからね。あの老いぼれ判事が、こちらの求刑より刑期を一日でも短くしたら量刑不当で控訴してやります」

森本は部屋の方を振り向くと、部下の提案を吟味《ぎんみ》するように眉を寄せた。

「確かに、自分の書いた判決がどれもこれも控訴されては、裁判官には悪夢だろうな」

「集中控訴を三ヵ月もつづければ、誰だって音をあげます。九一二号法廷の判事はわれわれの前に身をひれ伏し、心を入れ替えるでしょう。あの法廷からは二度と無罪判決が出ないと保証します」司法部次長検察官は窓に映る裁判所の建物に冷たい視線を投げた。

「それに、集中控訴は他の裁判官に対する警告にもなります」

森本も再び窓の外を見た。龍岡の対策案には満足だった。裁判所が増長しないようにすぐにでも圧力をかける必要があった。弁護士会、裁判所、検察内部のリベラル派、それに法務官僚の穏健派まで、実に多くの連中がくだらない人権擁護《ようご》の幻想に汚染されている。彼らが犯罪者や不法入国者、反体制者の人権を守っている間に、わが国は無秩序状態になってしまうだろう。戦後刑事司法を総決算するときがちかづいていた。西垣の事件で突然に舞い込んできた、この機会をうまく利用すれば……森本の眼光に強い意思の力がみなぎった。再建された強力な検察庁のトップに就《つ》くのが誰かは、おのずと明らかだった。

「検事、ちょっとこれを見てください」伊藤が声をかけた。

岩崎たちは西垣総合法律事務所の書庫で三日目の調査に入っていた。弁護士の武藤はフランチャイズ・コンサルタント契約を逃したことがよほど腹にすえかねたらしく、一度も顔を出さなかった。

岩崎は読みかけのファイルから顔を上げた。半日以上も裁判記録を読んでいるせいか頭の中がぼうっとしている。彼女は事務官が広げたファイルに視線を落とした。岩崎の目に何のへんてつもない損害賠償《そんがいばいしょう》請求の訴状が映った。

「これがどうかしたの?」

「どうかしたのって」伊藤はもどかしげに言った。

「そこの被告のところを見てください。眠気もふっとびますよ」彼は岩崎のしょぼついた目をのぞき込んでせかした。

「被告？」彼女は怪訝《けげん》な表情で訴状の当事者欄に目を凝《こ》らした。かすれた目には、最初、何のことか分からなかった。しかし、すぐに伊藤の興奮が理解できた。

「西垣文雄……」岩崎は信じられないようにつぶやいた。被告の名前は西垣文雄と記載してある。弁護士の西垣が裁判で訴えられているのだ。

「それだけじゃないんです」事務官が勢い込んで言った。

「原告は株式会社テラックスとなっていますよね」

訴状の原告欄にはワープロ印字で株式会社テラックス、代表取締役佐々木瑞穂《ささきみずほ》と書いてある。訴訟代理人欄は東京の弁護士の名前があった。

「そのテラックス社というのは、もともとは西垣の依頼人です。西垣が依頼された事件でへまをやって、あげくに会社の代表者は死んでいる。代表取締役の名前は女性でしょう。彼女は死んだ社長の妻です」

「西垣は自分の依頼者から訴えられているわけ？」岩崎は事務官の角張った顔を見て、またファイルに目をやった。

弁護士が依頼者から裁判を起こされるというのは異常事態だった。しかも、西垣が手がけた事件に関連して死者まで出ている。その背景にはもっとどろどろした事情がありそうだった。

伊藤の言葉どおりに岩崎の眠気は完全に消し飛んでいた。彼女は裁判ファイルを手にとるとゆっくりとページをめくっていった。

ようやく西垣殺害の動機らしいものをつかんだ感触があった。

第三章　権力

1

そもそもの発端はM&Aの失敗だった。

M&A――企業の買収合併はアメリカで大々的におこなわれ、わが国でも「会社乗っ取り」という当初の印象がうすれるにつれてしだいに増加してきた。しかし、最近になっても、わが国では大規模企業間のM&Aはほとんど見られず、非上場企業や株式すら発行されていない中小企業の烏合《うごう》が中心だった。ただ、中小企業の買収とはいえ、企業そのものの売り買いであるから、M&Aには、およそ企業活動に関するあらゆる法律知識が要求される。対象企業の取引関係を引き継ぐためには契約法全般の検討が必要であるし、企業の財産を引き受ける上で動産、不動産、特許や商標などの知的所有権に関する法律知識も不可欠といえた。それ以外に政府関係のライセンスも絡んでくる。こまごまとした行政法規をすべてチェックしなければならない。M&Aは過当競争に苦しむ弁護士にとって、いまだ完全に開拓されていない有望な市場のひとつだった。

テラックス社は町田市《まちだし》にある資本金二千万円の小さな会社で、不動産取引を看板《かんばん》に掲《かか》げていた。しかし、この会社の本業は旧社名佐々木興業《ささきこうぎょう》のときからつづいている産業廃棄物の処理にあった。産業廃棄物処理業は莫大《ばくだい》な利益を生みだすので、テラックス社の経営も本業だけをとれば順調にいっていた。ところが、長期不況のあおりを受け、転売用に確保していた土地の地価が急な坂を転げ落ちるように下落し、すべての銀行融資が焦《こ》げついた。不動産部門の頓挫《とんざ》は本業にも影響を与えた。運転資金が足りず、手形決済の前日には新たな手形を差し入れて決済日を延ばしてもらうことが多くなった。

代表者の佐々木友緒《ともお》はつき合いの長い取引先銀行に追加融資を頼み込んだ。彼を迎えた銀行の態度は一変していた。支店長の笑顔にかわって、仮面のように冷たい表情の融資管理課の行員がでてきた。彼は追加融資の頼みを鼻で嗤《わら》うと佐々木に対して「これまでの融資を全額返済しろ」と通告した。

銀行から見放されたことでテラックス社は倒産の危機に直面した。佐々木友緒は五年前に父親から会社を引き継いでいたが、そのあと強気の経営でテラックス社を引っ張ってきた。彼はこのまま静かに不渡《ふわた》りがでるのを待って、会社の実権を破産管財人に委《ゆだ》ねるつもりはなかった。

　佐々木は自分の配下にある小さな会社を見わたし、再起の糸口を見つけようとした。不動産部門にはまったく見込みがなかった。リサイクル・ショップの経営とかその他の雑多な部門にも何も見つからなかった。利益を上げているのは産業廃棄物の処理業で、これを拡張すれば融資の返済も可能に思えた。残された時間はあまりなかったから、佐々木はすぐさま行動に移った。彼は親族で固めた役員会を強引に説得すると、新たな処理施設場を建設するために土地を探し始めた。土地さえ手に入れることができれば処理場の施設はあとまわしでもよかった。産業廃棄物を運び込んで山積みにしておけばいいのだ。

　しかし、予想していたこととはいえ、土地の確保は困難をきわめた。テラックス社は焦げつき融資のくっついた十数筆の土地を所有している。が、いずれも商業地域にあるので処理場用地としては問題外だった。いくつかの土地が候補に上がっては消えていった。最大のネックは近隣住民の反対で、住民たちはゴミ処理場が建設されると聞くとたちまち戦闘的な環境保護派に豹変《ひょうへん》した。土地売買契約が正式に決まらないうちから廃棄物処理場反対の住民運動が組織され、おまけに地方議会は保守系、左翼系の区別なくこぞって住民の陳情を受入れた。地方議員は環境保護という恰好《かっこう》の宣伝材料をつかむため多数の住民を引きつれ、市当局に押しかけた。こうして、テラックス社は撤退をつづけ、金利負担も限界にたっしていた。

社員から「土地が見つかった」という連絡が入ったのは佐々木が何回目かの手形書き換えをした直後のことだ。郊外の山林部にある土地はゴルフ場建設が挫折《ざせつ》し、造成途中で放り投げられている荒れ地だった。佐々木は現地に飛び、ひと目で気に入った。造成地の周囲は樹木がなぎ倒され無残な状況になっている。それでも、土地は一応平らにならされて、廃棄物を満載した大型トラックが通っても路面が陥没《かんぼつ》する心配はなかった。何よりも気に入ったのは、周囲に処理場反対を騒ぎ立てる住民がひとりもいないことだ。はるか彼方《かなた》に二、三軒の農家が見えるだけで、あとは削り取られた山林と朽ち果てた大量の樹木が転がっているだけだった。佐々木はさっそく土地購入の交渉に入った。

ところが、思わぬ問題が持ち上がった。土地の所有者は零細なリゾート開発業者で、テラックス社と同じように重い金利負担に喘《あえ》いでいた。佐々木の申し入れに対して、業者は問題の土地も含めて「一切合切を買い取ってくれ」と返答し、そうでなければ土地は売らないと突っぱねた。佐々木が欲しいのは幹線道路につづく、山林部入口の土地だけで、この交渉は難航しそうだった。倒産を回避するにはどうしても売買をまとめなければならず、佐々木は弁護士に依頼した。

　佐々木が紹介された西垣文雄は小柄で髪の毛も薄くなった年配の弁護士だった。西垣の小さな身体《からだ》には、老人とは思えないエネルギッシュな活力があふれ、四十六歳になったばかりの佐々木の方が圧倒された。

　細かい事情を聞いた後、西垣は一通の委任状をとりだし、これに署名して今後のことはすべて自分に任せるように話した。そのときに佐々木は初めてM&Aという言葉を知った。西垣は「リゾート業者が言っているのは企業自体を買収してほしいということで、これはアメリカでよくやられているM&Aというものだ」と説明した。そして、「M&A絡みの契約は普通の土地売買契約よりもずっと複雑で面倒な手続きが必要になる。着手金として二百万円程度は支払ってもらいたい」と要求した。佐々木がしどろもどろになって資金繰りが窮迫《きゆうはく》していることを伝えると、西垣は苦笑いをしながら「じゃあ、着手金は新しい融資が下りたときに払ってくれればいい」と答えた。佐々木は年配の弁護士に深々と頭を下げ、委任状にテラックス社の社判と代表者印を押して差しだした。
　二、三日後に西垣から連絡があった。「相手は土地だけの買収にはどうしても応じようとしない。あの土地が欲しければM&Aでやるしか方法はないだろう。値段については大幅に譲歩するそうだ」と西垣は伝えた。佐々木は内心の不安を隠して「金額はいくらになるのですか」と訊《たず》ねた。リゾート業者はこちらの足もとをみて何億という金額を吹っかけてきそうだった。「造成途中の土地全部、会社の備品、ＯＡ機器、車両一切で六千万円でどうだろうか」それが西垣の答えだった。

佐々木は、一瞬、拍子ぬけした。六千万円というのはゴルフ場用造成地としてはあまりに低い金額だった。西垣の説明では、リゾート業者が所有しているのはゴルフ場予定地のほんの一部分だけで、しかも、ゴルフ場建設が頓挫《とんざ》したため土地の値段も開発前の山林価格に下落している。それに、業者の事務所はビルの一室を賃貸しているだけだから、会社財産は中古車一台、コピーとファックス、それを除けばロッカーや机などのガラクタしかない、ということだった。西垣は最後に、これだけ安くなったのは自分の交渉力のおかげだと匂《にお》わすことも忘れなかった。

佐々木は新しい融資先を見つけるために奔走《ほんそう》した。リゾート業者は仮契約の時点で三千万円を要求している。残額は移転登記と引き換えだった。テラックス社は多額の債務を抱えており、到底、銀行は相手にしてくれない。銀行系のノンバンクにも軒なみ断られた。結局、佐々木が見つけてきたのは評判のかんばしくない金融業者で、この業者は利息制限法の存在などまるっきり忘れてしまったかのように堂々と年利三六パーセントもの金利を要求した。とても有利とは言いがたい条件で融資を受けたテラックス社は、リゾート開発業者に三千万円を支払った。残りの三千万円は一週間後の移転登記の日という約束になっていた。

一週間後、事態は急変した。約束の日時に、佐々木たちは三千万円の小切手をたずさえてリゾート開発業者の事務所を訪れた。ところが、事務所はもぬけのからで、いつまで待っても誰ひとりあらわれない。いらだちと不安が高まる中で、佐々木の携帯電話のベルが鳴った。電話は、法務局に登記簿謄本《とうきぼとうほん》を取りにいったテラックス社の役員からで、空電音に混じって「やられた。二重売買だ」という悲痛な声が聞こえた。佐々木はがらんとした事務所に立ちつくした。呆然《ぼうぜん》とした頭の中には黒々と絶望の波が広がっていった。

佐々木が喉《のど》から手がでるほど欲しかった土地は仮契約の前日に第三者に売却され、登記の移転も完了していた。リゾート開発業者は三千万円を持ち逃げして、土地も二重売買をしていたのだ。佐々木は残った気力をふりしぼってあらゆる法的手段を取り、告訴を申し立て、自分でも脅《おど》しめいたことや土下座までしたが、そのすべてが徒労に終わった。彼のテラックス社はすでに七億の負債を抱え、倒れる寸前の状態でふらふらしていた。新たに融資を受けた高金利の三千万円が最後のひと押しとなった。

第一回目の不渡りが出てテラックス社は事実上倒産した。

二回目の不渡りがでる日の朝、佐々木は薄暗いうちに自宅をあとにした。自宅から会社までは車で十五分ほどの距離だった。彼は会社わきの駐車場に車を乗り入れ、用意してきた五リットル入りのポリ容器を取り出した。ふたを開けるとガソリンの臭《にお》いが車の内部に充満した。佐々木はガソリンを車内に流し、自分の身体《からだ》にも浴びて、最後に点火したオイル・ライターを座席シートの下に放り投げた。たちまち車内は火に包まれ、ガソリンタンクに引火すると大音響に大気は震え、液状の炎が渦《うず》をまいた。

佐々木が焼身自殺をしてもテラックス社のたどる運命は同じだった。国税を先頭に銀行、ノンバンク、町金融などがそれぞれの権利を声高《こわだか》に主張して押しかけた。法的に序列をつけられた略奪戦が起こり、会社のありとあらゆる資産がロッカーのカギ、デスクのボルトにいたるまで多数の債権者によってむしり取られた。不動産は競売手続に移行していたので、略奪戦そのものは短期に終了した。これ以上何も取る物がないということがはっきりすると、最後までねばっていた金融業者も引きあげていった。テラックス社、というより、かつてテラックス社であった残骸《ざんがい》は法的にはその後も存在をつづけた。しばらくしてから、佐々木の妻がこの残骸を引き継いだ。

彼女がテラックス社の代表取締役に就任して、最初にしたことは西垣文雄に対する裁判の提起だった。

「原告テラックス社は、西垣の債務不履行《ふりこう》を主張している」岩崎は黄色いファイルを閉じた。

「西垣はテラックス社の代理人だから、土地の登記がリゾート開発業者の名義になっているかきちんと調べる義務があった。それを怠《おこた》って仮契約をしたのは、弁護士委任契約に違反している。それで損害賠償の責任があるというわけね」

「道理ですよ。テラックス社は土地が欲しかった。その土地の登記名義について調査するのは当然でしょう。ところが」伊藤は納得のいかない表情を浮かべた。

「裁判では西垣は無罪……あっ、これは刑事事件じゃないか、西垣は勝訴していまス。テラックスの請求は棄却されているでしょう」

「判決文を読むと、弁護士はM&A契約締結の委任事務を受けているけど、移転登記など登記実務は不動産業者がやることになっていた……なんだか、はっきりしないわね」

「無関係の私が読んでも全然納得できない判決です。佐々木の遺族にとっては絶対許せなかったでしょうね」

そして殺害を思い立ったのか？　岩崎は考えるときのくせで脚を組んだ。会社の倒産、破滅、衝撃的な自殺——佐々木は焼身自殺を遂《と》げている。残された家族の無念さ。この事件には殺人の動機となるような原因が見事なくらいにそろっていた。彼女の背中に軽い興奮が走った。もしかすると、彼女たちは第一級の手がかりを掘りあてたのかもしれない。

「佐々木の遺族は？　三人よね」岩崎は事務官に確認した。

「ええ、妻の瑞穂、それに高校生と中学生の男の子がいます」

「この事件はもっと突っ込んで調べる価値があると思う。裁判の経緯とか、そのあとの遺族の様子とか、この際、調べられることは徹底的に調べてみましょう」

「順番からいくと、まず、テラックス社の代理人になった弁護士から事情を聞いてみるといいかもしれませんね。もちろん、弁護士倫理とか難しいことを言わないで協力してくれればですが」

「それだったら、ここの武藤弁護士にも聞いてみましょうよ」

「武藤ですか？　これ以上、協力してくれますかね」事務官は疑わしげに言った。

「一千万円損をさせたこと？　機嫌がいいはずはないけれど、それでも話ぐらいはしてくれるんじゃない」岩崎は長い脚をほどき、事務員を呼ぶために立ち上がった。

しばらくたってから、弁護士の武藤が書庫のドアを開けて入ってきた。彼の丸々とした顔はたった一日の間にげっそりとやつれたように見えた。

弁護士は「まだ、いたのか」という顔つきを向けると、

「私に用事とは何のことです？」と訊《たず》ねた。

「この記録を見ていただきたいのです」岩崎は裁判記録を武藤に手わたした。

彼はファイルを受けとるとページをめくった。岩崎はそれとなく武藤の様子を観察しようとした。しかし、武藤の方は一、二ページを見ただけですぐにファイルを閉じてしまった。

「ああ、この裁判は西垣先生から聞いていますから、よく知っていますよ。これがどうかしたのですか」武藤は黄色いファイルを岩崎に返しながら言った。

「弁護士が裁判で被告になるというのはあまり聞きませんよね」

「まあ、そうですね」彼は無表情に答えた。

「原告のテラックス社はもともと西垣先生の依頼者でしょう。それが、先生を訴えるというのはよほどのことだと思いますが……」

「代表者が焼身自殺している。おそらくそのせいでしょう。ただ、西垣先生に言わせれば逆恨《さかうら》みですよ。着手金も貰《もら》わないで引き受けてあげたのにね。そんなボランティ

アみたいなことは私だったらやりませんな」

「裁判では原告は敗訴しています。その意味では、西垣先生に事件処理の過失はなかったわけです。それでも、自分が頼んだ弁護士を訴えるなんて原告はずいぶんと強硬ですよね」岩崎は同じ質問を繰り返した。

「原告が異常に強硬だったという点は、検事さんのおっしゃるとおりです。この件は弁護過誤《かご》保険で片づくはずで、そもそも裁判など必要のない事案でしたからね」

「えっ、何の保険といいました?」

「弁護過誤保険、弁護士の保険ですよ。正確には弁護士賠償《ばいしょう》責任保険といって、医療過誤保険と同じようなものです。十年くらい前から医者が手術ミスで訴えられるケースが増えているでしょう。自分の患者から訴えられた場合にそなえて医者は保険に入っている。弁護士の保険もそれと同じです。事件処理にあたって依頼者から訴えられたときに保険で賠償するシステムになっています」

「そんな保険があるのですか」岩崎には初耳だった。

「いまではほとんどの弁護士が保険に入っていますよ」武藤は当然だという顔でうなずいた。

「一昔前は弁護士のミスといえば、そうだな……例えば二週間の控訴期間内に控訴をするのを忘れたとか、まあ、弁解の余地のないうっかりミスぐらいだった。でも、いまは社会が複雑になっていますからね。それに応じて法的な問題も複雑化しています。ある人に対するお金の請求をとってみても、債務不履行で請求するのか、不当利得か、不法行為か、あるいは債権者取消権か、いろいろな手段があって限界事例になると何にもとづいて請求していいか、はっきりしない。弁護士はその中から最善の方法を選ぶのですが、選択を誤る場合だってあります。そんな時、一々、依頼人から責任を追及されたら私たちはまともな仕事ができません」

「それで、保険ですか」岩崎は感心して言った。

「保険に入っているからといって、私たちが手抜きの仕事をしていると思われては困りますよ。保険で損害をカバーできても、一度、評判が落ちれば弁護士にとっては致命的なことです」

「もちろん、そんなことは思ってもいません」彼女は適当に相槌《あいづち》をうった。武藤の評判が上がっても下がってもそんなことに関心はなかった。

「テラックス社のケースは弁護士保険で処理できなかったのですか？」

「西垣先生もそれを考えていたようです。本来、西垣先生にとっては支払う必要のない賠償です。でも、焼身自殺ですからね。この問題が起こったとき、先生は遺族のことを考えて保険で支払うことを提示しました。テラックス社の請求額の全部とはいかなくても、ある程度の金額は保険で出ます」

「しかし、相手は応じなかった？」

「そう。とにかく裁判をするの一点張りでね。ほとんど異常ですよ。結局、裁判で負けて一円も取れなかったわけだから、相手は自業自得というものでしょう」武藤は肉づきのよい肩をすくめた。

「そうすると、相手の目的は金銭ではなくて、西垣先生を制裁することにあったと考えられますね。金銭が目的なら保険でケリがついた。裁判をする必要もなくなります。ところが、相手はあくまで裁判にこだわった。それはなぜか？」岩崎は疑問を口にした。もちろん、金銭ではとうてい癒《い》やされない憎しみがあったからだ。たとえそれが逆恨みであったとしても。

「まさか……」武藤は、一瞬、絶句した。

「検事さんは佐々木の遺族が西垣先生を殺害したと考えているんじゃないでしょうね」

「それは分かりません。わたしは可能性の問題を言っているだけですから」彼女は静かに答えた。

「冗談じゃない！」武藤は興奮して言った。「まったくの逆恨みですよ。そんなことで、一々、殺されたら、弁護士は命がいくつあっても足りないじゃないですか」

「テラックスの件はもう少し詳《くわ》しく調べてみようと思っています。捜査といっても、まだ裁判所の令状を取るのは無理なので任意捜査になります。この前、お約束したことと事情が変わりますが、それでいかがでしょうか」

「致し方ないですな。業務に絡んで殺されては安心して仕事もできない。依頼人の守秘義務に忠義をつくしている間に、こっちが殺されては守秘義務もへったくれもあったものじゃない。必要ならファイルをお持ちいただいてもけっこうです。この件は徹底的に調べてください」弁護士は強い調子で言った。

2

窓の外を光で彩られた夜景がながれていく。岩崎は助手席の窓に頭をもたせるようにして遠くを見ていた。車は都心部を抜けて環状八号線に向かっている。伊藤は岩崎の邪魔《じゃま》をしないように運転に専念していた。

岩崎はテラックス社の倒産にまつわる憎しみを想像した。何といっても佐々木友緒の焼身自殺が事件に異様な影を落としている。妻や子供たちの受けたショックもひどいものだろう。ガソリンは爆発性があるから、炎が燃え上がった瞬間に佐々木はショック死するか意識を失っていた可能性が強い。実際のところ苦痛を感じる間もなかったはずだ。

しかし、遺族の感情の中ではちがってくる。焼身自殺のむごたらしいイメージが、佐々木の死をより凄惨《せいさん》なものにデフォルメしているにちがいない。自分たちの夫であり、父親である佐々木は肉体を焼きつくされ、火傷《やけど》の何十倍もの痛みに苦しみながら絶命した、そんな想像が遺族の心に膨《ふく》らんでも不思議ではなかった。そして、そこから生まれるのは、おそらく激しい憎悪の感情だ。佐々木の妻、瑞穂は、西垣が弁護士保険の賠償金を支払って解決したいと申し出たとき、それをきっぱりと断った。彼女が裁判にこだわったのは西垣を法的に制裁して、彼を社会から葬り去りたかったからだ。ところが、案に反して裁判では負けてしまった。そうなると……、岩崎は座席シートに上体を倒して、目を閉じた。エンジンの低い振動音が彼女の身体を包んだ。

そう、裁判で敗訴した後、佐々木の妻に残された手段は私的制裁……リンチだ。瑞穂は西垣の肉体を、存在そのものを根こそぎ葬り去ろうと考えた。彼女はプロを雇ったのか？　多分、そうだ。西垣は老人とはいえ体力的にはかなりタフだったと思われる。リンチを加えるには、彼女の手に余るだろう。子供たちが共犯だとは考えにくい。現場の状況をみても複数犯の痕跡《こんせき》はなかった。佐々木瑞穂は自分と子供たちの復讐《ふくしゅう》を遂行《すいこう》するために何らかのルートを使って、その道のプロを雇ったのだ。

テラックス社の件を調べるのであれば、一気にやらなければならない。ぐずぐずしているとは相手はガードを固めてしまう。裁判でテラックス側の代理人になった弁護士から事情を聞いて、佐々木瑞穂の供述《きょうじゅつ》と照らし合わせ、矛盾《むじゅん》があればそこから彼女のことを追及できる。物的証拠がないだけに、供述矛盾が唯一の切り札だ。彼女が供述矛盾に立ち往生したところで強制捜査に切り換えればいい。逮捕状を請求して、瑞穂を収監《しゅうかん》すればあとは自白を引きだすだけだ。

「伊藤くん、どう思う？」岩崎は運転席をふり向いた。

「テラックスの件ですか。弁護士が依頼者に訴えられているし、その背後には会社の倒産だけじゃなくて人がひとり死んでいます」

「それも焼身自殺でね」

「自殺方法としては衝撃的ですよね。おそらく妻が遺体確認をしているはずです。焼けただれた夫の姿をみれば、誰だってショックを受けるでしょう。不慮《ふりょ》の事故っていいうわけじゃないですからね。原因を与えたやつがいる。西垣には逆恨みでも、恨む人間にとっては逆恨みとか、正当な恨みとかの区別は関係ない」

「そうね。憎しみだけが増幅していって、殺意に変わる。案外、簡単に殺意に変わるのかもしれない、とくに激情タイプの人間では。でも、殺意を現実に実行するのは、これは大変なことよ。犯行計画、凶器、場所、時間、逃走手段、目撃される不安、アリバイ……事実上の障害がいっぱいあって、心配しなければならないことが山ほどある」

「ええ。私もそれを考えてました」ハンドルをにぎった伊藤がうなずいた。

「殺意を抱いても、ふつうは、そういった面倒な障害で実行が抑制されます。……そうか！　それでプロを雇ったんだ。プロに依頼すれば、そんな一切の障害を無視して殺意を実現できる」彼は納得したように言った。

「それで、あの刑事の話とも合致する」岩崎が答えた。

「郡司刑事はプロの犯行と言っていたでしょう。佐々木の妻は、どこからかルートを見つけてきてプロに殺害を頼んだ。そして、西垣は計画どおり殺されたわけ。リンチを受けてね」

「でも、そういうことになると、こっちには面倒ですよ。佐々木瑞穂は、当然、犯行当日のアリバイをがっちり固めている。実行正犯は別にいるんだから。おまけに、こちらは彼女と犯人のルートがどんなものか皆目分かっていないときている」

「あなた、いい弁護士になれるわよ。検察側の泣きどころをずばっと指摘している」

岩崎は手を伸ばして伊藤の耳を引っ張った。

「痛てて」

「ほら、しっかり前を見て」彼女は手を離すと自分もフロントガラスの正面を向いた。前方には大型トラックのテールランプが赤く光り、その先の視界をさえぎっていた。伊藤の指摘は当を得ている。佐々木瑞穂は事情聴取の場で悲嘆に暮れる未亡人という役柄を演じ、鉄壁のアリバイを押し立て、検察の捜査をはね返すつもりにちがいない。まずいことに、岩崎がちょっとでもドジを踏めば、瑞穂の思惑は成功する可能性があった。

横浜地検に戻ったときは今日も午後七時をすぎていた。検事オフィスに行く前、岩崎は一日の報告をするために八階にある主席検事の執務室に向かった。

部屋のドアを開けると、佐伯は読んでいる書類から目を上げて、そのまま岩崎がデスクのところに来るのを待った。今朝《けさ》に引きつづいて応接室のソファーは用なしだったが、今回は主席検事が怒りを引きずっているからではなさそうだった。彼は社交辞令など思いつくひまもないほど多忙をきわめていた。佐伯の大きな執務デスクの上には普段の三倍以上の起訴状と事件記録が山積みになっている。岩崎は目を丸くして起訴事件の束を見下ろした。

「ああ、これか」佐伯も憔悴《しょうすい》した顔で書類の山を見た。

「今日、東京地裁で無罪判決が出たんだ。ちょうど、きみが西垣事務所に行っているころだな。この無罪判決が少々問題でね」

「問題って言いますと？」

「検事調書の証拠能力が否定された。しかも、信用性ではなくて任意性を争われてね」

「任意性で……」

「どっちみち、高裁ではひっくり返せると思うが、ただ、滅多《めった》にないことだからな。東京高検から起訴予定事件の全部について不備がないか見直すように指示がきたわけだ。それで、すでに決裁した分も含めて私がひとりで見直している。他に頼む人間もいないから仕方がない」佐伯はあらためてデスクの前に立っている岩崎を見上げた。

「で、ファイルの調査はどうなった？」

「はい、気になる事件がひとつだけ見つかりました」岩崎はテラックス社がＭ＆Ａに失敗して倒産したことから始めて、佐々木友緒の焼身自殺、佐々木の妻が弁護士保険による和解を蹴って西垣を訴えたこと、裁判はテラックス社の、ということは佐々木瑞穂の敗訴に終わったことを詳しく報告した。

佐伯は岩崎の報告を黙って聞き、途中、佐々木の妻が保険による和解を拒絶したという箇所に強い関心を示した。

「なるほど。確かに、きみの言うとおり気にかかる事件だ。保険金を拒絶したというのは、遺族に金で解決をする意思はなかったということになる。西垣の制裁が目的だった。ところが、裁判では負けてしまった。そうなると、あとは殺しか……」佐伯は背中を丸めるようにしてデスクにひじをつき、じっと考え込んだ。

「テラックス社の代理人になった弁護士と佐々木瑞穂の両方から事情を聞く必要があります」岩崎は熱心に言った。

佐伯はしばらく黙っていた。それから、ゆっくりと口を開いた。

「そうだな。弁護士の聞き取りは県警に任せるわけにもいかないから、検察官であるきみがやった方がいいだろう。佐々木の妻は県警の刑事に調べさせればいい。その方がいっぺんにやれるし、時間の節約になる。明日中には弁護士と佐々木何とかという妻の事情聴取を終えてしまってくれ」

「ですが、主席、わたしとしては、直接、ふたりの供述を聞きたいと思っています」

「そういうわけにもいかないんだ。時間がない。東京高検からせっつかれている」

「東京高検？」彼女は聞き返した。なぜ、東京高検がしゃしゃり出てくるのか。岩崎の心に疑問の一滴が落ちて、広がった。

「別に具体的な指揮を受けているわけじゃない。殺害されたのが法制局審議委員で、高検としても事件に無関心でいられない、その程度のことだ」そう言うと、佐伯は目の前にある起訴状の山をあごでさした。

「私もこれを片づける仕事がある。西垣の件は、いまの方針でやってくれたまえ。県警の方には私から連絡をしておこうか？」

「いえ、自分で取ります」岩崎は熱意のこもらない口調で答えた。

彼女は釈然としない面持《おもも》ちで主席の部屋を出た。佐々木瑞穂は岩崎と伊藤が突きとめた第一容疑者だった。正確にいえば現段階での第一容疑者にすぎない。それでも、最初の事情聴取を県警がやるというのには納得ができなかった。エレベーターで五階フロアーに降りると、岩崎は廊下で山本《やまもと》検事とばったり出会った。三十代半ばになる山本英一《えいいち》は岩崎より四期先輩の捜査検事だった。

「しばらくぶりじゃないか」山本は疲れた顔に笑みを浮かべて挨拶《あいさつ》した。

「しばらくぶりっていう挨拶も変だけど本当ですね。毎日、同じ建物にいるのに」岩崎も笑った。

「まったく、ここは都会のマンションなみになっちまった。こういそがしくては、となりの部屋の人間と顔を会わせることもない」

「山本さんは取り調べですか？」

「ちょっと休憩だよ。Ｋ１４０を調べてるが、今日だけで連続四件になる。覚醒剤犯《かくせいざいはん》を四人もつづけて調べたら、こっちの頭の方がおかしくなるね」彼は自分の頭をたたいた。

覚醒剤密売は卸《おろ》しの人間が捕まると売人や客などが次々と芋《いも》づる式に逮捕される。客については別件あつかいになるので事件数も多くなる。覚醒剤取締法違反事件は横浜地裁刑事部に係属する全事件数の三割以上を占めていた。

「きみの方は？　西垣弁護士の事件でずいぶん飛びまわっているようじゃないか。新聞にも派手に載《の》って」山本がおかしそうに訊ねた。

「いまも西垣の件で主席に会ってきたところです」

「主席ね。やっこさん、ぴりぴりしてなかったか？」

「起訴状と検察カードの山を前に、呻《うめ》いてましたよ」

「例の無罪事件だな」先輩検事はうなずいた。

「東京高検から起訴事件の点検指示が来るっていうのはよほどのことでしょうね」

「東京では起訴状や供述調書だけでなく、実況見分も全部見直しているっていう話だ。ついに東京地検にまで尻に火がついたわけだ」彼は真顔で言った。

「このさき、検察庁はどうなるのか、さっぱり分からない」

「望月検事が今月で辞める話は聞きました？」

「あの人とはあまり親しくないから、直接は聞いていないけど、どうも本当らしいな。去年辞めた吾妻は東京で暴力金融の顧問《こもん》におさまっている。あの恥知らずは、金貸しのためにせっせと取立《とりたて》金利の計算でもやっているのだろう。でも、望月さんはそういう人じゃない。真面目だし、惜しいと思うよ」山本は表情を曇らせた。彼は気をとり直したように笑顔をつくった。

「まあ、こんな廊下でぐだぐだ言っても何も始まらないな。辞めたいやつは辞めればいいんだ。少数精鋭ってのも悪くはない、だろ？」

「そうですね。わたしは紅一点なので簡単には辞められません」

「きみの事件も早く解決するように願っているよ。こっちもオーバー・ワーク気味なので手伝いはできないけど」

山本は手をふってフロアーの奥にある清涼飲料水の自販機の方へ歩いていった。

岩崎も自分の検事オフィスに向かい、ドアを開けた。部屋の中では事務官の伊藤がだらしなく椅子にすわり、夕刊を読んでいた。

「どう、何か出ている？」岩崎は伊藤の背後にまわって肩ごしに紙面をのぞき込んだ。

「全然」事務官は新聞を閉じると岩崎にわたした。

「事件からまだ三日目なのに、マスコミの関心は急速に薄れていくようですね」

「マスコミは大体そんなものよ。毎日、たくさんの事件が起こっているから、捜査に進展でもないかぎり載らないでしょうね」彼女は新聞をそのまま机に放って、自分は机の縁に腰をのせた。

「伊藤くん、県警に電話してくれる。二課の係長を呼び出すように言って」

「二課の係長って、あの米山ですか。また、どうして」

「どうしてって言われても」岩崎は深い息をついた。

「主席の命令。明日中にテラックス側の弁護士と佐々木瑞穂の事情聴取をしなければならないの。弁護士のところにはわたしたちが行くしかないでしょう。それで、瑞穂の方は県警に任せなくちゃいけないというわけ」

「何で明日中なんですか？」伊藤は怪訝な顔で訊ねた。

「もっともな質問ね。わたしも同じことを主席に聞いたから」

「で、主席の理由は」

「そのわけは東京高検からせっつかれている。……ちょっと待って。何で東京高検がなんて聞いても無駄《むだ》よ。わたしも知らないし、疑問に思っているし、主席の回答もはっきりしない」

事務官はまだ何か言いたそうだったが、肩をすぼめると受話器をとった。外線のボタンを押して、県警本部直通のラインにつなぐ。彼は二言、三言話すと保留のボタンに指をあて、

「県警の重犯罪捜査課が出ました」と言った。

岩崎は机から降りると受話器をとった。

「もしもし、地検の岩崎ですが」彼女は保留ボタンを解除して話しかけた。

「何だい、検事さん。こっちはいそがしいんだがね」受信口から野太い声がした。

岩崎は思わず顔をしかめた。また、あの刑事だ。

「米山係長は？」

「係長？　係長はちょっと……」

「ヤボ用ね」彼女は郡司が答える前に口をはさんだ。

「そんなところだ。でも、検事さん、昨日の今日だろう。電話をもらっても新しい情報はあまりないぜ。今日、こっちで分かったことと言えば指紋の結果ぐらいだな」二課の刑事は相変わらずの様子で勝手にしゃべり始めた。岩崎にとっては都合がいいので、彼女は郡司の話をおとなしく傾聴した。

「指紋についてはコンピューターの結果が出た。予想どおり、判読できたやつはほとんど西垣のじいさんのものだ。家政婦のも少しは混じっていた。前科者カードとの照合は無駄骨だったよ。それよりも、こいつには驚いたが、ワープロがな……」

「え、ワープロって、あのワープロのこと?」

「あたりまえだろう、他に何があるっていうんだ。書斎にワープロが転がっていて、機動鑑識班の連中は念のためにキーボードの上にも粉をふりかけた。そしたら、そこから何が出てきたと思う?」

「何か見つかったの」受話器をにぎっている彼女の手に力が入った。

「キーボードには、じいさんの指紋がべたべたついていたんだ」

岩崎は、一瞬、あっけにとられた。そのあと、郡司のバカ話につき合っている自分に腹立たしさを感じた。

「西垣のワープロから西垣の指紋が検出されるのは、これは当然じゃない？」彼女は感情を抑制した声で言った。

「検事さんは若いからそう言うが、西垣はもうすぐ七十歳になろうっていうじいさんだ。自分でワープロをうつなんて、こりゃ大したものだ」受信口からは、いかにも感嘆したような太い声が流れてくる。

「大体、うちの連中なんてワープロで報告書を書いているのは四十代止まりだな。五十を超えるとずっと少なくなる。七十歳近くではどうかっていうと、これはみんな定年になっちまうんで分からないが」

彼の話は大きく脱線しようとしていた。岩崎の方はいらいらしながら聞きながしていたが、突然、あることに思い至った。

「フロッピー！」彼女は大声を出した。

「……何だよ、突然」郡司が面喰《めんく》らったような声で言った。

「フロッピー・ディスクよ。中身の文書リストとかは確認してあるの？」

「ああ、そのことか。そういうことについちゃ、うちは手抜かりがないんだ。全部うちだしてコピーをとってある。検事さんが期待しているようなものはないね。裁判関係の書面だけだ。手紙の文面なんかは入っていない。その辺はやっぱりじいさんなんだな。手紙はきちんと肉筆で書いていたわけだ」

「フロッピーも手がかりにはならないわけね。何かあればと思ったのだけれど……。じゃあ、指紋とワープロは分かりましたから、他の捜査状況はどうなっています？」

「だから、言ったろう。昨日《きのう》の今日じゃろくな報告はないって。あと一週間もしてかけ直してくれれば、もうちっとましな報告をしてあげられるとは思うがね」

一週間後！　岩崎はあきれ返った。電話口の向こうでにやにやしている不精髭《ぶしょうひげ》の顔が頭に浮かんだ。

「県警本部の捜査に頼ってもいられないようだから、わたしの方からひとつ情報を提供しましょうか」彼女は皮肉をこめて言った。

「ほう、情報をね。それはありがたい」

岩崎は人を喰《く》ったような返事を無視して、西垣総合法律事務所で調べた裁判ファイルの説明を始めた。最初、気乗りしない態度で聞いていた県警の刑事も、テラックス社の佐々木が焼身自殺をとげたくだりにさしかかるとぴたっと押し黙った。そのあとは岩崎の一語一句に熱心に聞き耳を立てていた。岩崎は、佐々木瑞穂が弁護士保険による賠償を拒絶し、裁判に訴えたことを説明して、最後に裁判の結果を話した。

彼女の報告が終わっても、電話口の向こう側では沈黙がつづいた。

「どう？」岩崎が尋《たず》ねた。

ややあって二課の刑事の低い声が聞こえた。

「とても興味深い話だ」そこで再び間を置き、郡司はつづけた。彼の声には戸惑いの色がにじんでいた。

「ひょっとすると検事さんの言うとおり、これはやっぱり恨みによる犯行かもしれないな。おれは何かの情報を引き出すための拷問だとにらんでいたが、いまの事情を聞くと佐々木の妻が捜査線上に浮かんでくる。瑞穂がその筋のプロに依頼してリンチを加えたっていう可能性は……確かに強い」

「それでね、可能性を確かめるためにはテラックス社の代理人になった弁護士と佐々木瑞穂から事情を聞く必要があるでしょう」

「そうだな」

「明日にでもそっちで佐々木瑞穂から事情を聞いてくれない。いまからテラックス社の裁判記録をコピーしてそっちに届けるから。詳しい内容は記録を読めば分かるし、住所も書いてある。わたしの方は弁護士から話を聞きます」

「何で第一容疑者をこっちに任せてくれるんだ？」郡司は疑わしい口調で訊《たず》ねた。

「それは……」岩崎は言葉につまり、すぐに受話器に向かってにっこりと微笑んだ。

「捜査協力をしているのだから当然でしょう」自分でも歯が浮いてしまいそうな科白《せりふ》だった。

「何だかよく分からんが、さっそく明日、捜査員を派遣するよ。おれが二、三人連れていく」

「それはいいけど」岩崎はあわてて言った。

「くれぐれも手荒なことはなしよ。相手はまだ参考人なんだから」

「心配するなって。今夜のうちに記録のコピーを頼む」

彼女は受話器を置くと、疲れたように首をふった。

「借りてきた記録のコピーをとらなくちゃ。あっちでは郡司刑事がお待ちかねみたい」

「それじゃ、帰りがけに県警に寄っていきますよ」伊藤は黄色いファイルをつかんで立ち上がった。横浜地検の予算は、検事オフィスの全室にコピー機械をそろえるほど余裕があるわけではない。岩崎の執務室には、去年、総務課のとりはからいで最新式のファックス一体型コピー機が運び込まれ、このＯＡ機器は他の検事から男女逆差別の象徴として槍玉《やりだま》にあげられていた。

「検事はどうします？」伊藤がコピー機の前でふり向いた。

「外で食べていきますか」

岩崎は壁の丸時計を見上げた。シンプルな針は八時二十分をさしている。視神経が疲労しているせいか針はぼやけて見えた。

「いいわよ、わたしもつき合う」彼女はうなずくとバッグからコンタクト用の目薬をとりだした。

岩崎がマンションのドアを開けた時、ダイニング・キッチンに置いてある電話が鳴りだした。彼女は暗く冷えきった部屋に駆け込むと電話をとった。あとから入ってきた伊藤が手さぐりでドアの壁のスイッチを探して明かりをつけた。

「はい、岩崎です」彼女は受話器を耳に押しあてた。相手の声を聞いたとたんに岩崎の気分は重くなった。電話は静岡県にいる母親からだった。岩崎は唇《くちびる》に指をあてて伊藤に静かにするように合図するとフローリングの床にすわり込んだ。

母親は、こんな遅くまで仕事に追われていたらおまえの身体がもたない、と話した。岩崎は腕時計に視線を落とした。午後十一時になっている。彼女は明るい口調で、仕事ではなく「デートよ」と答えた。食事をして、いま帰ってきたところだと言い訳をした。母親は早く結婚しなさいと言った。この話題は毎回のことなので、岩崎は「心配しなくてもそのうち見つけるから」といつもの調子で受けながした。しかし、今夜にかぎって母親の態度は強硬だった。母親は強い調子で「新聞ダネになるような子と結婚したいと思う男性はいません」と叱《しか》った。そのあと、「あなたは芸能人にでもなったつもりなの」とつけ加えた。あのスポーツ新聞の写真だ。主席検事に叱《しっ》責《せき》された時はあまり動じなかったが、母親から言われるとさすがに堪《こた》えた。

岩崎の実家は人口五万人足らずの小都市にあった。都会とちがって、まだ近所の好奇の目が根強く残っている町だ。父親は六年前に亡くなっており、家には母親と弟夫婦が住んでいる。女だてらに、という言葉が死語になっていない町で、あの写真がどう受け取られたかは大体想像がついた。母親がはっきりと言わなくても、家族にずいぶんと嫌な思いをさせたのに違いない。母親は岩崎が司法試験を受けるときも、検察官になるときも娘の意思を尊重してくれた。しかし、岩崎の選んできた道は、母親が心の中で娘に期待していた道と徐々に方向がずれてしまい、いまでは完全に期待を裏切っている。岩崎は母親と話すたびにその認識したくない事実を再認識し、胸の奥深くにつらい思いが沈殿した。

彼女は母親に謝って電話を切った。言葉だけで謝っても何にもならないことは十分すぎるほど分かっていた。

「大丈夫ですか」伊藤が控えめに声をかけた。

岩崎は顔を上げた。目の前に心配そうにのぞき込んでいる伊藤の顔が見えた。自分のプライベートなことで、伊藤の気持ちまで暗くさせてしまうのは彼女の性分に合わなかった。

「もちろん、大丈夫よ」彼女はにっこりと笑った。

3

その翌日も底冷えのする一日だった。陽光は冬の冷気にさえぎられ、コンクリートの大地は冷えきったままだ。伊藤の運転する古いセダン車は路上パーキングを探して渋谷の街をうろうろしていた。

「……後ろが渋滞している」岩崎は助手席からふり返って後方を見た。

「いいかげんにあきらめて屋内駐車場に入れたら。放送センターの近くに大きいやつがあったでしょう」

「あそこからだと遠くなります。せっかく車で来ているのだから歩く距離は短くしないと」伊藤はフロントガラスの方に身を乗りだして前方をにらんでいた。道路わきには違法駐車の車両がびっしりとならんでいる。

「ほら、あった」彼はハザー・ライトを点滅させ、ブレーキを踏んだ。いらだったようにクラクションの音が鳴ったが、背後をのろのろとつづいてきた車の列は、伊藤がパーキングにバックしている間、その場に停止を強いられた。

岩崎たちは通りすぎる車の中から次々と冷たい視線を浴びた。

「すごく恥ずかしい。車はボロだし」彼女は顔を伏せるようにして車を降りた。暖房の効《き》いた車内から外に出ると凍えるほどの寒さに襲われた。彼女は道路に背中を向けたままコートに腕をとおした。

「渋谷の街だと、ボロさがいっそう目立ちますね。外車ばっかりですよ」伊藤は感心したようにまわりの車を見わたした。

「きょろきょろしてないで、はやく行きましょう」岩崎がせかした。

ＪＲ渋谷駅と渋谷区役所の間には華やかなショッピングモールが広がっている。渋谷駅から流れでた人々は大規模な総合デパートや奇抜な専門店街に向かい、せまい歩道はコート姿の人間であふれていた。岩崎と伊藤はその雑踏を横切って、宮下《みやした》公園の方角に歩いていった。公園手前、ＪＲ山手線《やまのてせん》の高架橋の近くに低層のオフィス・ビルが密集している。駒澤《こまざわ》法律事務所は建築年数がかなり経過した四階建てビルの三階にあった。

「せまっ苦しそうなビルですね。でかいフロアーを二つも持っていた西垣事務所とは大ちがいだな」伊藤は古いビルを見上げて言った。

「多分、報酬の取り方が下手なんでしょうね」岩崎は先に立って、これも耐用年数をとっくにすぎたエレベーターに乗り込んだ。

駒澤啓介《けいすけ》のオフィスは弁護士一人に事務員一人という典型的な零細事務所だった。赤錆《あかさび》の浮いたドアを開けると小さなカウンターがあって、そこには派手な女性がすわっていた。燃えるような真っ赤な口紅とソバージュにした長い髪、厚めの化粧で年齢も見当がつかない。彼女は顔にかかる髪をはらって、

「お約束ですか?」と無表情に訊ねた。紫のシャドウに縁取られた目は岩崎の全身をそれとなく観察している。

「今朝、電話した横浜地検の岩崎です。先生と一時にお会いすることになっています」

「応接室にどうぞ」受付の女性はすわったまま右側の部屋を手で示した。彼女のクールな様子からは、わざわざ立ち上がって案内してもらうことを期待するのは無理なようだ。もっとも、せまい事務所なのでその必要もなかった。

応接室にはソファーの代わりに安物の回転椅子が五脚、ローテーブルの代わりに合成樹脂の細長いテーブルが置いてあって、駒澤の事務所では打ち合わせ用の会議室を応接室と呼ぶらしかった。白い壁にあるのは気のきいた絵画ではなくてスチール製の本棚だった。

駒澤はスーツ姿にサンダル履《ば》きで部屋に入ってきた。眉毛と唇が薄く、平べったい顔をした三十代半ばの弁護士は軽く会釈《えしやく》をして、中央の椅子にすわった。すぐに、受付に座っていた派手な事務員が現れ、テーブルの上にコーヒーカップを手際よくならべた。

「およそ法律事務所に似つかわしくない恰好をしているのですが」彼女が去ったあとを駒澤は目で追った。

「あれで、なかなか有能でね。派手なファッションには目をつぶっています。依頼人は最初びっくりしますよ。どうみたって水商売風でしょう」

「美人だし、それに意外性があるのも素敵じゃないですか」岩崎は実際にそう思った。

「意外性ね、あの子にぴったりだな」

弁護士はコーヒーをすすめると自分でも一口飲んだ。

「それで、私にお訊ねになりたいことは何でしょうか」

「西垣先生が殺害されたのはご存じですね」

「ええ、弁護士会でも話題になっています。それが、何か？」駒澤は警戒する顔つきになった。

「先生はテラックスという会社を覚えていらっしゃいますか」

岩崎が口にした会社の名前は、弁護士の表情に激しい変化をもたらした。彼の起伏のとぼしい顔には、瞬間、驚きが走り、次に薄い眉と唇がゆがんだ。

「よく覚えていないが、テラックスがどうだっていうのです」駒澤は険しい視線を向けた。その様子からは先ほどまでのうちとけた態度は消し飛んでいる。

岩崎は逆に弁護士の強い拒絶反応に驚いていた。のっぺりとした顔の法律家は明らかにヒステリー症状に襲われている。彼女はできるだけ穏やかな声で質問をつづけた。

「弁護士を裁判で訴えることは異例ですし、とくに相手は西垣先生ほどの大物ですから、ご記憶に残っていると思いますが？」

すぐには答えが戻ってこなかった。駒澤は薄い唇をむすんで、岩崎をにらみつけていた。

「……どこから調べ上げたのです。裁判所ですか？」沈黙のあと、彼はかすれた声で訊ねた。

「西垣先生の周辺を調べている過程で偶然に見つけたのです。原告テラックス社の代理人に先生の名前がありました」

「周辺捜査から？」駒澤は再び黙り込んだ。彼の目からヒステリックな光は影をひそめ、探るような視線が岩崎に向けられた。

「まあ、いいでしょう。私がテラックス社の代理人になったのはもうご存じなわけだ。それを否定しようとは思いません。ただし……」弁護士は言葉を切った。

「私から何かを聞きだすことについては、あまり多くを期待しないでください。テラックスの裁判は職務として遂行《すいこう》したのですから、私には、当然、依頼人を守る義務があります」

彼は急速に立ち直りかけていた。職業的な冷静さで感情をコントロールして、いまや話しぶりにも自信が回復していた。

「守らなくてはいけない何かがあったのですか、佐々木瑞穂に？」

「一般論として話しているだけです」弁護士の答えはそっけないものだった。

「それでは、一般論でも結構ですが、弁護士が被告になるのはよほどのことでしょうね」岩崎は頭の中で戦略を組み立て、誘導尋問に切り換えた。相手が積極的にしゃべるつもりがない以上、答えを引きだすしかなかった。

「それについては個人的にお答えできます。私だってテラックスの裁判を喜んで引き受けたということじゃない。西垣先生は私なんかより大先輩で、社会的にも高い評判を受けています。西垣先生を訴えるには確かに躊躇《ちゅうちょ》がありました、個人的にはね。しかし、法律はすべての人に平等です。西垣先生が大物だという理由で、テラックスの裁判の依頼を断ったら、今度は私の方が弁護士として失格になってしまう」

「佐々木瑞穂はかなり熱心に依頼してきたようですね？」

「弁護士のもとを訪ねる人は誰でも必死ですよ。彼らは最後の希望を求めて事務所に来るのです」

「先生は弁護士保険に入っていますか」

「弁護士保険？」一見、脈絡のつかない質問に駒澤は当惑した。

「正確には弁護士賠償責任保険のことです。弁護過誤保険と呼ばれているものです」

「弁護過誤保険、ええ、入っています。掛金も低額ですから」

岩崎は間髪《かんはつ》をいれず、彼の無防備な心理状態に切り込んだ。

「裁判の前に、西垣先生から弁護士保険で支払うという申し出があったはずですが？」

薄い眉がつり上がり、駒澤はわずかにうろたえた表情を見せた。しかし、彼はキャリアを重ねた弁護士であり、数多くの法廷で反対尋問による不意打ちを経験していた。実際、駒澤自身がその手を使って敵側の証人を何人も血祭りに上げている。彼はすぐにガードを固めた。

「私の立場上、コメントは一切出来ませんね」

「やはり、佐々木瑞穂が西垣先生の申し出を拒絶したのですか？」

「最初の質問にコメントもしていないのに、いまの質問に答えられるわけがない」駒澤は表情を殺して言った。

「では、別に答えていただかなくても結構です。わたしの方も確認のために聞いているだけですから。西垣先生が保険による和解を申し出たこと、佐々木瑞穂がそれを蹴《け》ったこと、どちらも裏づけがとれています。わたしの考えでは、テラックス社の裁判も賠償金を取ることが狙いではなくて、西垣先生に対する制裁が目的だったと思います」岩崎は相手の顔に浮かぶ反応をうかがった。平たい顔は無表情のまま彼女を凝視《ぎょうし》している。

「ところが」岩崎はかまわずに先にすすめた。

「裁判では原告の請求は棄却《ききやく》され、テラックス社が敗訴しています。つまり、法律で制裁することに失敗した。それで、佐々木瑞穂は非合法の制裁手段に走った。これもわたしの考えです」

「検事さん、見えすいた誘導尋問は何の効果もありませんよ」駒澤は冷たく笑った。

「せっかく来ていただいたが、これ以上、お話しすることはないようです」彼は立ち上がって、さっさと消え去れというように岩崎たちを見下ろした。

「いえ、今日はこれで十分です。また、近いうちにお目にかかることもあるでしょう」彼女は腰を上げずに答えた。そのあと、ゆっくりとした動作で椅子《いす》を背後に押しやった。

岩崎と伊藤は古いビルから、寒気の強い歩道に出た。頭上には、ＪＲ山手線の高架橋が覆《おお》いかぶさり、その灰色のコンクリートが一層《いっそう》の冷気を感じさせた。高架橋の背後に見える宮下公園の緑もくすんでいた。

「寒い」岩崎はコートの前を合わせて、路上パーキングの方へ急いだ。

「あの弁護士の態度も氷のように冷たかったですね」コートの深いポケットに手を突っ込んで伊藤が足早につづいた。

「ああいう代理人がついていれば依頼者も安心できるわね。こっちにはちっともいいことがないけれど」

「駒澤はいまごろ佐々木瑞穂に電話をしているでしょうね」事務官は岩崎のとなりにならんだ。

「まちがいなく連絡を取っているでしょう」彼女はコートのえりの中でうなずいた。

佐々木瑞穂のところには県警の刑事たちが向かっている。時間からいって、もう尋問を終えているはずだ。

「あの刑事、大丈夫かな」伊藤が心配気につぶやいた。

「多分、うまくやっているわよ。郡司刑事もバカじゃない。あの大男は鼻につくほど横暴で、自信満々なだけ」

ＪＲ渋谷駅に近づくと歩道を歩く人の数が急に多くなった。人のながれはショッピングモールの方へつづき、岩崎たちはその間をすりぬけて歩いた。今日の弁護士の態度をみれば、彼が元の依頼人をかばっていることは明らかだ。たとえ決定的な供述を得られなくても、彼女の質問に対する激しい敵意で駒澤がどういう立場をとっているか、彼がテラックス社にまつわる疑惑を知っているか、そういったことはある程度、推測できる。駒澤の立場は断固たるものだ。彼は依頼人の利益を守ることを最優先に考えており、それをあからさまに宣言している。駒澤と事件の結びつき……、岩崎は分厚い革のコートを着込んだ買い物客とぶつかりそうになって、歩道をわきに避けた。駒澤が西垣の事件に関係しているとは思えなかった。さっきの口ぶりでは、確かに最初から難しい裁判になると分かっていたはずだ。彼は勝訴の見通しが立たないままに裁判を受任している。しかし、駒澤が佐々木瑞穂の差し出した着手金の額に目がくらんでまったく見込みのない裁判を引き受けても、それを検察庁があれこれ言える立場にはない。職務倫理の問題は弁護士会の綱紀《こうき》委員会が取り上げることだ。それに……、岩崎は駒澤の言葉を頭に浮かべながら思った。ほとんどありそうにもない話だが、ひょっとするとあの弁護士は本当に正義感からテラックス社の訴訟《そしょう》代理人を引き受けたのかもしれない。駒澤は仏頂面で「法律は誰にでも平等だ」とか言っていた。現実味のない観念的な言葉でも弁護士が言うと、一応それらしく聞こえるから不思議だった。

岩崎たちの乗ってきた古いセダンは前後のパーキングを磨《みが》きあげられた大型車にはさまれて停車していた。ボックス型のパーキングメーターの赤いランプはまだ点滅していない。

岩崎は事務官の方をふり向いた。

「一時間も経《た》っていないのね」

「さっさと追い出されましたからね」伊藤はキーでドア・ロックを解除しながらメーターボックスを見た。消えたランプが駒澤法律事務所でのそっけないあつかいを暗示していた。

4

横浜地検の淡いレンガ色の建物は午後の日ざしをななめから浴びている。地検ビル裏手の日陰になった駐車場にセダン車を停めると、岩崎たちは正面階段にまわって一階ロビーに入った。エレベーターに向かう途中、受付のところで透明な強化プラスチックボードの反対側から守衛が声をかけた。

「岩崎検事、お客さんが待っていますよ」

「わたしにですか？」彼女は立ち止まって聞き返した。

「ええ。県警本部の重犯罪捜査課だと思ったが……」制服姿の中年の守衛は受付表を確認して言った。

「そうですね。二課の郡司さんです。五階の護送控室で待っています」

「郡司刑事？　分かりました。ありがとう」岩崎は礼を言って、受付の背後にあるエレベーターの前に立った。

「県警では、どんな情報を手に入れたのですかね？」伊藤が昇りのボタンを押し、期待を込めた目で岩崎を見た。

「わざわざこっちに来るぐらいだから、何か仕入れてきたのよ」

「まさか、佐々木瑞穂の自供を取ったのじゃないでしょうね」

「それだと、この事件は県警が解決したことになってしまう。うちが情報を渡してやったのに」

岩崎の不満気な言い方を聞いて、伊藤はわざとらしく顔をしかめた。

「検事も、けっこう、古臭《ふるくさ》い縄張り意識をもってますね。日頃、警察の体質に文句を言っているわりには」

エレベーターのドアが開き、二人は狭いスペースの中に入った。

「それはそうだけど、縄張り意識はあっちの方が上手《うわて》よ」岩崎は人さし指で五階のボタンを強く押し込んだ。

地検ビル五階フロアーの中程には被疑者を護送してきた警官の待合控室がある。それほど広くないスペースにベンチシートとテーブルが置かれ、部屋のすみにはひと目でイミテーションと分かる観葉植物が飾ってあった。岩崎が顔をだしたとき、郡司は両足を灰皿や古びた雑誌が散らばったテーブルの上にのせて、若い制服警官としゃべっている最中だった。彼は顔をドアの反対側に向けているので岩崎に気がつかない。郡司の話を熱心に聞いていた警官の方が岩崎の姿を目にとめ、刑事に目線で合図した。背後をふり返り、重犯罪捜査課の刑事は、戸口のところに寄りかかって立っている女性検察官の姿を認めた。彼はテーブルから足をどけて立ち上がると若い警官に軽くうなずき、ドアの方に歩いてきた。

「検事さんも思ったより帰りが早かったじゃないか。もうちっとは待たされると覚悟していたんだがな」郡司は岩崎を見下ろすようにして言った。

「まっすぐ地検に戻ってきたから。でも、わざわざ来てくれるなんて、案外、あなたも暇なのね」彼女は、相変わらずの不精髭《ぶしょうひげ》の顔を見上げた。

「暇？」郡司はうすら笑いを浮かべた。

「どう取ってもらってもかまわないがね。こっちは来る必要があるから来たまでだ」

「じゃあ、わたしの部屋へどうぞ」岩崎は自分の検事オフィスに県警の刑事を案内した。

　部屋に入ると、郡司は検事デスクの正面の椅子にどっかり腰を下ろして、あたりを見まわした。

「この部屋は例によって禁煙かい？　灰皿が見あたらないが」

「少なくともわたしがいるときは禁煙です」彼女はきっぱりと言った。

郡司が助けを求めるようにわきの事務官席の方を見た。伊藤は県警の刑事に肩をすくめた。

「仕方がないな。ここではあんたがボスだから」刑事はあきらめた顔で椅子の背にもたれかかった。

「それで」岩崎は自分の椅子にすわりながら、話を切り出した。

「佐々木瑞穂はどうでした？　何かつかめましたか」

「その前に……」郡司の表情が真剣になった。

「まず、検事さんの方から聞かせてくれないか。テラックス社の代理人になった弁護士、確か……駒澤とかいう弁護士のことを聞きたい」

「駒澤のことから？　それはいいけど、こちらにはあまり大した内容はないわよ」

「それでもかまわない。とにかく話してみてくれ」

岩崎は郡司の求めに応じて、駒澤法律事務所での折衝《せっしょう》の様子を説明した。はじめは友好的だった駒澤がテラックス社という言葉を聞いて急にうろたえ、そのあとは閉じた貝のように口が固くなったこと、岩崎がいくら誘導尋問を続けても何も話そうとはせず、弁護士保険を訊ねたときにちょっとした反応があったこと、彼女はそういったやりとりをできるだけ詳《くわ》しく再現した。郡司は黙って聞いていたが、駒澤が「法はすべての人に平等だ」と言った部分では、軽蔑《けいべつ》したように失笑をもらした。

「結局、肝心のことはすべて黙秘されたわけよ」岩崎はわずかに眉をひそめた。

「わたしの質問に対して、駒澤はテラックスの代理人になって西垣を訴えたことは認めた。それは裁判記録に残っているから否定しようがない。駒澤もそのことを分かっていて認めたのでしょう。あとはガードが固くて、弁護士保険での和解を聞いたときに少し動揺したけれど、それぐらいじゃ崩れなかった。でも、彼が佐々木瑞穂をかばっていることは明白ね」

「かばっている？」郡司の声には懐疑的な響きがあった。

「そう、駒澤は依頼人を守る義務があると言っていたし、それは言葉の端々《はしばし》にも感じとれた。実際のところ、西垣が殺害されて、駒澤も佐々木瑞穂を疑っているのじゃないかな。弁護士が依頼人を告発することは職務倫理上も難しいから、ああいう態度をとっているのかも知れない」

「なるほどな、そういう具合になっているのか」捜査二課の刑事は大柄な身体を椅子の中で動かし、脚を組んだ。

「今度はこっちが話す番だ」彼は顔を上げた。

「おれたちは午前中に佐々木瑞穂に会いにいった。おれと若い刑事をふたりばかり連れて町田に行ってきた。会社も自宅も別の持ち主に取られていたがね、佐々木瑞穂はいまでも町田市の別のマンションに住んでいた」

「やっぱり、自宅も人手に渡ってしまったのね」

「そりゃそうだろう。あれだけの負債があって、自宅にも抵当権がばっちりつけられていたんだ」郡司は当然のことのように言った。

「ともかく、おれたちはそのマンションに行った。運がいいことに、瑞穂がマンションにいたので、事情を聞いたわけだ」

「あとで供述の任意性が問題になるようなことはなかったでしょうね」岩崎の表情が曇った。

「バカ言うなって」刑事は大げさに手をふった。

「こっちはあの女に丁重《ていちょう》にお願いしている。そうやって、一々、話の腰を折らないでもらいたいね」彼はうんざりとした目を向けた。

「ごめんなさい、つづけて」

「おれたちが紳士的にふる舞ったおかげで、部屋の中にあげてもらって供述をとることができた。なかなかいいマンションだったな。くだらない世間話から始めて、何しろこっちは不動産詐欺《さぎ》の関連捜査で来ましたっていうことになっている。テラックス社は不動産部門もあったし、いい口実だろう」郡司はにやりと笑った。

「不動産詐欺？　あまり刑事事件では聞かないけれど、口実にはちがいないわね」

「どっちにしろ口実だからな。あの女から聞いたかぎりでは、当時の不動産不況で融資が焦げついて、テラックス社はパンク寸前だった。これはまちがいないようだ。それで旦那《だんな》の方が融資先を探して駆けずりまわっていたらしい。産業廃棄物の土地を新しく買って、苦境を脱しようとしていたことも本当だ」

「じゃあ二重売買の件は、それも事実？」

「事実だ。実際に引っかかったらしい。仮契約の直前に別の買い手に売られて、そっちが先に登記をしている。裁判記録に登記簿謄本がくっついていたろう。その通りのことが起きたんだ」

「仮契約のときに三千万円を持ち逃げされているわよね。これが倒産の直接の原因になっている」岩崎は裁判記録を何度も読んでいるので内容は正確に記憶していた。

「毛じらみリースから融資を受けているからな」

「えっ、何て言ったの？」彼女にはまちがいなく毛じらみと聞こえた。

「仮契約の三千万円を融資したノンバンクだよ。関西系のケー・ジー・アール・リースっていう株式会社だが、悪どい取り立てから毛じらみリースと呼ばれている。これは佐々木瑞穂じゃなくて、うちの四課の連中から聞いたことだ。大阪府警の経済犯課でも有名な会社らしい。顧問弁護士を何人も抱えて、なかなかしっぽをださない。しかし、実態は暴力金融と同じだ」

「暴力金融となると、取り立ての方も生半可なものじゃない」

「検事さんの想像のとおりだよ。佐々木瑞穂に言わせれば、旦那が自殺したのも倒産のショックというより、第一回目の不渡りの日から始まったすさまじい取り立て騒ぎにあったみたいだ」

「そうでしょうね。これが銀行だと世間体もあるし、抵当権も設定している。それに取れなくてもどうせ保証会社に被《かぶ》せてしまえばいいのだからあまり騒がない。でも、得体の知れないノンバンクとか個人の金貸しは必死になるわね」

「わんさと取引先もあるしな。実際、すごかったらしいぜ。取り立て専門の連中が押しかけて、毎日、脅《おど》しをかける。ふつうの人間ならそれだけで神経がやられちまう。旦那の方は血へどを吐《は》いたのも一回や二回のことじゃない。話を聞いただけだが、あそこまで追いつめられては、ストレスもたまって精神的にもぎりぎりの状態だろう。

そして、あげくに……」郡司は指をぱちんと鳴らした。

「ぷっつりと切れちまったわけだ」

「その結末が焼身自殺……」岩崎はつぶやいた。最有力の被疑者にもかかわらず、彼女は佐々木瑞穂に同情をした。その女性をじわじわと追いつめていくことを思って、岩崎は憂鬱な気分になった。

「あとに残された家族も大変だったでしょう」彼女はため息をついて刑事の方を見た。

郡司は沈黙している。一瞬、部屋の中が静まり返って、岩崎は黙り込んだ刑事の顔が緊張で張りつめているのを感じた。彼女は目の前の顔をまじまじと見つめた。岩崎の瞳に、不精髭を生やし、目に緊迫の色を浮かべた、厳しい表情が映った。

「あとの事情はちょっとちがうんだな」郡司はぼそりと言った。

「……ちがうって？」岩崎の顔に意外感が広がった。それでは、佐々木友緒の焼身自殺のあとで何が起こったというのか。

「佐々木の女房は悲劇のヒロインじゃないってことだ。保険だよ」

「保険？　弁護士保険のこと」彼女は反射的に聞き返し、その直後、刑事の言葉を理解した。生命保険……。

「ただの保険さ。ありふれた生命保険だ。ただ、金額が尋常じゃない。佐々木友緒は二億円ちかい生命保険の契約をしていたんだ。そいつがそっくり女房のところに転がり込んだっていうわけだ。自殺でも契約から一年が経過していれば保険はおりる。もちろん受取人は全額、女房の瑞穂だ」

「二億円！　掛金だけでも月に何十万円になるんじゃない」

「それなんだが、佐々木瑞穂っていう女は相当なやり手だぜ。会社がおしゃかになっても保険料の払い込みだけはしっかりやっていたんだからな。旦那《だんな》が死んで会社の財産や自宅はなくなっちまったが、二億円の保険金は丸々残った。会社の借金とは別だから、債権者も手を出せない。あの女、いまのマンションも保険金で買って、町田市の端っこの方に飲み屋まで出してやがる。営業権を安く買いたたいたとおれたちの前で得意気にしゃべっていた」二課の刑事はあきれたように両腕を広げた。

「どうも悲嘆に暮れる未亡人というイメージからは遠いようね」

「まったくだ。子連れのババアのくせに、本人はいまだに現役のつもりでいる。外づらもけばい女だった。あれは水商売にはまっているな。そのうち男でもつくるんだろう」

「それじゃ、子供たちの方はどうでした？」

「遊びまわっているんじゃないか。母親が二億円も持っていれば金に不自由はないだろうから。実際のところは……よく分からない。子供のことまでしつこく訊ねるとさすがにどんなバカでも怪しむだろう。ガキどもが母親と一緒にマンションに住んでいることは確認してきた」

今度は岩崎が押し黙った。郡司の話が進むにつれて、彼女の心にはどうにも腑《ふ》に落ちない疑念が渦《うず》をまいた。何かがちがっている。この話は、これまでの捜査と辻褄《つじつま》が合わなかった。二億円の保険金が本当なら、テラックス社の裁判は茶番になってしまう。

「そんなこわい顔をして何を考え込んでいるんだ？」太い声が探るように訊ねた。

「佐々木瑞穂はどうして裁判なんてしたの？　どうも聞いていると、彼女が西垣弁護士に恨みを抱いているとは思えない。それに、二億円の保険金をもらって何の不自由なく暮らしている人が、いまさら面倒な裁判を起こす必要もないでしょう」

「金は？　金はいくらあったって面倒じゃないぜ」郡司は検察官デスクの方に身を乗り出した。

「バカバカしい。わたしを試すつもりなら、もうちょっとまともな質問でお願いします。お金が目的なら、西垣が弁護士保険で支払うと話した時点でさっさと和解に応じているはずよ。その段階で一千万円くらいは手に入れることができたのだから。裁判の費用や時間を考えれば和解に応じるのがふつうよね」

「そうだな。おれもその点は変だと思った」彼はうなずいて、リクライニングシートに肩幅のある背をあずけた。

「大体、佐々木瑞穂には裁判をする気持ちなんてこれっぽっちもなかったんだ。あの女はいまの生活にいそがしくて過去を引きずっている暇はない。会社も旦那も、莫大《ばくだい》な保険金が入ったときにきれいさっぱり忘れてしまっている」

「じゃあ、裁判は誰が?」

「ああ、ここからが、この事件の得体の知れないところなんだが……」郡司はわずかに言いよどんだ。

「裁判をけしかけたのは弁護士だよ」

「弁護士って、あなた、駒澤のことを言っているの?」岩崎は息を吞《の》んだ。

「その駒澤さ。もっとも事情は少しばかり複雑なんだ。最初から弁護士が来たわけではない。旦那の知り合いで池上章二《いけがみしょうじ》っていう不動産業者がいるんだが、そいつが一周忌の席にひょっこり現れて女房にいろいろと入れ知恵をしている」

「入れ知恵? 裁判をそそのかした?」

「かなり強引にな。テラックス社が倒産したのは、西垣弁護士のミスだとか、西垣を訴えれば金が取れるとか言って、瑞穂を丸め込んだらしい。あの女にはもともとそんな気はなかったから、しぶったようだが、池上がいい弁護士を紹介するというので、結局、弁護士と会うだけは会おうということになった」

「それで、駒澤が」

「駒澤先生の登場だよ。駒澤のやつは社会正義だとか何とか言って西垣から賠償金をふんだくるべきだと説得をした。弁護士の説得だからな、瑞穂もすっかりその気になってしまった。駒澤が言うには、賠償金の請求権者は形の上ではテラックス社になる。だから女房が会社の代表者におさまる必要が出てきた。あの女が一年も経ってから会社の代表取締役になったのも駒澤のさしがねっていうわけだ。こんなことを弁護士がしていいものかね？」

「それは、弁護士がわざと事件をつくれば倫理義務違反に問われる。当事者をけしかけて裁判をするのも同じでしょうね。だけど、肝心の和解の件はどこに消えちゃったの？」

「消えたのではなくて、消されちまったんだ」郡司は吐《は》きすてるように言った。彼は窮屈《きゅうくつ》そうに脚を組み替えると声を落とした。

「裁判の前にケリがつかなかったのは、佐々木瑞穂が弁護士保険のことなどまったく知らなかったからだ。保険の話を聞いてもいないのに和解なんて無理だろう。で、裁判前の交渉をやっていたのが誰かというと、駒澤だ。あいつは佐々木瑞穂から委任状を取って西垣と話していた。弁護士保険のことも、当然、駒澤が聞いている。ところが、駒澤のやつ、保険での和解を勝手ににぎりつぶしたんだ。佐々木瑞穂の耳には一言だって入れちゃいない」

「駒澤が、何でそんなことを……」最後の方は言葉を失った。岩崎は一時間前に会ったのっぺりとした顔を思い出した。彼女の口からテラックス社という言葉が出たとき、駒澤の顔色は変わった。あのときは、彼が職務の上で忠誠を誓った依頼人を守るためだと思っていた。しかし、郡司の話を聞いてみると、弁護士の動揺には別の意味があったのだ。

「おれも最初は信じられなかった。だけどな、佐々木瑞穂が嘘《うそ》をついているとも思えない。長年の勘っていうか、あの女の供述につくりがあるかどうか態度で分かるんだ」

「まさか、佐々木瑞穂に駒澤のことをしゃべったのじゃないでしょうね？」

「実のところ、そいつには苦労した」不精髭の口もとに自嘲《じちよう》の笑いが浮かんだ。

「しょっぱなに不動産詐欺《さぎ》の捜査と説明しているからな。いまさら西垣の件はだせない。奥さんの容疑は立派に晴れたので今度は捜査に協力してくださいとも言えないだろう。その場の成り行きで、大がかりな不動産詐欺事件で弁護士も何人か捜査線上に浮かんでいるとごまかしておいた。そのひとりが駒澤っていうわけだ。駒澤から連絡があったらおれたちが来たことはしゃべらずに、すぐ、県警に電話するように言っておいた」

「あきれた、弁護士が不動産詐欺グループの仲間。弁護士会の耳に入ったら激怒するわよ」

「それくらいどうってことはないさ。あのくそ弁護士は詐欺より悪辣《あくらつ》なことをやっている。それから、瑞穂に駒澤を紹介した池上章二だが、やつのところにも捜査員を派遣した。報告が入ったらおれが知らせてやるよ」

岩崎は二課の刑事の恩きせがましい言い方を無視して、自分の疑問を口にした。

「まだよくは分からないけど、この事件はいやな感じがする。もっと複雑な根っこがはびこっているのかも知れない。裁判をやりたがっていたのは佐々木瑞穂じゃなくてどうみても弁護士の方よ。駒澤っていう弁護士は何が狙《ねら》いで西垣を裁判にかけたのか……少なくとも社会正義のためってことはないわね。それでも、西垣を社会的に葬り去るには何か目的があるでしょう」

「西垣を葬りたかった弁護士は駒澤だけじゃないぜ」郡司はさりげなく言った。彼の言い方があまりにも何気ないものだったので、岩崎はその言葉に含まれている意味を聞き逃しそうになった。

「……駒澤だけじゃないって、他にも弁護士が絡んでいるの？」一瞬遅れて、彼女は訊ねた。

「西垣はこの件で弁護士会に懲戒申立《ちょうかいもうしたて》もされているんだ。テラックス社の取引をミスったのは弁護士の職務倫理義務に違反しているってわけだ。その申立人が佐々木瑞穂で、代理人に東京の弁護士がついている。駒澤とは別のやつだな。そいつの名刺をメモしてきた」

刑事はくたびれた茶色いスーツのポケットをさぐり、ふたつに折ったメモ用紙を取り出すと机の上に投げた。岩崎は目の前に置かれた小さな紙を手にとって、走り書きをしたメモを読んだ。弁護士五島裕司《ごとうゆうじ》。事務所の場所は新橋《しんばし》になっている。都内でもとくに法律事務所がひしめき合っているところだ。

「あの女の話では、見た目は三十そこそこの若造らしい」

「五島裕司……彼が西垣の懲戒申立の代理人。一体どうなっているわけ」彼女はつぶやきながら、メモの内容を手近の起案用紙に書き写した。薄いブルー地の起案用紙を破くと、それをわきに座っている事務官に手わたした。伊藤はマグネットでブルー地の用紙を背後のボードにとめた。白のボードには「至急調査」というシールが貼ってある。

「弁護士会に懲戒の申し立てがされたのはテラックス社の裁判が始まったあとだ」郡司は岩崎からメモ用紙を受けとり、再びポケットにしまい込んだ。

「これについては介在者《かいざいしゃ》はいない。五島から直接、女房に当たりがついている。裁判のことを聞きましたが、五島はそう言って連絡してきたんだ」彼は岩崎の表情を見ると首をふった。

「裁判をどこから聞いたなんてことは言っちゃいないよ。ただ、同じ弁護士として、西垣のようなやつは許せないというんだな。職務怠慢《たいまん》で依頼人に損害を与えるような弁護士は、弁護士会全体の信用をけがすから懲罰しなきゃならない。弁護士会には綱紀委員会があって、そこに申し立てれば業務停止や除名の懲戒ができると説明した。女房は西垣相手に裁判をやっているからな、ついでに懲戒を申し立てたって何の問題もなかろうが」

「結局、五島に懲戒申立を頼んだのね」彼女は聞き返さずにはいられなかった。裁判、懲戒申立……テラックス社の事件をめぐって複数の弁護士がうごめいている。何の目的かは分からないが、彼らは執拗《しつよう》に西垣を追い落とそうとしていた。そして、裁判でテラックス社が敗訴すると、しばらくたってから、西垣は手足をねじまげられ、首をへし折られて殺害されている。

「瑞穂は委任状にサインだけすればいいんだ。あとは弁護士がやってくれる。簡単なものさ」郡司は肩をすくめた。

「それで、今後のことだが」彼は思案気な視線を向けた。

「五島のやろうは若造でも、任意捜査とか黙秘権とかろくでもない知識を商売にしている弁護士にはちがいない。そっちとの捜査協力もあることだし、あいつのことは一応、検事さんの方に任せる。こっちは佐々木瑞穂と不動産業者の池上を押さえておく」

「分かりました。五島についてはすぐに調べてみます」

「じゃあ、また連絡するよ」郡司は骨太の腕にまかれた時計に目をやった。

「くそっ、だいぶ時間を喰《く》っちまった。県警本部でも西垣殺害の周辺にふたりも弁護士が登場してきて、すったもんだの騒ぎになっている。捜査方針の見直しにはいつも時間がかかるんだ」彼は椅子をぐいと後ろに引いて重たそうに身体を起こした。岩崎の目の高さで太鼓腹《たいこばら》が揺れた。多分、ビールと日本酒と不摂生《ふせっせい》の固まりだ。

岩崎も郡司を見送るために立ち上がった。

「検事さんは弁護士のこともよく知っているのかい？」ドアのところで、刑事は振り返った。

「仕事の世界が違うから、あまりよく知っているとは言えないわね」

「まあな、弁護士の世界なんか知ったこっちゃないが」郡司はドアのノブをまわして言った。

「とてもまともな世界とは言えたものじゃない。今度の件を見てみろよ。弁護士の連中が寄ってたかって同じ弁護士の西垣をたたきつぶそうとしている。こういうのをとも喰いっていうんだぜ」

廊下に出ていった刑事の背後でドアがゆっくりと閉まった。

5

岩崎は右手で頬《ほお》づえをついて、加湿器から吹きでる白い蒸気を見ていた。県警の刑事が帰ったあと、伊藤は五島裕司の調査に出かけ、検事オフィスの中には彼女ひとりが残っていた。

部屋の中にはエアコンのモーター音が伝わり、加湿器から絶えまなく噴きだす白い蒸気はすぐに無数の粒子となって消えていった。彼女は無意識に前髪をかきあげた。机の上に置いてある鏡には、背後の窓ガラスを通して褐色《かっしょく》の開港記念会館が映っている。岩崎は鏡に映る洋風建築の粋を凝《こ》らした姿に視線を投げた。犯罪も複雑な重層構造を有する建築物と同じだ。観察者の位置と光のあたる方向によって構造物はいろいろな様相を見せる。ひとつの方向からどんなに熱心にながめても巨大な全体像を俯瞰《ふかん》することはできない。捜査側は散らばった証拠を拾い集め、それを積み重ねて、あらゆる角度から推論の光を照射し、途中に立ちふさがる障壁《しょうへき》はぶち壊してでも、生の犯罪事実に向かってすすんでいく。

いまや西垣の事件は奇怪な姿をあらわし始めていた。最初、ほこりっぽい書庫の中から引っ張りだした裁判記録は、佐々木瑞穂を被疑者として浮かび上がらせた。しかし、瑞穂の話を聞いたいまでは、岩崎たちはこの事件をまったく新しい角度から見直す必要に迫られている。事件には複数の弁護士が絡んでいた。彼らも西垣を社会的に抹殺《まっさつ》する何らかの必要性に迫られていたのだろう。

弁護士たちは頭をふりしぼって、陰謀をねり上げ、その結果、民事裁判と懲戒中立を用意した。いかにも連中が思いつきそうなことだ。彼らは何よりも手続きの正当性を大切にする人種なのだ。暴力団は鉄拳《てっけん》をふり上げて金を取るが、弁護士の方は裁判所の書類をひらひらさせて金を取る。彼らは人を蹴落《けお》とす場合でもきちんと法律にしたがった手順を踏むことを忘れない。

岩崎はコーヒーカップに口をつけた。伊藤が出がけに入れてくれたコーヒーはとっくにぬるくなっている。西垣に対する連中のやり方はあまりに念入りだった。それにしても、弁護士会への懲戒申立という方法は思いきった手段だ。考えてみれば、綱紀委員会への申し立てはインパクトも強いし、懲戒を受けた弁護士は、当然、信用も失墜《しっつい》するから、西垣を葬り去る効果も大きい。会員への懲戒権は弁護士法によって認められた日弁連の特権だった。税理士や弁理士、公認会計士、国家試験を合格した、およそ「士」とつく有資格者の懲戒権はすべて監督官庁がにぎっている。弁護士だけが唯一の例外だった。弁護士を懲戒できるのは弁護士会だけだ。

この懲戒権の自立性が、あらゆる行政権力からの干渉を排除し、弁護士会の強固な独立を支えていた。それだけに、弁護士会の責任も重い。悪質な会員を仲間うちでかばっていては弁護士会全体の評判を落とすことになるからだ。綱紀委員会は厳正に運営され、懲戒を受けた弁護士は氏名と懲戒内容が公表される。おまけに、日弁連の正式な機関誌にも囲み枠で名前が載り、全国二万人の会員のさらし者になる。五島はその厳しい懲戒制度を利用して西垣の弁護士生命を破滅させようとしたのだ。

でも、彼らがそこまでする目的は何だろう。ふたりの弁護士が、別々に裁判と懲戒申立を起こしたなどという偶然を信じるのは、よほどのまぬけな人間だ。これほどタイミングよく偶然が起きるはずはない。彼らには何か共通の目的があったのだ。岩崎はぬるくなったコーヒーカップをわきに押しやると、リクライニングシートの中に背中を倒した。駒澤と五島、問題はふたりの弁護士の狙いだ。駒澤からは参考になるような話はほとんど聞くことができなかった。無駄と分かりながらも、彼女は目をつぶって駒澤と会見したときの様子を思い出そうとした。しかし、岩崎の脳裏に浮かんだのは駒澤の平べったい顔ではなくて、丸々と太った弁護士の武藤の輪郭だった。同時に彼女の内部で小さく警鐘が鳴りだした。

そう、武藤が何か言っていた。西垣総合法律事務所を訪れた時、あの弁護士は何を話していたのか……。岩崎は静かに目を開いた。汗ばむほどに暖房のきいた面談室、武藤の憔悴《しょうすい》しきった表情、そのときの様子がありありと浮かび上がった。彼は肉づきのよい肩をがっくりと落とし、なかば投げやりな口調で話していた。

——来年、西垣先生は会長に立候補する予定でした。公にはなっていませんが、もう秘密にしておいても仕方がないでしょう。

「まさか、日弁連の会長選挙が……」岩崎は信じがたい思いでつぶやいた。

彼女の内部に、いま、ひらめいた仮説はバカバカしいほど突拍子もなく、その上、きわめて危険なものだった。一歩まちがえば、岩崎が土下座して謝ったぐらいではすまされない。彼女のささやかな検察官生命が吹き飛ぶことはもちろん、弁護士会の逆鱗《げきりん》にふれて霞が関にいる検察首脳は軒なみ引責辞任を強《し》いられるだろう。それほどまでに、この仮説は無謀で、常軌《じょうき》を逸していた。岩崎は疑惑を頭からはらいのけるように首をふった。しかし、心のどこかでは別の感触があった。頭に描かれたイメージの中で、彼女は事件の背後にぱっくりと口を開けた暗い深淵《しんえん》をのぞき込んでいた。断崖《だんがい》の底の方に見え隠れしているのは陰惨《いんさん》なパワー・ゲームだった。

彼女は急速に広がっていく不安を感じた。会員数二万人の日本弁護士連合会は創立の時から専門職集団に特有なギルド的体質を引きずっている。弁護士会の内部では複数のギルドが熾烈《しれつ》な派閥《はばつ》争いをつづけていた。そして、十近い主要な派閥とそこから枝分かれした多数のグループのすべてが日弁連のトップの座を狙っていた。

日弁連の会長選挙は、派閥の間で争われる激烈なパワー・ゲームだ。このゲームは奇妙なことに、折りめ正しい立候補の弁と対立する候補者へのあたたかい称賛で始まる。相手方への批判は節度をふまえたやわらかなもので、選挙戦での対立点など、ふりまかれる笑顔と称賛の美辞麗句《びじれいく》の中にまぎれてしまう。投票は全国の単位弁護士会ごとに行い、選挙の結果は選挙管理委員会が集計した。ゲームの最後もなごやかなものだ。敗れた候補者が勝者を祝福し、勝った者は敗北者を讃《たた》えて、終わる。そういった表向きの儀式の裏で、真の選挙戦がたたかわれていた。

ギルドのボスによる票の取りまとめ、票の切り崩し、ポストの約束、ポストの空約束、派閥間の複雑な取引と妥協《だきょう》が繰り返され、二重、三重の裏切りが横行した。弁護士会を舞台にしてギルドの名誉と派閥の生き残りをかけた権力の暗闘が渦をまいている。

その権力闘争を目前にして西垣は殺害された。岩崎は椅子のシートに背をつけたまま、壁のすみにある円筒形の加湿器を見つめた。ちっぽけな加湿器はせわしなく蒸気を吐きだし、それが部屋の中でただひとつの動きだった。でも、本当に日弁連の会長選挙が原因なのか。弁護士会と殺人を結びつけるのは、あまりにも冒瀆的《ぼうとくてき》すぎる推測に思えた。が、他には説明がつかない。駒澤と五島、あのふたりの行動は、西垣に対する何らかの陰謀に関係があったはずだ。

「弁護士会の内紛……」彼女は声にだした。弁護士会の中で西垣に敵対していた派閥を調べる必要があった。ただし、その方法が問題だった。まさか、日弁連の本部会館にのこのこ出向いていって、直接、聞くわけにもいかない。それに、弁護士会の派閥地図など、検察庁や警察のデータ・ベースにも入っていない。そうなると、残された方法は――誰か口が固く、信用のできる弁護士に訊ねることだ。

彼女はファイルボックスから一冊の名簿をとりだした。司法研修所同期生の名簿を開いて、名前をひとつひとつチェックしていく。誰にあたるかは慎重に選ばなければならない。名簿の中に、頼りになりそうな名前が二つ、三つ、目にとまった。そのうちのひとりは京都で、もうひとりは福岡で各々弁護士登録をしている。最後のひとりは東京で事務所を開業していた。

岩崎は、名簿に記載された新井《あらい》敏記《としき》の電話番号をメモした。二年間の司法修習生の時期、新井は岩崎と同じクラスに配属され、実務修習地も一緒だった。目が細く、髪の毛のふさふさした童顔の新井も、今年でたしか三十八歳になるはずだ。司法試験合格の時の年齢がばらばらなため、埼玉県にある研修所では二十代から五十代までのいろいろな人間が同じクラスで学んでいた。

岩崎は電話番号のメモを見ながら、つかの間、考えこんだ。研修所の友人に電話をかける前に、まず、これまでの事実を主席の耳に入れておく必要がある。新井に連絡をとるのはそのあとだ。今後、捜査の対象が弁護士会に広がれば、とてもじゃないが、現場の一検事の手には負えなくなる。それに、横浜地検のとぼしい組織力を考えるとき、東京の応援が必要になる可能性だってあった。

彼女は受話器を取りあげた。この話を聞いたら、主席検事は腰をぬかすだろう。あのひょろひょろとした腰骨がショックのせいでぼっきりと折れかねない。岩崎は受話器をにぎったまま、主席オフィスの直通番号を押した。

霞が関の検察法務合同ビルの一室では、東京高検司法部の次長が耳にあてた受話器から聞こえる声に熱心に聞き入っていた。龍岡はときどき目の前にすわっている上司の方を見ると、満足気な表情でうなずいた。

「よくやった。……岩崎検事にはその線で捜査を続行させるんだ。県警にバックアップさせろ。そう……分かった。部長には私から伝えておく」

彼は受話器を上司のデスクに戻すと、あらためて森本の方を見た。

「佐伯からです。たったいま、捜査担当の岩崎から報告を受けたと言っていました。佐伯の話しぶりでは、どうやら、われわれの狙いどおりにことが運びそうです」

「あの女が裁判記録の中から何か見つけたのか？」東京高検の司法部長は興味を引か

れたように顔を上げた。

「ええ。しかも、こちらの期待以上のものをね。横浜地検の岩崎という検事ですが、部長が思っているより優秀かも知れません。われわれの中にもああいうユニークな人間がひとりぐらい欲しいところですな」

「あの女を？　問題外だ。そんなくだらないことはどうでもいい。さっさと話してくれ」

「分かりました。岩崎検事は例の裁判事件の調査で、ふたりの弁護士が西垣の追い落としに関与していることをつきとめています。ひとりは駒澤啓介、彼はテラックス社の裁判を担当した弁護士です。もうひとりは五島裕司という若い弁護士で、こっちは西垣の懲戒申立の代理人になっています。肝心なことは……」龍岡は後退した髪の生えぎわをなでつけ、低い声でつづけた。

「われわれの女性検察官が、西垣殺害の動機について弁護士会の内紛との関係を疑っていることとです。彼女は西垣が日弁連の会長候補者であったことに興味をもっています。いまも、佐伯のところにきて弁護士会内部の派閥関係を捜査する許可を要請したそうです」

「ほう、思ったより早いな」

「事件が起きて、まだ四、五日ですからね。こちらから情報をリークしていないことを考えれば、捜査のペースとしても悪くはないでしょう」

「たしかに、きみが言ったとおりの自然な形になってきたな。しかし……」森本は声にわずかな不安の色をにじませた。

「そうなると、たったひとりの検事に、このまま捜査をまかせてもいいものだろうか。弁護士会のギルドだか派閥だか知らんが、小グループまで入れると何十となく存在する。それを全部ひとりで調べていたら、宮島のところにいつたどりつけるか分かったものではない」

「私は心配ないと思います。ふつうの能力をもっていれば、捜査対象を西垣に敵対していた人間にしぼるでしょう。数的にいってもそれほど多くはなりません。名前の出ている駒澤と五島ですが、あのふたりの結びつきを調べれば十中八、九、われわれの目標にぶちあたるはずです」

「宮島が穴ぐらからあぶりだされるわけだ」

「それまでは捜査人員の投入は避けたほうがいいと思います。捜査検事を増やせばそれだけマスコミに目立ってしまう。マスコミから弁護士会に情報が洩《も》れないともかぎりません。新聞やテレビも顧問弁護士を抱え込んでいます。これまでどおり横浜地検にまかせて、県警を岩崎の支援にまわしたほうが無難でしょう。それでなくても、岩崎検事は充分、マスコミに注目されていますからね」龍岡は苦笑した。

「当面、岩崎にまかせるとして」森本の方は少しも表情を変えずに訊ねた。

「あの女が宮島の尻尾《しっぽ》をつかまえるまでどのくらいかかりそうだ？　状況からいって、そんな悠長に待っているわけにはいかない」

「……日数ですか」次長検事はまがってもいないネクタイを直すように首もとに手をやった。血色のいい顔つきをした次長検事のネクタイの色はいつも赤と決まっていた。

「余裕をみて四、五日と言いたいところですが、おそらく二、三日の間には何とかなるでしょう。岩崎検事がそれぐらいの働きはしてくれるはずです」

「次の検察首脳会議はいつになっている？」

「来週の金曜日です。一週間後になっています」龍岡が即座に答えた。

「一週間後か。それまでには十分に間に合うな」

「必要ならば佐伯の尻を蹴《け》っ飛《と》ばしてでも間に合わせます。いずれにせよ、ここまでくれば、もう引き金に指をかけたも同然です。あとはそれを引くだけでいい」

森本の表情を殺した目にかすかな反応が浮かんだ。彼は決定的な時が迫っていることを感じていた。

「いいだろう。横浜地検の報告を待って、次の検察首脳会議では弁護士会への強制捜査を正式な議題として申請する。会議でもリベラル派に感染した連中はこぞって反対をするだろう。そのときは、西垣殺害と弁護士会内紛の関連証拠を突きつけてやる。それを見れば、腰ぬけどもにはどうすることもできまい」

「では、司法部の捜査検事に強制捜査の準備をさせておきます」

東京高検の上司は腹心の部下の言葉にうなずいた。

「慎重を期すために、こちら側の人間にやらせるのだ。われわれは十日後に日弁連の本部に踏み込む」

第四章　覇権

1

「問題は弁護士の数が増えすぎていることなんだ」新井は同期生の女性検察官の正面にすわった。広尾《ひろお》にある事務所の外はすっかり陽が落ちている。彼は暗くなった窓の方に目を向けた。

「このあたりにも同業者の事務所がくさるほど固まっている。弁護士が不足しているのはへんぴな田舎町《いなかまち》だけだよ。いまじゃ弁護士は二万人もいる。そのうち七千人が東京に集中しているんだ。しかも」新井は眉間《みけん》にしわを寄せた。

「本来、検察官になることを期待されていた連中がみんな弁護士になってしまう。そんなわけで、弁護士会は毎年、毎年、一千人近いルーキーを迎え入れている。潜在的な商売がたきが一年ごとに一千人もふえるなんて、おっそろしいことだ」

「新井さん、よくやっていられるわね。奥さんにちっちゃな子供をひとり抱えて」

「去年、ふたりめが生まれたよ。今度も女の子だけど」彼の細い目尻がうれしそうに下がった。

「へえ、それは知りませんでした。おめでとうございます」

「ありがとう。きみの方はどうなっている? 全然、結婚するっていう噂《うわさ》を聞かないじゃないか。クラスでいまも独身なのは……」彼は苦笑して、いったん口を閉じた。

「今日は、その話題はいいか。最近じゃあ、結婚のことを聞いただけでセクハラっていわれる時代だからな」

「セクハラっていうより、そういうのは新井さんのデリカシーの問題ですよ」岩崎はにっこりと笑みを浮かべた。

「いや、相変わらずだなあ。修習生の時とちっとも変わっていない。それで、質問は弁護士会の派閥《はばつ》だったね」

「ええ、新井さんの他に教えてもらえる人がいないので」

「こっちは派閥のすみっこにいるだけで詳《くわ》しいことは分からないが、きみの頼みだから知っている範囲で説明してやるよ」

新井はソファーに寄りかかり、どこから話したらよいかを思案するように天井を仰《あお》いだ。やがて彼は静かな口調で説明をはじめた。

弁護士会にはギルドと呼ばれる大小三十余りの派閥が存在していた。派閥活動の中心は東京で、大きなギルドの大部分も東京に集まっている。念のために説明するけれど、と新井は言った。派閥に名前を載せているのは会員の四千人程度にすぎない。ということは弁護士総数からみればわずか二〇パーセントで、圧倒的多数の弁護士は無派閥だった。しかし、弁護士会の会長や役員はほとんどギルドのメンバーから選ばれている。無派閥の会員は同時に無関心層で、彼らはよほどのことがないかぎり、誰が会長になっても気にしない。ギルドは圧倒的な無関心層の会員の上に君臨し、弁護士会の役員を独占していた。

ギルドと派閥は同じようなものだが、まったくの同義語ではない。派閥は、ふつういくつかのギルドが同盟を組んで結成される。現在、全国の弁護士会を縦断する大規模な派閥には四つの潮流があった。最大の派閥は他の派閥から「旧派」と侮蔑《ぶべつ》的に呼ばれているもので、この会派は、弁護士会の伝統的な理念である基本的人権や社会正義に立脚した活動をしている……。

「……と一応はいわれているがね」新井は疑わしそうに補足した。

「もちろん、この旧派にも金儲《かねもう》けに走っている連中はまじっているんだ。ちなみに、ぼくは旧派に籍をおいている」

旧派に拮抗《きっこう》する派閥には、当然、「新派」があった。この会派の会員数は旧派の半分ぐらいだが、旧派への不満をバネに活発な活動をしていた。裁判官や検察官を退任したヤメ判《はん》、ヤメ検《けん》の多くが参加しているのも新派だった。彼らは実利派とも呼ばれていた。実利派のボスたちは、旧派のギルドが基本的人権や社会正義の理念をふりまわし、政治的な声明を頻発《ひんぱつ》することに批判的だった。新派は「政治主義からの脱却」というスローガンを掲《かか》げ、弁護士会を職能団体に純化しようとしていた。

「もっと利益を追求しようじゃないか、という連中の主張にはそれなりに説得力がある。しかし、あいつらのいうことを聞いていたら、弁護士会はキバをぬかれて、そこらの利益団体とか圧力団体と同じになってしまう。新派がこれまで少数派にとどまっているのは、弁護士会もまだすてたものじゃないっていうか、健全な証拠さ」

岩崎は熱心に話している新井の顔をみた。生来の童顔もよく観察すると中年の影が差し込んでいる。その健全な弁護士会で殺人事件が起きていると知ったら、彼は何と言うだろう。

「残りのふたつはどういうものですか？」彼女は訊《たず》ねた。

「うん、ひとつは左派のギルドだ。彼らはけして自分たちをギルドとは呼ばないけれどね。ギルドなんていかにも徒弟的だし、封建制の響きがあるじゃないか。ともかく、弁護士の世界では他よりも左翼系の比率が高いんだ。人権を守ろうとすれば、ある意味じゃ反体制的になるからね。でも、左派のグループについてはぼくなんかに聞くより公安に訊ねた方が早いんじゃないか？」

「公安？　さあ、どうでしょうねえ」岩崎は曖昧《あいまい》に答えた。弁護士会の左派ギルドが破壊活動防止法の適用団体になった通達など聞いたことがなかった。

新井はたいして気にもせずに説明をつづけた。

「もうひとつの大きな潮流は、国際派とか新々派と呼ばれるギルドで、これは渉外弁《しょうがいべん》護士が中心になっている」

「渉外弁護士っていうと国際間の取引で契約書なんかをつくっている弁護士ですか？」

「すごく大雑把《おおざっぱ》な理解だけど、その弁護士だよ。彼らはアメリカ型の大規模な法律事務所《ローファーム》をめざしているんだ」

渉外弁護士はここ十年の間に急速に数を増やしてきた新興勢力だった。彼らはアメリカの弁護士と同じように時間あたりいくらというタイムチャージで猛烈に仕事をした。彼らは法律家であると同時に、また冷徹なビジネス・エリートだった。一般の弁護士のように法廷には立たず、国際間取引やM&A、法務コンサルタントが仕事の中心を占めていた。

彼らのギルドは結成当時から改革の旗をかかげている。もう少し本質的なことを言えば、弁護士会の古い体質が彼らのビジネスの邪魔《じゃま》になっているのだ。いまの制度では弁護士が無制限に広告をだしたり、複数の事務所をもつことは禁止されていた。渉外弁護士のギルドはこのような制約を時代遅れの「化石主義」と罵倒《ばとう》した。国際間取引の最先端にいる彼らは、欧米からの圧力にもまっさきに反応した。このままではわが国の国際法務部門はアメリカの巨大ローファームに占領されてしまう、彼らは危機意識をあらわにしてビジネスの障壁《しょうへき》を撤廃《てっぱい》するように求めた。単純化すれば、彼らの目的は法律事務所を巨大スーパーマーケットに変えることだった。大手チェーンストアなみに派手な広告をぶち、全国にも海外にも、支店のネットワークをつくりたいのだ。

「……ざっと言うと、こんなところかな」新井はすわった姿勢で軽く伸びをした。

「会長選挙での派閥の対立はどうでしょう？」

「会長とか常議員、理事なんかの選挙では、大抵《たいてい》は旧派が候補者をだす。それに、新興グループが対立候補をぶつけるんだ。新派と国際派のギルドが共闘してね。ビジネス優先では一致するから。左派の方は消極的だけど旧派の応援にまわる。四、五年前までのパターンはそれで固定していたな」

「じゃあ、最近はちがうのですか？」

「最近は派閥関係も不透明で、会長選挙も複雑怪奇になっている。たとえば、国際派は今では旧派との結びつきを深めている。アメリカからの圧力で外国人弁護士がどっと入ってきているだろう。アメリカのローファームにくらべれば、こちらのファームはまだ脆弱《ぜいじゃく》なものだ。こっちの準備が整っていないうちに、外圧に負けて自由化したから渉外弁護士は守勢に立っている。自分たちの職域を守るためにはどうしても弁護士会主流派の協力が必要だ。それで旧派とつるむようになった」新井は言葉を切って、同期の女性検察官が理解したか確かめるように彼女の方に目を向けた。

「ええ、分かります」岩崎は先をうながした。

「でも、ここ数年の混乱の原因は、何といっても弁護士の数が増えていることだね。ギルドの統制がきかなくなってきている。ぼくのいる旧派の中でもずいぶんとうさんくさい人間がのし上がってきた」

弁護士会の膨張《ぼうちょう》は検察官志望者の減少と表裏一体の問題だった。長い間、司法試験の合格者は五百人程度に抑えられてきた。六、七年前、検察法務官僚の強い意向で司法試験の合格者枠は七百人に拡大した。法務省の言い分は「若手の合格者を増やすため」ということであったが、これは表向きの理由で、本音となると少々あさましいものだった。彼らは、司法試験の合格者枠を拡大すれば任検希望者も増えるだろうと期待していた。ところが、検察官志望者はその後も低迷し、検察法務官僚のあまい期待は裏切られつづけた。彼らは業をにやして、三年前、司法試験の合格者枠を一挙に一千人に拡大した。彼らの見込みでは、この破格の増員によって、検察官志望者も一挙に増えるはずであった。

しかし、その期待も空しく頓挫《とんざ》し、いつのまにか検察庁は定員割れになってしまった。一方、二度にわたる司法試験合格者の増員分はそっくり弁護士会にながれ、彼らは自由競争の大波をもろにかぶって収入の目減りを嘆くことになった。そして、会員数の急激な膨張は弁護士会の派閥地図にも亀裂を生じさせた。ここ二、三年の間に派閥の結束はゆるんで、ギルドのタガも外れかかっていた。その混乱に乗じて、野心的な人間が台頭し、彼らは弁護士会の主要ポストを狙って暗躍した。ギルド内のひとつの委員会が丸ごと乗っ取られたり、幹事の知らない間に新しい幹事会が選出され、ギルドの総会が分裂する騒ぎまで起こった。会員はふたつの幹事会から別個に総会開催の案内状を送りつけられて仰天《ぎょうてん》した。

「……群雄割拠《ぐんゆうかっきょ》っていうところかな。四つの派閥の大きな潮流は変わっていないけれど、いまはギルド自体がガタついている。もめているところはけっこう多いのじゃないかな」

「先日、殺害された西垣先生のところ、新井さん、何か知っていますか？」

それを聞くと、新井はにやりと歯をみせた。

「やっぱりね。そういうことだと思ったよ。きみが弁護士会の内情を聞きたいと電話してきたときから、西垣先生のことだと想像していた」

「まだ、具体的にどうこうっていう段階じゃありません。これも、周辺捜査のひとつですから」

「別に気にしなくていいさ。ただ、あとで正式に証言を求められても協力できるかは分からないよ」新井は念を押した。

「新井さんにご迷惑をかけることはないと思います。事実関係は別のルートで確認します」

「じゃ、そういうことで聞いてくれ」彼は寄りかかっていたソファーから身体《からだ》を起こした。

「もう知っていると思うが、西垣先生は旧派から推されて会長選に出る予定だったんだ。あの人は弁護士会の役員を歴任しているし、法制審議委員の肩書も持っている。会長の候補者としては文句なしだろう。ところが、肝心の西垣ギルドの中がもめだした」

「西垣先生はギルドのボスだったのですか？」

「うん。百五十人ぐらいの中堅のギルドを抱えていた。西垣先生のところでイソ弁をしていた連中が主要メンバーで、ぼくの知っているやつも何人か入っている」

イソ弁とは法曹界《ほうそうかい》のスラングで居候《いそうろう》弁護士、つまりサラリーマンと同じく給与制で働いている弁護士をさした。ギルドのボスは多くのイソ弁を抱えることで自分の勢力を拡大していった。

「それで、内紛の方は？」

「ギルドの乗っ取りだよ。幹事会の一部がクーデターを起こしたんだ。その反乱部隊を率いているのは、宮島と中丸《なかまる》というふたりの弁護士だ。とくに宮島信義《のぶよし》の方は西垣ギルドの後継者と思われていた人間で、いまは日弁連の常議委員にもなっている。中丸俊彦《としひこ》はイエス・マンだな。よくいるだろう。あいつは宮島の腰巾着《こしぎんちゃく》さ」

「でも、どうして後継者が反乱を……。だって、いつかは西垣のギルドを継げるわけでしょう」岩崎は不思議に思って訊ねた。

「そのいつかが、いつになるか分からないからじゃないか」新井は当然のことのように答えた。

「西垣先生はもう七十ちかいのに矍鑠《かくしゃく》としている。たしか宮島の方は六十歳が目の前だ。この十年くらい、宮島はずっとナンバー2で西垣先生の引退を待っていた。しかし、ナンバー1は歳を追うごとにますます元気になっている」彼は苦笑した。

「実際、西垣先生はちょっとやそっとのことじゃくたばりそうになかったよ。宮島にしてみれば、このまま西垣先生の引退を待っていたら自分の方が先におしゃかになってしまう、それを心配したんだ」

「で、しびれを切らした」

「待つのに飽《あ》きたか、健康に自信がなかったんだろう。宮島だって顔なんか脂《あぶら》ぎって当分くたばりそうになかったけどね」新井は肩をすぼめ、そのあと真顔でつけ加えた。

「もっとも、クーデターの直接の原因は、西垣先生が日弁連の会長候補になる話が持ち上がったことだ。ひとつのギルドから会長が出ると、その後、七、八年の間は会長の座がまわってこない。そうなると、宮島には完全にチャンスがなくなる。あのギルドに入っているやつから聞いても、宮島の評判はよくないね。名誉欲の固まりって感じだし、会長になるためには何だってやりそうだ。それに、チャンスといえば、西垣先生にも最後のチャンスだな。いくら元気だといっても、年齢を考えればね」

「日弁連の会長をめぐる確執《かくしつ》ですか。しかも、お互いにこれが最後の機会……」岩崎の声は緊張でかすれた。彼女の推論にまちがいはなかった。というより、見事なほど的中している。しかし、この瞬間、岩崎の心の中には捜査を進展させた充実感ではなくて、たじろぐような危惧《きぐ》の念がわき起こっていた。

宮島は日弁連の常議委員の要職についている。捜査のメスも否応なく弁護士会の中枢《ちゅうすうぶ》部に入り込んでいくはずだ。それが何を引き起こすか、彼女には、ほとんどおそれにちかい予感があった。検察庁と弁護士会の間で今後長年にわたって治癒《ちゆ》されることのない全面対決が起きるだろう。

「西垣先生も宮島も引くに引けない立場にあった」新井の説明がつづいた。

「どっちもどっちという感じもするけどね。相手をつぶして、ギルドの支配権をにぎるために相当えげつない手段が取られたらしい。その面では狡猾《こうかつ》な宮島が上手《うわて》だろうな。彼はそういうことが得意なんだ。相手を陥《おとしい》れるためには卑劣な手を平気で使う。常議委員選挙のときの話だけど、このときも大量の怪文書が出まわった。どれも宮島の対立候補のスキャンダルを暴露する内容で、相手の候補はこのいやったらしい紙爆弾で爆死さ。こんども両方から怪文書が流されているっていう噂だ」

「本当、とも喰《ぐ》いね」岩崎はつぶやいた。県警の刑事の言うとおりだった。

「え？」

「あ、何でもありません。それで、西垣先生が亡くなって、宮島弁護士が旧派の会長候補になるのですか？」

「今後、西垣先生のギルドは宮島が牛耳《ぎゆうじ》ることになるから、そうなるかな。ただ、西垣先生が死んで他のギルドも色気を出しているし、最終的に宮島が候補になる可能性は半々だろう。今回がだめでも、次にはチャンスがある」

「だけど、宮島弁護士がそんなにひどい人なら、仮に選挙に出ても票を取れないでしょう」

「そんなこと一般の会員には分からないよ。ぼくだって知り合いが西垣ギルドにいるから、たまたま情報が入っているだけだ」

「会長選挙ではお金の方はどうなっているんです？」

「金って？」新井は驚いた表情で聞き返した。すぐに、彼の童顔におかしそうな表情が広がった。

「もしかして買収のこと？」

「そうはっきり聞き返されちゃうと困りますけど」岩崎は戸惑った笑みを浮かべた。

「こと金に関しては弁護士会の選挙はクリーンだよ。大体、日弁連の会長からして金にはならない。逆に弁護士会に奉仕するようなものさ。これはそういう問題じゃないんだ。もっとイデオロギッシュというかね、ギルドの理念や派閥の政策といったしょうもないことに使命を燃やしている。あとは宮島のように名誉欲に狂っているやつが会長の座を狙うわけだ」

「利権を生む選挙じゃない？」

「直接にはね。まあ、日弁連の会長になれば、それだけで社会の中じゃトップレベルの箔《はく》がつく。宮島あたりはそれを狙っているのかも知れない」

「名誉欲に凝《こ》り固まっている人間には、日弁連の会長の座は魅力的ですよね。それも最後のチャンスとなれば……」彼女はソファーの中で脚《あし》を組んだ。事務官の伊藤に頼んで調査をしなければならない。彼はいま五島裕司のことを調べている。それに追加して、五島や駒澤と宮島信義のつながり、その裏づけをとる必要があった。

「ぼくの知っていることはこれぐらいだね」新井は目の前で組まれた長い脚に何気なく視線を泳がせた。

「よかったら、久しぶりに食事でもしないか。近くにうまい和食の店があるんだ」

岩崎は腕時計に目をやった。細い手首にまかれたライト・シルバーの時計は八時すぎをさしている。

「いいですね。いきましょう」彼女はそう言って立ち上がった。

2

翌日、午後の検事オフィスでは伊藤が浮かない顔でこの二日間の調査の結果を説明していた。岩崎は事務官の机のへりに腰を乗せ、時折しぶい表情を見せながら報告書に視線を落とした。

「五島に関してはお手上げですよ」事務官は半ば投げやりな口調で言った。

「そうみたいね」岩崎も仕方なくうなずいた。

伊藤の調査で西垣に対する懲戒申立《ちょうかいもうしたて》は却下《きゃっか》されたことが分かっていた。五島裕司が代理人になって弁護士会に申し立てられた懲戒申請は懲戒委員会にまわることはなく、綱紀委員会の段階で撥《は》ねつけられている。しかし、肝心の五島裕司は今年の始めからカナダに留学をしていた。最近では法律事務所でも、国際間取引に対応するため有望な若手の弁護士を海外のロースクールに留学させている。これは、事務所が経費を丸抱えして、ふつう六ヵ月から一年、長い場合は二年間ぐらい海外の法律実務を学ぶ制度だった。法律事務所にとっては莫大な先行投資だが、その見返りも大きかった。

「五島のやつが海外に逃げたってことにしたらどうです？　それだったらインターポ

ールに通報できる」伊藤はやけっぱちな提案をした。

「そんなこと通用するわけないじゃない。五島が留学したのは、西垣が殺される一ヵ月も前よ。あなたの調査でも、今回の留学は二年前から決まっていたことでしょう。五島の留学は予定どおりおこなわれた。残念だけど、こちらで文句をつける筋合いはないわね」

「それより」彼女は思いついたようにつづけた。

「わたしたちがカナダへ出張するというのはどう？」

「それこそ認められるわけがないですよ」事務官はバカバカしいという目つきで岩崎を見上げた。

「横浜地検の出張経費がいくらあると思っているのです？　大体、海外出張の経費なんて端《はな》から予算に計上されてないでしょうね」

「となると、こちらに残されたのは駒澤と宮島のふたり……」

「そっちのつながりについては分かりました」伊藤の角張った顔がわずかに明るくなった。彼は報告書を手にとり、黒縁の眼鏡《めがね》越しに自分のうった文字を読んだ。

「五島も含めてラインが出来ています。三人とも出身地、出身校ともまちまちで弁護士になるまでは個人的なつながりはありません。しかし、弁護士になってからは検事の予想どおりです。駒澤と五島は、西垣のギルドに加盟しています。派閥の名簿に名前が載っているからまちがいありません」

「これでつながったわね」彼女は報告書を指で弾《はじ》いた。

「おそらく、ふたりは西垣のギルドの中でも反乱軍の方よ」

「そっちも裏が取れてます。確認が取れたのは駒澤だけですけど」事務官は、あぶなっかしく机に腰を乗せている岩崎の方へ顔を上げた。

「宮島の腹心に中丸という弁護士がいますよね。駒澤は、その中丸の事務所でイソ弁をしていたのです。四年前に駒澤が独立するまでずっと」

「駒澤は中丸の子飼の弁護士ってわけね」

「つまりは、宮島の忠犬ということになります」

「カナダにいる五島には手が届かなくても、これだけ調べがつけば駒澤を参考人で引っ張れる。伊藤くん、あなたのおかげよ」彼女は手を伸ばして、伊藤の短髪の頭を軽くたたいた。

事務官の机から飛び下り、岩崎は自分のデスクの受話器をとった。

「主席にですか？」伊藤が訊ねた。

彼女は受話器を耳に当てたまま首をふった。

「……その前に郡司刑事から聞いておかなくちゃね。あの人、佐々木瑞穂と池上のことを知らせてくるはずになっていたのに連絡がないでしょう」

神奈川県警の重犯罪捜査課の刑事は郡司を含めてほとんどの者が出払っているようだった。電話に出た県警の係員は「すぐ郡司刑事に連絡をとって折り返し電話をさせます」と約束した。

検事デスクの上に載った電話から電子音のベルが聞こえるまでにたっぷり十五分は経過した。岩崎は伊藤に合図をして自分で受話器をとった。

「はい、岩崎です」

「電話をもらったんだって」受話器を通して挨拶《あいさつ》ぬきの太い声が聞こえてきた。

「ええ、そのあとの情報を交換しておこうと思って」

「じゃ、そっちから話してくれ」

そっちから話してくれ？　まったくそっけない男だ。彼女は心の中で舌打ちをして、同期生の新井から聞いた内容と伊藤が調査した結果をかいつまんで説明した。

「……どうやら弁護士会の中はピラニアどもが泳いでいるみたいだな」郡司はぼそりと言った。

「そんなに数は多くないと思うけど」

「バカ言うな。あいつらは群れをつくるんだ」

「そっちはどう？」彼女は訊ねた。

「こっちにも成果があったよ。あの日、瑞穂のところに駒澤から電話があった。検事さんが事務所に来たので、やっこさん、相当に慌《あわ》てたみたいだぜ。何か変わったことはないか、瑞穂にしつこく訊ねたようだ」

「瑞穂の方はどう答えたの？」岩崎は不安を感じた。

「心配するなって。打ち合わせどおりだよ。あの女、何もないと答えてさっそくおれに電話を寄越した。今日、瑞穂の供述を取ってきたから、あとで届けさせる」

「例の仲介をした池上はつかまった？」

「県警を動員すれば、大抵《たいてい》の人間はひっつかまえることができる。もっとも池上は名刺が残っていて、その住所地にいたんだ。八王子《はちおうじ》市内で不動産の看板を掲げている。一応、不動産取引主任の資格はもっているよ。池上には昨日の夜に会ってきた。派手なメガネをかけたやろうだ。最初はシラを切りやがった。忘れたとか言ってな」

「どつくようなことはしなかったでしょうね」佐々木瑞穂のときも心配をした記憶がよみがえった。

「また、検事さんも弁護士のようなことを言うなよ」受話器からふくみ笑いがもれた。

「税務署のことを匂《にお》わせたらぺらぺらしゃべってくれたよ。よほど税金が心配なんだろうな。それで、池上と駒澤のつながりが分かった。池上は駒澤から頼まれて佐々木の女房を紹介したんだ。やはり裁判の件じゃ、駒澤の方が女房に接触したかったわけだ」

「それだと、わたしたちがにらんだとおりね。あのふたり、駒澤と池上はどこでつながっていたの？」

「なんてことはない、池上の話では大学のゼミが一緒《いっしょ》だったらしい。池上はもともと司法試験の勉強をしていて、駒澤の勉強仲間っていうところだ。で、駒澤は受かったが、池上は何度も失敗して、結局、不動産業に転身した。不動産絡みの事件で駒澤とは仕事のつき合いもある。どうだい、見事につながっているだろう」

「池上の供述は取れました？」

「当然さ。そいつも佐々木瑞穂の調書と一緒に届けてやるよ」郡司は再び恩きせがましい言い方をした。

「それじゃあ、物証関係の方はどうなっています？　もういいかげんに鑑識の結果は出たでしょう」

「ああ、鑑識か……」とたんに刑事の声から勢いがなくなった。

「実のところ、そっちの方面では捜査が行きづまっているんだ。物証も目撃者もめぼしいものは手に入っていない。上の連中もどやしつけるのに疲れて、いまじゃ頭を抱えて寝込んでるよ」

「物証なし、目撃者なし、あるのはわたしたちがつかんでいる情況証拠《じょうきょう》だけっていうことね」

「初動捜査でお手上げの状況だからな。こっちの捜査本部でも昨日あたりからは駒澤の線に突破口を求めている。佐々木瑞穂と池上には三人ずつ張り番がついた。二十四時間体制で監視するってわけだ。今日の話を聞くかぎりじゃ、駒澤と宮島にも監視をつけた方がいいかも知れん」

「弁護士の監視は慎重にやらないと」岩崎は躊躇《ちゅうちょ》するように口をはさんだ。

「いまいましいが、おれもそう思う。あいつらはピラニアといってもひまわりのバッジをつけてるくそったれピラニアだ。やる場合は事前に捜査本部からそっちへ相談がいくと思う」

「こちらでは、ちかいうちに駒澤を参考人で呼びだすつもりです。監視をやるにしてもそのあとにしてもらった方がいいでしょうね」

「わかった。課長に伝えておくよ」

「それじゃ、また連絡しますから」

「あ、もうひとつ」刑事の声が呼び止めた。

「駒澤から供述を取ったらすぐに教えてくれ」

「分かりました。すぐに連絡します」そう答えて、彼女は受話器をおいた。

郡司が電話で約束した佐々木瑞穂と池上章二の供述《きょうじゅつ》調書は、その日の午後遅くに岩崎のオフィスに届けられた。彼女は二通の司法警察員面前調書をながめた。アメリカで用いられる宣誓供述書のような高い証拠能力はないが、これが駒澤の供述を引き出す武器になることはまちがいない。彼女は伊藤とじっくり検討した後、二通の調書を抱いて主席オフィスに向かった。

佐伯は部下の報告を聞き、駒澤の出頭を求めることを即座に承認した。これには岩崎の方が驚いた。彼女が要請したのは弁護士を参考人として呼び出すことだ。佐伯の性格から考えて、そんな冒険は当然しぶるものと思っていた。しかし、背中を丸め、岩崎を見上げる主席検事の心配事は別のことにあるようだった。彼は、部下の女性検察官を値踏みするような顔つきで見た。彼女はひと目で主席検事の不安を理解した。猫背の上司は、駒澤の事情聴取を岩崎に任せていいものか迷っているのだ。この事件の最初のときとまったく同じだ。岩崎の心に不快な感情が広がった。

佐伯の方も困惑していた。東京高検の森本はどういうわけか、若い美人検事の能力を疑っている。岩崎が弁護士の事情聴取担当になったと聞けば、また一言ありそうだった。しかも、今度の事情聴取は絶対に失敗は許されない。彼らの検察再建計画を実現するには口うるさい弁護士会を沈黙させる必要があった。駒澤の事情聴取はその第一歩となるはずだ……。が、目の前に立っている女性検事はこれまでのところまずまずの働きをしていた。検察官としての能力があることも証明している。時折見せる不《ふ》遜《そん》な態度にはいらいらさせられるが、彼女がよくやっていることはまちがいない。それに、この事件を岩崎に配点したのは佐伯自身だった。ここまで来て、急に担当を替えるというのも……。

「きみがやりたまえ」佐伯は静かに言った。「駒澤から何としても自白を引き出すつもりであたってほしい」

3

駒澤啓介の事情聴取がおこなわれたのはその四日後だった。横浜地検の検察官オフイスは最初から険悪な空気に包まれていた。駒澤は検事デスクの前に仁王立ちになって岩崎を見下ろした。自分よりずっと年下の女性検察官はとりすました表情を崩さず、それが彼の怒りに油をそそいだ。この部屋に来るまで、三十分ちかく狭苦しい控室で待たされたことも気に入らなかった。この女検事は、弁護士を何だと思っているのだ。まるで犯罪者あつかいをしている。

彼は仕立てのよいスーツの内ポケットから一枚のハガキを取り出すと机の上に投げた。

「こんなものが届いたのですが、一体、どういうことですか？」

岩崎は速達の赤い線が印刷されたハガキに視線をやった。広いデスクの上はきれいに片づけられている。そこに検察庁からの呼び出し通知がぽつんと置かれていた。

「とにかくすわってください。わざわざこうしてお越しいただいたのですから」彼女は穏やかな声で弁護士に椅子《いす》をすすめた。

駒澤が乱暴に椅子に腰を下ろすのを待って、岩崎は手もとにあるカセットテープの録音ボタンを押した。小さなライトが赤く光り、録音を開始したことを知らせた。

「今日は参考人として先生にうかがいます。供述拒否権についてはご存じですよね……。結構です。先生の供述は事務官が筆記します」彼女は右側の事務官席にすわっている伊藤の方をふり向いた。

「それと、正確を期すためにテープがまわっていますので」

駒澤はじっと赤い光を見つめた。弁護士の内部で何かが変化し、険悪な態度は急に影をひそめた。彼はうんざりとした様子で手をふった。

「録音でも何でも好きなようにどうぞ。さっさと終わりにしましょう。供述拒否権なんかは放棄したってかまわない。そちらがテラックス社の裁判を聞きたいのは分かっています」

岩崎は思わず苦笑した。さすがに素人とちがって弁護士だと理解が早い。

「ええ、本題はそのことですが、調書の性格上、最初は形式的なことからお訊ねしますので」

「それも仕方ないでしょう」弁護士は腕組みをして、女性検事の質問を待ち受ける態勢をととのえた。

彼女は氏名、生年月日、出身地、出身校などの経歴事項を聞いていった。駒澤は平べったい顔から表情を消して淡々と答えていく。経歴事項の質問は最初に供述者本人を特定するためにおこなわれる。答えやすい経歴事項をはじめにもってくることで参考人の気持ちを落ちつかせたり、話のきっかけをつくったりする効果もあった。しかし、今日にかぎれば、こんな形式的なことはどうでもよかった。尋問者ばかりではなく供述をする人間もプロなのだ。岩崎は導入部分の質問を手短に切りあげて、すぐに核心に入っていった。

「では、さっそくですけど、東京地裁八王子支部に係属した株式会社テラックスと西垣文雄の裁判についておうかがいします」彼女は承諾《しょうだく》の言葉を求めるように駒澤の顔を見た。弁護士は無表情にうなずいた。つかの間、会話がとぎれた。岩崎としては言葉がほしいところだった。沈黙されてはテープに何も残らない。少し迷ったあと、彼女は先に進むことにした。重要な問答でもないし、供述調書には「黙ってうなずいた」と記載すればいいのだ。

「先生は、この裁判に関与していますね」

「ええ、テラックス社の訴訟代理人になっています」駒澤も今回は明確に答えた。

「テラックス社は原告ですね」

「そう、原告です」

「どういう裁判だったのか、簡単に内容を説明していただけますか」

「ひとことで言えば、損害賠償請求事件ですが」答えたあと彼は、これだけでは足りないだろうなという顔つきで岩崎を見た。今度は彼女の方が黙って首をたてにふった。

「……請求原因はいわゆる弁護過誤の問題です。西垣弁護士は以前テラックス社の代理人になっていました。当時、テラックス社が買い手になったM＆Aで不動産取引がおこなわれたのですが、その際、西垣弁護士は代理人としての注意義務を怠《おこた》り、テラックス社に不動産代金の一部三千万円相当の損害を与えた。注意義務の内容は売買目的不動産の権利関係をきちんと調査すべき義務です」

駒澤の回答は予想どおりのものだ。岩崎はデスクの引き出しに収まっている二通の調書を意識し、身体のなかに軽い興奮が走った。目の前でしらじらしくしゃべっている男の仮面を剝《は》ぎとり、隠された正体を暴いてやる。机の中にはこの日の尋問に備えて佐々木瑞穂と池上章二の供述調書正本《せいほん》が入れてあった。五日前に駒澤の事務所を訪ねたとき、彼は、言葉をにごしながらも、佐々木瑞穂に強く頼まれて事件を引き受けたことを認めている。しかし、調書には正反対の内容が書かれていた。駒澤は池上を仲介にして自分から佐々木瑞穂と接触し、裁判を起こすよう強引に説得したのだ。

「裁判の結果はどうなりました？」岩崎は質問をつづけた。

「残念ながらテラックス社の敗訴です。こちらの請求は棄却《ききゃく》されました」

「ちなみにテラックス社の代表者はどなたですか」彼女は慎重に駒澤を罠《わな》の方へと追い込んでいった。

「私が代理人になったときは佐々木瑞穂さんですね。前の代表者のご主人は自殺していますから」

「そうすると、佐々木瑞穂さんが先生への委任状にサインしたのですね？」

「そうです。奥さんから訴訟《そしょう》委任状をもらいました」

岩崎はひと呼吸おいて訊ねた。いまが罠を仕かけるときだった。

「そのときの事情を説明してもらえますか？」

この質問に答えた瞬間、駒澤は自滅するはずだ。そして、彼の答えは決まっている。佐々木瑞穂から頼まれた――その嘘を二通の供述調書がたたきつぶす。彼女はさりげないしぐさでデスクの引き出しに手を伸ばした。

「私の方から佐々木瑞穂さんに裁判をすすめました」

「えっ……」引き出しの把手《とって》にかけられた手が凍りついた。いまの言葉は何かの聞きまちがいではないのか。

「……もう一度、おっしゃってください」

「ですから、私が奥さんに訴訟を起こすように話したのです」

駒澤の声は静かな部屋の中ではっきりと聞こえた。ショックで腰から下の力がぬけていくようだった。二通の供述調書の存在が洩《も》れている……、混乱した岩崎の頭に疑念が浮かんだ。でも、そんなはずはない。佐々木瑞穂には情報を漏《も》らす理由はないし、池上章二もいまでは県警本部に忠誠を誓っている。そうなると、駒澤が職業的な直観で罠を察知したのだろうか……。

「質問はそれだけですか」

「いえ……どういうことか聞かせてください」

「私の知り合いに八王子の不動産業者がいます。池上章二という学生のころからの友人です。その男から佐々木さんのご主人が焼身自殺をしたことを聞きました。焼身自殺っていうのはおだやかじゃない。で、詳《くわ》しい事情を聞いてみると、どうも西垣先生が弁護士としての基本的ミスを犯したらしい。そうなると、これは弁護士全体の信用問題ですからね」

「弁護士全体の信用問題……」

「当然、問題にすべきことでしょう。私たちの社会的名誉にもかかわる。それで、私が池上に頼んで佐々木さんの奥さんを紹介してもらったのです。私はこういう場合、弁護士の責任を問えると説明しました。奥さんは最初、驚いていましたがね、そういうことなら裁判を頼みたいというので、結局、私が受任した。簡単にいえばこういう事情です」

岩崎はのっぺりとした顔をまじまじと見た。彼の言葉を聞いているうちに、二通の供述調書はすっかり色褪《いろあ》せ、いまや紙くず同然になっていた。駒澤は相変わらず表情を消した顔を向けている。しかし、彼女は弁護士の目の奥に侮蔑《ぶべつ》の色が浮かんでいるのを見逃さなかった。この男は岩崎の仕かけた罠をずたずたにして、それを勝ち誇っている。彼女は怒りと屈辱感《くつじょくかん》で脇の下が汗ばむのを感じた。

「いまの説明は、以前に先生の事務所でうかがったお話とちがいますね？」

「そうですか。よく覚えていませんが、いましゃべったことが事実です」

「いまの話が仮に事実だとしても、先生のやられたことは弁護士倫理に反しませんか。表現は悪いですが、佐々木瑞穂さんをそそのかして事件をつくったわけですよね」

「確かに、表現は最悪ですな。そそのかしたつもりはありません。私は状況の説明をしただけで、裁判を決断したのは奥さんです。何も無理矢理に手を押さえつけて委任状に名前を書かせたのじゃない」

「あくまで主体になって判断をしたのは佐々木瑞穂さんというわけですか」

「もちろんです。私は彼女の代理人にすぎません。正確には彼女が代表者をしているテラックス社の代理人ですが」

「じゃあ、弁護過誤保険による和解の件はどうです。西垣先生から和解の話があったとき、それを蹴ったのも佐々木瑞穂さんが判断したのですか、主体的に？」

「それは……」駒澤は口ごもった。

「……和解は私の判断で拒否しました」弁護士はわずかな迷いのあとで答えた。

「先生の判断で？　和解を呑《の》むかどうかの重要な判断は本人に確かめるべきでしょう」岩崎は強い口調で聞きながら、胸にはあらたな失意の感情が広がっていった。これで屑《くず》かごから供述調書が生き返ることはなくなった。このくそったれ弁護士は頭が切れる。真実の供述ほど強いものはない。彼は供述の嘘《うそ》を追及されるより弁護士倫理で責められる方を選んだ。それに、そっちの方には抜け道がいくらでもあることを知っているのだ。

「おっしゃるとおり、いま思えば本人に確認してから決めるべきでした。私の判断で蹴《け》ったのは、弁護士倫理上、若干問題があったかもしれません。しかし、私がもらった委任状には和解を受けるかどうかの判断も含まれていますからね。私が和解を拒絶しても違法とはいえないでしょう」

「先生はなぜ和解を蹴ったのです」

「裁判で決着をつける問題だと思ったからです」

「どうしてそう思われたのでしょう？」

「どうしてと言われても、問題が問題ですからね、裁判できちんと結果をだすべきだと考えたのです」

「問題が問題じゃわたしの質問に対する答えになっていませんよ。本当は、相手が西垣弁護士だったことが関係している、そうじゃないですか」

「相手が西垣弁護士だからとは、どういう意味です。それこそ質問の意味が分かりません」

「いいえ、先生なら充分にご存じのはずです。まあ、いいでしょう。でも、最近は弁護士の方の世界も非情ですね」彼女は話題を変えた。

「非情？　それは西垣先生を訴えたことを言っているのですか」

「もちろん、そのことです。しかも、自分のギルドのボスを訴えている。西垣弁護士もこれにはさぞショックを受けたでしょう？」

検事オフィスに沈黙がながれた。駒澤は当惑した表情を浮かべている。岩崎は彼の顔つきから、この質問が駒澤にとってまったくの不意打ちだったことをさとった。

「先生は西垣弁護士のギルドに加入していますね」岩崎は少しだけ開いた突破口を強引にこじあけようとした。

「ええ、加盟しています。ただ、それと裁判のことは……」

「関係ないとでもおっしゃるのですか」

「そうです。関係ない」

「無関係？」彼女は冷たく笑った。

「何がおかしいのです」駒澤が詰問《きつもん》した。

「気にさわったのなら謝ります。でも、先生は先ほど佐々木瑞穂さんに裁判をすすめたのはご自分だと供述していますね。しかし、相手は先生がいろいろと世話になっているギルドのボスじゃないですか。そのボスに対して裁判をけしかけるとはどういうわけです」

「何度も言っているようにけしかけたわけじゃない。それに、世話になったギルドのボスだからといって裁判を取り止める方がよっぽど悪辣《あくらつ》でしょう」

「では、和解を拒絶したのはどうです。依頼者から頼まれればギルドのボスにも裁判をすることは分かります。それでも、和解まで蹴るというのは考えにくい。むしろ、積極的に和解をまとめるのがふつうじゃないですか」

「それは検事さんと私の見解の相違でしょうな。どうやら、あなたとは価値観がちがうようだ。私も西垣先生のことは尊敬していた。それだけに、なおさら許せなかった。それが私の見解です」

「先生の見解は分かりましたし、わたしと価値観のちがいがあることも拝聴しました。ただ、わたしに分からないのは……先生は、西垣弁護士に一体どんな恨《うら》みをもっていたのです？」

「私が？　恨みを？　そんなことあるわけがないでしょう」彼は驚いたように否定した。

「個人的な恨みはない？　じゃあ、誰が恨んでいたのですか」

「そんなことは知りません」

「では、西垣弁護士を邪魔に思っていた人はどうです」

「私が知っているわけがない」

「でも、ギルドの内紛についてはご存じですよね」

「………」

「はっきりと答えてください」岩崎はたたみかけるように言った。

「ええ、混乱が起きていたのは知っています。私もギルドの一員ですから」

「どういう混乱ですか？」

駒澤は正面の質問者に用心深い視線を向けた。周到に準備してきたのに、いつのまにか形勢が逆転していた。小生意気な女検事はどこまで調べ上げているのか？　うかつな回答はできなかった。数多くの法廷で修羅場《しゅらば》を経験してきた彼の直観は罠《わな》の臭《にお》いを嗅《か》ぎつけていた。

「多分、ギルドの主導権争いでしょう」彼は曖昧《あいまい》に答えた。

「主導権争いであれば、当然、対抗馬がいますよね。西垣弁護士に対抗していたのはどなたです？」

「まわりの噂では宮島弁護士ということでしたが……」

「それで、先生はどちらについていたのですか、西垣陣営と宮島陣営の」

「別にどっちということもない」

「それはないでしょう。わたしたちがつかんだ情報では、この紛争でギルドはまっぷたつに割れたということじゃないですか。会派を二分する争いに先生のような中堅の会員が無関係でいられますかね」岩崎はなかば誘導する形で質問を繰り返した。この誘導に引っかからなければ、彼女の敗北だった。

「検事さんもそこまで調べたのならお分かりなはずです。今回の紛争は別に政策を争っているわけじゃない。どちらにつくかは人脈で決まるのです。私はどちらの弁護士とも親しいわけではないですから」

「先生はどちらの陣営とも人的なつながりがない、ということですか」

「そう。つながりなどありません」

駒澤の答えを聞くと、岩崎の口もとには皮肉っぽい笑みが浮かんだ。彼女は弁護士にもの問いたげな視線を向け、静かな声で訊ねた。

「ところで、先生はいつごろ独立なさったのです」

「え？　私ですか？　いまの事務所を開いたのが五年くらい前ですかね。それが何か」

「その前はどちらの事務所にいらっしゃいました？」そう訊ねて、彼女はじっと駒澤の反応を見守った。この質問は最初に経歴事項を訊ねた時わざわざ外しておいたものだ。

「その前？　その前っていうと、私は中丸先生のところで……」最後まで言い終わらないうちに、駒澤の起伏のとぼしい顔いっぱいに愕然《がくぜん》とした表情が広がった。完全に嵌《は》められた、彼は椅子の中で身をこわばらせた。

「どうしました？」

「いや、私は……」

「先生は独立なさる前、中丸弁護士の事務所で仕事をしていましたね。まず、それを確認してください」

「確かに、中丸先生のところでイソ弁をしていました」

「独立してからも行き来はありますね。一緒に仕事もしている」

「ええ、そういうこともあります」

「その中丸弁護士ですが、今回のギルドの紛争ではどういう立場を取っていますか？」

「そう言われても……」駒澤の目は落ちつきなくあたりを見まわした。

「……よくは分からないが、おそらく宮島先生を応援していると思ったが」彼はあきらめて答えた。

「おそらく？　やけに頼りない言い方ですね。先生は記憶力に何か問題でもあるのですか」

「バカげた皮肉はやめていただきたい」駒澤は憎々しげに岩崎をにらみつけた。

「いいでしょう。先生の方も下手にとぼけるのはやめて下さい。実際、中丸弁護士は宮島派の参謀でしょう。ちがいますか」

「そういう見方をする人もいます」

「先生はその参謀と人的なつながりがある。となれば、先生も宮島派に属していると考えるのがふつうですよね」

「検事さんがそう思うのであれば、それでけっこうです」

「当然、わたしはそう考えています。それに関連して、先生は五島裕司を知っていますか？　いまカナダに留学している若手の弁護士で、先生と同じ宮島派です」

「知りません」彼は即座に否定した。

「西垣弁護士の懲戒申立《ちょうかいもうしたて》をした代理人です。懲戒申立のことはご存じでしょう」

「それも知りません」駒澤の声には不安の響きがあった。

「では、西垣先生が日弁連の会長に立候補する件は？　これなら知っているでしょう」

「聞いたことはあります」

「宮島弁護士の方も会長選挙に意欲を燃やしていたことは知っていますね。西垣弁護士が亡くなっていまや活発に運動している」

「ええ」

「ギルドの内紛も根本的には会長候補をめぐる争いでしょう？」

「確かに候補者の争いという面はあったでしょうね」

岩崎は身を乗り出すと広いデスクの上で両手を組み合わせた。彼女は検事デスクに内蔵されているレコーダーに視線を落とした。テープの残量はまだたっぷりとあった。

「いままでの供述をまとめれば、こういうことになりますね」彼女はまっすぐに弁護士の顔を見て話した。

「先生の所属するギルドでは会長候補に誰を立てるかで西垣派と宮島派の間で争いがあった。その紛争のまっただなか、西垣弁護士に対して民事裁判と懲戒申立が行われた。ふたつとも宮島派の弁護士が関与している。ひとつはもちろん先生のことです。そして、弁護士の方から積極的に裁判や懲戒を起こすようにすすめている。ここまではどうです」

「懲戒申立については私は無関係だ」

岩崎は力のない抗議を無視して、先にすすめた。

「裁判で西垣が負けるか、懲戒が通れば、西垣弁護士は候補から脱落する。宮島派が狙ったのもそれだった。残念ながら、ふたつともうまくいかなかった。裁判では西垣が勝ち、懲戒申立も却下された。西垣は生き残り、宮島派は断崖《だんがい》に追いつめられた。このままでは、宮島も取り巻きも粛清《しゆくせい》される運命にあった。ところが……その直後、突然、西垣弁護士は殺害されている。一体、西垣弁護士が死んでいちばん得をしたのは誰です？　西垣弁護士を邪魔に思って……」

「ちょっと待ってください！」駒澤は気色ばんで彼女をさえぎった。

「検事さん、あなた、まさかわれわれを疑っているのじゃないでしょうね」

「われわれ？　先生と他に誰です」岩崎は冷たく言った。

「そんなもの誰でもいい。バカバカしい憶測《おくそく》だ。誇大妄想狂《こだいもうそうきょう》のたわごとだってもう少しはまともだ。あなたたちは弁護士に殺人罪の容疑をかけているんだ。しかも、芋《いも》づる式に常議員まで挙げようとしている。それが、どういうことか分かっているのか」

「検察はたわごとでは捜査を開始しません。偶然にしちゃできすぎている話ですよ。こんなに都合よく偶然が重なりますか」

駒澤の目が憤激《ふんげき》にゆらいだ。これまで彼は他人の権利を守るためにたたかってきた。その彼自身が追いつめられている。頭の中は怒りで飽和《ほうわ》状態になっていた。しかし、弁護士のキャリアはそういった動揺が致命的なミスをまねくことを教えていた。

駒澤は苦労して感情を抑え込んだ。

「いいでしょう」彼はシートの中に沈んだ。

「検事さんの言うとおりのことが起きたとして……もちろん殺人だけは別です。われわれが西垣先生を追い落とすために裁判や懲戒申立をやったとする。しかし、それが失敗したからといって、西垣先生を殺すわけがないじゃないですか。私には……思いもよらない」

「宮島はどうです。彼はもう六十歳になる。会長選挙は最後のチャンスでしょう」

再び、感情のタガがはずれた。

「何で私が知っているんだ！　そんなこと宮島に聞いてくれ」弁護士は激昂《げっこう》して言った。

岩崎は机の反対側で怒り狂っている駒澤に冷ややかな目を向けた。暖房は低めに設定してあるのに、弁護士の額には脂汗が吹きでている。そろそろ事情聴取を終える頃合いだった。この男からできるかぎりの供述は引き出した。これ以上は何もでてこないだろう。彼女は隣にすわっている伊藤に目くばせして、レコーダーのスイッチを切った。


受話器をもつ宮島の手はこきざみに震えていた。中丸俊彦はわずかに離れたところにすわって宮島の様子を見つめながら、この老人の手を震わせているのは怒りのせいか、それとも恐怖だろうかといぶかしんだ。

「検察は全部知っている！」宮島は受話器を乱暴にたたきつけると呻《うめ》くように言った。

「あいつらは裁判のことも懲戒申立のことも調べ上げている。わしのギルドに密告者がいるに違いない」

筆頭常議員は激しく動揺していた。……ということは、震えの原因は恐怖だ。当然、中丸はその原因を詳しく知る必要があった。

「先生、落ちついてください。密告者なんているはずがない。それに、隣の部屋に聞こえるじゃないですか」彼は常議員室の薄い壁をあごでさした。日弁連新会館の常議員の専用個室は会長執務室ほどに防音工事が徹底しているわけではなかった。

「そんな呑気《のんき》なことをいっている場合か」宮島は脂肪で二重になったあごを引き、顔をゆがめた。ひたすら享楽《きょうらく》を追求してきた結果、宮島の老体は全身がたるみきっている。しかし、貪欲《どんよく》な炎は消えかかるどころか、年を追うごとにますます強くなっていた。

「駒澤は電話で何といっていたのです？」

「横浜地検……取り調べ検事は若い女だが、こっちが西垣に仕かけた裁判や懲戒申立はすべて捜査している。会長選挙との結びつきにも勘づいている。そればかりかギルド内部の事情も筒《つつ》ぬけだ」

「駒澤はよけいなことをしゃべらなかったでしょうね」

「いまの電話ではそういっていた。しかし、分かるものか。検事にガンガンやられたらしいからな」

「どっちにしろ、あの男はたいして知っているわけではない」中丸はつぶやいた。「もちろん、検察の連中だってそう思っている。あいつは参考人にすぎない。地検が狙っているのはわしのことだ」

宮島は部下の弁護士に向かって太い指を突きつけた。

「だから、わしが言っただろう。こうなる前に手をうっておくべきだったんだ。至急、対策を立てねばならん。でないと、検察の連中はここまでやってくるぞ」

「法曹三者協議会の場で圧力をかけるとか、いろいろ手はあります。しかし、そんな心配は無用でしょう」

「無用？　それはどういうことだ」

「弁護士会によって守られているのです」中丸は薄い笑いを浮かべた。

「お忘れですか、先生は筆頭常議員ですよ。その地位が先生を守ってくれます」

彼はタバコを取り出し、ライターで火をつける瞬間、宮島を盗み見た。宮島は釈然《しゃくぜん》としない面持ちをしていた。……こいつの利用価値もあとわずかだ。西垣が死んだいま、ぶよぶよの風船玉をはじき飛ばせば、ギルドの支配権はそっくり中丸のもとに転がり込んでくる。彼は深く吸い込んだ煙を吐《は》きだした。

4

岩崎は暗くなった窓ガラスを鏡の代わりにして、襟《えり》もとが深くカットされたジャケットの上に黒のハーフコートを着込んだ。伊藤は「車のところで待ってますから」と言って一足先に部屋を出ている。彼女はオフィスの電気を消し、明るく照らされた廊下をエレベーターの方に歩いていった。フロアーのつきあたりに、エレベーターを待っている肩幅の広い男の後ろ姿が見えた。彼は足音を耳にして背後をふり返った。ちかづいてくる岩崎を目にとめ、軽く手を上げて挨拶《あいさつ》した。

「望月さんもいま帰りですか」岩崎はあと二週間で退職する望月直人《なおと》にならんで立った。

「ああ、最後まで仕事に追われてるよ」

「あと二週間ですね……」

表示ライトが点灯《てんとう》し、エレベーターのドアが左右に開いた。

「きみの方は？」望月は一階のボタンを押した。

「A103ですったもんだしています。例の西垣先生の事件」

「その件ではずいぶん熱心じゃないか。最近は佐伯さんの直属みたいなものだろう」

「直属なんて……」彼女は皮肉っぽい言い方にかちんときた。わずかな振動と同時にエレベーターが停止し、ふたりは一階のフロアーに降りた。年長の検事は岩崎のことをじっと凝視した。

「きみもいまじゃ検察至上主義者のひとりかい？」

「え、何です？」

「…………」

すぐに望月はとりつくろった笑顔を浮かべた。

「いや、どうということはない。何でもないんだ」

彼は怪訝《けげん》な視線を向けている岩崎を残して正面玄関の方に歩いていった。いったん透明なガラスの前で立ち止まると、彼女に声をかけた。

「歓送会には必ず出てくれよ。きみが来ないと、あとはヤボったい連中ばかりだからね」

岩崎は望月の姿が玄関の外に消えてから、反対側の通用口をぬけて建物裏手の駐車場に出た。冷たい風が吹く中、駐車場のすみに、ライトの光量を落としたセダン車がエンジンをアイドリングさせて停まっていた。彼女は助手席側のドアを引き、暖房のきいた車内に身を入れた。

「車を暖めておきましたよ」運転席で伊藤がふり向いた。

「伊藤くん、検察至上主義者って知っている？」

「検察至上……、やぶから棒に何を言ってるんです？」

「そんなもの聞いたことがないわよね。わたしはいつからそのメンバーになったの？」

「何かのクラブにでも入ったのですか」

「そうじゃなくて、望月さんがわたしのことを検察至上主義者のひとりかってね」

「望月って、あの望月検事ですか？」

「そう」

「なにを言ってるんですかね」伊藤はそれ以上気にもとめず、サイドブレーキのレバーを倒して、アクセルを踏んだ。

グレーのセダン車は駐車場の前を左折し、両側の歩道にそって緑の植えられた広い道路に出た。岩崎はヘッドライトの前方に目をやりながら、望月の不可解な態度を思い浮かべた。彼が口にした検察至上主義という言葉には人を威圧する響きがあった。しかし、彼女はいまそんな抽象的な言葉より、もっと気になることを抱えていた。

駒澤の事情聴取を終えて、明日からの捜査は予断を許さない状況になっている。あの平べったい顔をした男の背後にはまちがいなく宮島が隠れており、その上、何とも都合の悪いことに彼は日弁連の常議員だった。このまま捜査をつづけていけば、当然、日弁連の中枢にまで踏み込んでいく可能性があった。日弁連の常議員の召喚《しょうかん》……弁護士会はわめきちらし、新聞は争って書き立てる。地検はテレビカメラの砲列で取り囲まれるだろう。そのときの騒ぎが目に見えるようだ。今度ばかりは佐伯も尻ごみするにちがいない。明日からの一悶着《ひともんちゃく》を思って、岩崎は眉《まゆ》をひそめた。すでに駒澤の供述調書は主席検事のもとに提出してあった。いまごろ佐伯は、だだっ広い主席オフィスの中で背中を丸め、目を皿のようにして調書を読んでいるはずだ……。

現実には、駒澤の供述調書に関心をもっていたのは佐伯ひとりではなかった。佐伯は岩崎から調書をわたされると、あらかじめ受けていた指示のとおりただちにコピーをとって、それを東京高等検察庁の司法部にファックスで送信した。

東京高検の森本が高速ファックスから次々と吐《は》きだされる二十数枚の調書を手にしたのは、検察首脳会議が開催される日の前日だった。森本と部下の龍岡は調書の内容にざっと目をとおし、佐伯に電話をかけ、その後、いくつかの点について議論をした。

午後九時ちかく、東京高検と東京地検に散らばる検察至上主義グループの主だったメンバーに招集がかけられた。会議室に集まった彼らを森本と龍岡が待ち受けていた。テーブルの上には調書のコピーがきちんと人数分そろっており、最初に森本は会議が終わったらこのコピーはすべて回収すると告げた。彼は招集された五人の検察官を見わたした。

「きみたちの手もとに部外秘の供述調書がある。何の事件かは読めばわかるだろう。この調書の内容から読みとれる事実をさがすのだ。合理的な疑いを入れない程度に立証可能な事実と、あくまで推測が可能にすぎない事実とに分けて、それぞれの事実をすべて抽出《ちゅうしゅつ》する、それが作業内容だ」森本はそこで言葉を切った。

「単純な作業だが、今日ここできみたちがする仕事はおそらく検察史に残るものとなるはずだ」

参加者たちはお互いに顔を見合わせた。彼らは上司の指示に従って横浜地検の女性検察官が作成した供述調書を徹底的に分析した。

霞が関の官庁街は午前の活動の時間を迎えていた。裁判所の広い正面ロビーの中は訴訟《そしょう》の当事者や呼出状をにぎりしめた証人がうろうろし、その間をぬって弁護士たちは急ぎ足で法廷に向かった。地下二階の護送室もフル回転をしていた。ぶあつい鋼鉄製の扉が開き、手錠《てじょう》と腰縄《こしなわ》をつけられた被告人が順番に新設の金属探知機のチェックを受け、彼らは一般の目には触れない専用エレベーターを使って手際よく刑事法廷に送り込まれた。裁判所の裏手からは、公判検事たちがやってきた。彼らの歩いてきた方角には冬の日を浴びて検察法務合同ビルがそびえていた。

正義を一手に担《にな》う検察庁は建物の外観もそれにふさわしく剛直なものだった。白亜の巨大なビルは単純明快なラインで設計され、霞が関に広がる無機質な官庁街の中でひときわ堂々とした構えを見せている。しかし、ここ数日の間に検察庁の権威は彼らの建物ほどには難攻不落と言えなくなっていた。集中控訴の警告にもかかわらず、その後、東京地裁刑事部では立てつづけに二件の無罪判決が出され、甲府地検や水戸地検からも検察官面前調書の証拠採用が却下されたとの報告が入っている。このままでは東京高検管轄《かんかつ》の全域にわたって無罪判決が波及するおそれがあった。

検察合同ビル最上階ちかく、多目的会議室で開かれた東京高検の定例首脳会議はその冒頭から紛糾《ふんきゅう》していた。

東京高検の検事長山岸孝之《やまぎしたかゆき》は苦りきった表情で、さっきから低い声で報告をしている司法部次長の龍岡をにらみつけた。趣味の悪い真っ赤なネクタイをした次長検事は得々としゃべりつづけている。楕円形《だえんけい》のテーブルには検事長を筆頭に司法部から公判部まで六人の幹部検察官がすわっていた。関係ない者がひとり混じっている。検事長は再び龍岡をにらむと、今度は視線を森本に向けた。各部首脳会議の場に勝手に次長をつれてきた司法部の責任者は、検事長のきびしい視線を受けても平然とした表情をくずさなかった。

山岸はこれまで検察エリートの階段を最短距離で駆け登って、いまの地位についていた。この地位を最後に昇進をあきらめるつもりもなかった。しかし、いま龍岡が話している内容は山岸の昇進の階段をばっさりと切断し、彼を引責辞任に追い込みかねないものだった。何をどう錯乱《さくらん》したのか、司法部の次長検事は日弁連本部に対する強制捜査を進言しているのだ。

「狂気の沙汰《さた》だ！」検事長は龍岡の話をさえぎった。

「お言葉ですが、私はけっしてそうは思いません」次長検事は血色よく輝いている額を上げた。

「いま説明したとおり、みなさんに配付した供述調書がその必要性を証明しています。西垣文雄は殺害される直前まで日弁連会長の候補をめぐって宮島信義と熾烈《しれつ》な争いをしていました。宮島は駒澤啓介や五島裕司など派内の弁護士をつかって西垣を徹底的に追い落とそうとしていた。これらの動きは駒澤本人が供述調書の中で認めています」

「それがいったい何を証明しているんだ？　派閥争いなど弁護士会にはごろごろしているし、われわれのところにだって人の足を引っ張ろうとするやつが存在する」

「ふつうの派閥争いとはちがいます。彼らがレースの賞品に懸《か》けていたのは日弁連会長のポストですよ。それに年齢の問題もあります。西垣は六十七歳で、宮島は六十歳、西垣と同様に、宮島にとってもこれが最後の機会でしょう。宮島は競争相手を破滅させてのし上がってきた人間です。彼がラスト・チャンスをあっさり見逃すとは思えません」

「きみが言っていることはすべて情況証拠にすぎない。この供述調書のどこを探しても……」検事長はテーブルの上から調書のコピーをとりあげた。

「……殺人の直接証拠など出てこない。大体、駒澤自身がはっきりと否認しているじゃないか。日弁連本部の捜索差押《さしおさえ》をこんな脆弱《ぜいじゃく》な証拠で許可したら大問題になる」

「私の経験則からいえば……すすんで殺人を認める人間なんていないでしょう。駒澤が否認するのはある意味で当然なのです。あるいは彼自身は殺害には無関係だったのかもしれない。それでも、今回の事件は弁護士会の会長選挙が背景になっていることはまちがいありません。ほかに理由がないのです。神奈川県警は捜査に全力を尽くしていますが、ほかに原因になるような動機は見つかっていません」

「もちろん、そうかもしれません。実際に不十分なのでしょう」龍岡は形だけうなずいて、また説明をつづけた。

「しかし、事件の全体像が分かるまで強制捜査を延ばしていたら迷宮入りになってしまいます。確実ではなくとも、かなり高い可能性で事件の背景には日弁連の内紛が存在している。しかも、有力な被疑者は常議員の地位にいます。会長選挙関連の資料や内部資料を押さえるためにも本部会館の強制捜査は必要です。彼らが資料の任意提出に応じてくれるとはとても思えませんからね」

出席者のひとり、公判部の鈴木《すずき》共夫《ともお》が口をはさんだ。

「供述調書をじっくりと読ませてもらったが……」公判部長は龍岡に懐疑的な目を向けた。

「弁護士会に内紛があったことはまちがいのないところだ。宮島派が組織的に裁判や懲戒申立で攻勢をかけたのも事実だろう。しかし、それが失敗したから殺害するというのは、どうも論理に飛躍があるんじゃないか。きみ個人の推論か、あるいは」彼はちらっと同僚の司法部長に視線を走らせた。

「司法部の統一見解かは知らないが、その推論でいけば西垣殺害は計画的な犯行ということになる。当然、犯人はリスクも考えるはずだな。仮に、宮島が犯人だとして、いちばん大きなリスクは犯罪が発覚した場合、彼は破滅するということだ。宮島はいまでも常議員の地位にあるし、財産、名声どれをとっても人なみ以上には築き上げている。冷酷《れいこく》な人間でも家族のことは考えるだろう。ひょっとすると愛人のひとりやふたりはいるかもしれない。そういったものを全部失う危険がある。日弁連の会長ポストを手に入れるにしたって、この殺人は割に合わない」

「確かにリスクはあります。ただ、過去の統計を見てもリスクの大きいことがただちに犯罪実行の抑止に結びつくとは言えません」

「そんなことはきみに講義されるまでもない」鈴木はぴしゃりと言った。

「ひとつ聞くが、きみの方の調査でも宮島は計算高い人間なんだろう。そういうタイプの人間はリスクと利益を天秤《てんびん》にかけて、どっちが重いかをじっくり考えるはずだ」

「リスクのことを言うなら」検事長が不機嫌な声をだした。

「宮島のことではなくて、少しは自分たちのリスクを心配したらどうだ」

山岸はテーブルの全員を見回した。

「私は個人的には宮島に同情などしていない。あんな人間が会長になったら弁護士会もいよいよおしまいだ。この件で宮島を逮捕できるのなら、その方がわが国の司法界にとってもよっぽどためになる。しかし、検察が宮島と刺し違えるわけにはいかない。いまの段階で日弁連の強制捜査に踏み切ってみろ。あとになってしなきゃよかったと後悔する理由を少なくとも十や二十は挙げることができる」検事長は眉間《みけん》にしわを寄せた。

「二万人の弁護士を敵にまわすことを考えれば十分なはずだ。その上、マスコミからもたたかれるし、議会だって騒ぎだす。議員の一割は弁護士出身という現実を忘れてもらっては困る。法務委員会で検事局の人間がつるし上げられ、テレビに映っても国民はあまり同情してくれないぞ」

それに……山岸は椅子の背にもたれながら思った。日弁連の強制捜査となれば最高検察庁や法務省にも打診しなければならない。そんなことをしたら、自分は気が狂ったと思われるだろう。

森本は会議での議論を黙って聞いていた。龍岡は辛抱づよくねばっていたが、会議の形勢が森本たちに不利なことは明らかだった。公判部の鈴木はもともとリベラル派だから、彼の反対は予想していた。刑事、公安、総務の三人はただ議論の成り行きを見守っている。こいつらはふぬけの日和見《ひよりみ》主義だ。そして、検事長は自己保身にこり固まっていた。

「あんたたちは、全員、臆病者《おくびょうもの》だ」森本は一語、一語をはっきりと言った。彼は椅子を背後に押しやり、両手をテーブルについて立ち上がった。

「何をおそれているのです。われわれは国会議員でも逮捕できるし、必要があれば首相官邸にも踏み込める。たかだか弁護士会ぐらいで検察の捜査権が制限されるいわれはない」

出席者は目を丸くして上背のある司法部長を見あげた。沈黙の中で、テーブルの周囲には緊張した空気がながれた。

「……話にならん」検事長は苦々しげにつぶやいた。

「そうですか？　この程度のことで尻ごみしている方がよほど話にならんと思いますが」

「この程度のこと！　いったいどこからそんな言葉が出てくるんだ。日弁連の強制捜査ともなればインパクトが全然ちがう。きみは本気で弁護士会の本部会館をガサ入れしようっていうのか。この国はいつの間に軍事国家になったんだ？　いや、最近じゃ軍事政権だってもっと分別をわきまえている」

「では、最高検に諮《はか》ってください」森本の態度は微動だにしなかった。

「そんな必要はない」

「検事長、私は正式に申請しているのです」

「最高検に上げるまでもなく、私が正式に却下《きやつか》する。この件は、これで終わりだ。捜査は横浜地検にまかせておけばよい。今日、まだ議論することは山ほどあるし、これ以上、無駄《むだ》な時間はとりたくない」

山岸はテーブルの中央ちかくで憮然《ぶぜん》としている森本に辛辣《しんらつ》な目を向けた。

「だから、きみもすわったらどうかね。いつまでも突っ立っていられては目ざわりだ」


東京地検司法部の検察官渡辺和幸《わたなべかずゆき》は上級検察庁の幹部の顔色をおそるおそるうかがった。森本の精悍《せいかん》な顔つきにはめずらしく翳《かげ》がさし、龍岡もむっつりと黙り込んでいる。渡辺は午前中の高検首脳会議の内容を聞かされていなかったが、ふたりの顔色を見ればどんな結論がでたかは明白だった。

「トップがあんな調子では、無罪が増えても当然だな。検事長は無能の上に救いがたいほど弱腰ときている。そのうちどの法廷も弁護側に主導権をとられて、判事の連中は遠慮なく無罪判決を書きだすだろう」怒りの感情にとらわれ、森本の顔は紅潮した。

「二件の無罪判決についてはすでに控訴《こうそ》の手続きをとりました」渡辺は間髪《かんはつ》を入れずに答えた。

「それから、集中控訴も今後これらの法廷に拡大する予定です。ただ……」そこで、地検の検事はためらった。

「ただ、どうした？」

「集中控訴はこのままつづけるべきでしょうか。裁判所から地検公判部に対してやんわりと抗議がきています」

「裁判所の抗議など気にするな。向こうが音を上げるまで徹底的にやるんだ」

「分かりました」

「大体、裁判所の抗議にかまけている暇はない。強制捜査が不可能になった以上、ほかの手を考えねばならん」

「やはり、弁護士会の捜査は中止になったのですか？」

森本は分かりきったことを聞くなという表情で渡辺をじろりと見た。

「参考人で宮島を呼び出すぐらいは横浜地検にもできるだろう。しかし、せいぜいそれが限界だ。となると、当面、弁護士会への捜査はあきらめざるをえない。われわれの再建案に反対する勢力が力を温存したまま生き残るわけだ」

「こちらで待機させている捜査検事はどうします？　解散をしてよろしいでしょうか」渡辺が訊ねた。彼は、弁護士会の強制捜査にそなえて、今朝から東京地検司法部の捜査検事を十名ちかく待機させている。定員割れの状況で、これだけの人数を何日もプールしておくと他の捜査に致命的な穴があいた。

「だめだ。そのままにしておけ」突然、鋭い声が飛んだ。

渡辺は驚いて声のした方を振り返った。それまでひと言もしゃべらなかった龍岡が強い調子で繰り返した。

「部隊は現状のままで待機させる。許可がないかぎり動かすな」

「現状のままですか」思いもよらない拒絶を受けて渡辺は戸惑った。彼は助けを求めるように森本を見た。

「しかし、十人もの人間を遊ばせておくわけにはいくまい」司法部長が口をはさんだ。

「だったら、彼らには予定どおり日弁連の強制捜査にあたらせましょう」

「予定どおり？」

「そうです」龍岡はあっさりと言った。

「裁判所の令状を取るには何も検察庁全体で請求する必要はない。令状請求は地検の検事がひとりで出来る。つまりは検察官独立の原則っていうわけです」

それを聞いて、渡辺の方はますます当惑した。検察庁法上はたしかに龍岡の言うような原則があって、検察官ひとりが独任制の官庁と定められている。が、そんなことは大学の講義で使われる教科書の中の世界だ。現実には、全国の検察官は検事総長を頂点とするピラミッド型機構のどこかに位置づけられ、上司の指揮監督のもとに個々の権限を行使している。こうした官僚的《かんりょうてき》ヒエラルキー下では、担当検察官が独自の判断で処理できる事件はごくかぎられた範囲にすぎず、一般の事件でもいちいち主席検事や部長検事の決裁を受けなければならない。まして、いま問題になっているのは弁護士会本部の捜索差押だった。これほど社会的、政治的影響の大きい事件を地検の捜査検事がひとりで処理できるわけはない。

龍岡の言っていることは詭弁《きべん》だ。しかし、彼の口ぶりからはとても冗談とは思えなかった。では、この男は本当にやるつもりなのか……。渡辺はふいに心臓がしめつけられる感覚にとらわれた。東京高検の司法部次長が示唆《しさ》していることは検察の指揮系統に対する反逆だった。

「ですが、そんなことをしたら……」

「いや、ちょっと待て」森本は蒼《あお》ざめている部下を黙らせた。

「龍岡の言うとおりかもしれん。令状を審査する裁判官にはこちらの内部事情など分かりっこない。令状裁判官は書式が整っていれば許可を出す。形式的には、検事の署名があれば足りるわけだ」

「何を言っているのです！」渡辺は感情をむきだしにした。

「みんな懲戒《ちょうかい》処分を喰《く》らうことになります。それどころか、私たちは適格審査会で罷《ひ》免《めん》される最初の検察官になってしまう。私はそんなことは御免です」

「いまのままの腑《ふ》抜《ぬ》けた検察庁にいても希望はないぞ。それはよく分かっているだろう」

「しかし……」

「処分のことなら心配はいらん。私がすべての責任をもつ。地検は何も知らずに命令に従っただけということにしておけばよい。それにだ、考えてみれば……この件で山岸や最高検がわれわれに指一本触れられるかどうか、かなりあやしいものだ」

「でも、こっちがやろうとしているのは日弁連の強制捜査ですよ。こんな大事を起こして無事に済むなんてことがありますか」

「くだらん泣き言ばかりいわずに少しは頭を使え。いいか、弁護士会の本部会館に捜索差押令状を執行したとする。山岸たちが言うように弁護士会やマスコミは騒ぎ立てるだろう。そのあとに、あれは検察庁の一部の者が勝手にやったことです、などと言ってみろ。それこそ検察庁がひっくり返るような大騒ぎになる。検察内部に二重権力があって、訴追権《そついけん》の統一も破綻《はたん》している、そう自分で認めるようなものだからな。そんなことを認めたら検察は解体してしまう」森本は自分の言葉にうなずいた。彼は話している間に完全に自信を取り戻したようだった。

「……残念ながら、検事長や最高検には選択の余地はない。日弁連の強制捜査だけなら検察の横暴といういつもの批判ですむ。しかし、司法部が勝手にやったと釈明したり、われわれに処分をかければ、今度は検察庁の内部分裂という大失態が公《おおやけ》になってしまう。山岸や最高検は黙っているしかないんだ。まあ、歯ぎしりぐらいはするだろうがな。雁首《がんくび》そろえて辞表を書くよりはましだろう。われわれにとっては、日弁連の強制捜査に着手した時点で勝利がきまる」森本の口もとに皮肉な笑いが浮かんだ。

「その意味じゃ、人数をかき集め、できるだけ派手に踏み込んだほうがいい」

渡辺はなかば呆然《ぼうぜん》として上級検察官の言葉を聞いていた。森本は自分が処分される危険などちっとも意に介していないようだった。一歩まちがえば、いまの権力の座を追い立てられ、逆に逮捕される可能性だってある。よほどの自信をもっているのか、検察再建の使命感に燃えているのか、それともよっぽど鈍感なのか……渡辺自身はそのどれにもあてはまらなかった。彼は不安な感情に押しつぶされそうだった。

「派手にやる必要はありません」龍岡が低い声で言った。「強制捜査さえすればいいのですから、無用な混乱は避けるべきです。弁護士会がまだ寝ぼけている早朝に執行する方法がいいでしょう」

次長検事は不安な顔をしている渡辺を無視してつづけた。

「それに強制捜査までは慎重に動くべきです。事前にこの件が漏《も》れたら、それで終わりですからね」

彼はデスクの上にある卓上カレンダーに手を伸ばした。

「外部に漏れることを防ぐ意味でも令状請求は日曜日にしましょう。休みの日なら裁判所から問い合わせがあってもこちらだけで対応できます」

森本は部下が手にしたカレンダーをのぞき込んだ。

「よし、令状を申請するのは今度の日曜日にしよう。それもなるべく遅い時間に届けるんだ」

裁判所合同庁舎は大部分のフロアーの照明が消され、ビル全体が夜の闇に溶け込んでいた。その中で二階フロアーの一角だけは明るい光に包まれている。東京地裁刑事部の令状係では当直の裁判官と書記官が退屈な夜をすごしていた。逮捕状の請求はどれもこれも緊急を要するものだから、裁判所では毎日二十四時間体制で裁判官が待機している。ここ一、二年、都市部での犯罪数の急激な増加にともなって東京地裁令状係には毎日大量の求令状が押しよせていた。しかし、日曜日の夜はさすがにその数も少なかった。

地裁判事補の杉本晃《すぎもとあきら》は東京地検からたったいま持ち込まれた五、六通の求令状に眠そうな目を向けた。夜食に食べた弁当が消化され、その効果が睡魔《すいま》となってあらわれ始めていた。杉本はコーヒーを入れるために立ち上がった。書記官の戸田《とだ》は椅子をふたつならべ、そのひとつに足をのせてだらしなく熟睡している。若い判事補は保温状態になっているポットから紙コップにコーヒーを注ぐと自分の机に戻った。彼は紙コップに口をつけ、視線の方は机の書類に落とした。最初の一通は愚にもつかない道路交通法違反の逮捕状請求だった。被疑者の年齢は三十四歳と書いてある。三十過ぎの暴走族などあまり聞いたことがないから、多分暴走族ではないのだろう。こんなわずかな交通違反でいちいち逮捕状を請求していれば交通刑務所があふれている現状もうなずけた。

次の一通は捜索差押の令状を求めていた。何の変哲もない求令状の標準書式にワープロで捜索場所、差押物件が印字されている。杉本は捜索場所の欄《らん》に目を移した。その瞬間、彼は冷水を浴びせられたようなショックを受けた。

——日本弁護士連合会本部会館。信じがたい名称が目に飛び込み、名称の下には役員室、選挙管理委員会室、書庫などの捜索場所の特定文言がつづいた。杉本はあわてて罪名欄を確認し、今度は手に持った紙コップを落としそうになった。縦長の欄には「罪名　殺人罪　刑法一九九条」という簡潔な文字が記載されていた。

杉本は口をあけて寝ている戸田をたたき起こすと、ぽかんとしている書記官にすぐ審尋室《しんじんしつ》を準備するように命じて、自分は東京地検に連絡するために受話器をとった。何で日曜日のこんな時間に、爆弾が落ちてくるんだ。彼は地検への直通ボタンを押して、受話器を耳にあてた。……本部会館が強制捜査を受けたら、弁護士会も黙ってはいない。検察も弁護側もそれぞれ正義の旗を振りかざし、相手をたたきつぶすために裁判所へ押しかけてくるだろう。そうなれば、裁判所は両方の陣営に足を引っ張られて股裂《またさ》きになってしまう。

検察庁はなかなか電話に出なかった。

「地検は戦争でもはじめるつもりか」呼び出し音を聞きながら、若い判事補はつぶやいた。

第五章　対決

1

　二月最後の週の月曜日、都内全域には夜明け前から冷たい雨が降りつづいていた。日比谷《ひびや》公園の緑も霧が立ちこめたように雨の中に隠れ、その周囲の道路にも人影は見えなかった。霞が関の官庁街は閑散とし、ビルの谷間には外壁や路面をうつ雨音だけが響いていた。午前七時少し前、出勤時間にはまだかなりの間があった。

　日比谷公園を見下ろす場所に建っている検察法務合同ビルの地下二階駐車場では、光の出力を最大限に上げた照明の中、三十人ちかい人間があわただしく動きまわっていた。三台の白いバンの後部ハッチが開けられ、検察事務官たちは折りたたんだ段ボール箱の束《たば》や阻止線用の障害物、封鎖《ふうさ》テープなどを次々と格納スペースに投げ込んだ。彼らの立てる靴音《くつおと》がコンクリートの壁に反響し、地下駐車場の騒々しさに拍車をかけていた。その喧騒《けんそう》からわずかに離れた場所に七、八人の検事が集まっていた。彼らは一様に押し黙り、緊張した表情を浮かべて執行責任者の指示に耳を傾けていた。

執行部隊の責任者、東京地検の渡辺和幸は昨夜から何度も説明している指示を簡単に繰り返した。最後に、彼は形式的に訊《たず》ねた。

「何か質問は？」

誰からも声は上がらなかった。渡辺は捜索差押《さしおさえ》令状をスーツの内ポケットにしまうと全員を見わたした。

「……それでは出発しよう。午前九時まではすべての執行を終える」

検察官と事務官の混合部隊は三台の大型バンと五台のセダン車に分乗し、駐車場には数人の待機部隊が残った。日弁連本部会館の強制捜査には東京地検司法部の捜査検事九名とその倍以上の事務官が動員されていた。ひとしきり車のドアを閉める音がつづいたあと、一斉《いっせい》にエンジンが始動した。十台ちかい車のエンジン・スターターは密閉された空間に大きな燃焼音をまき散らし、バンの背後にいたひとりの事務官が顔をしかめてあとずさった。八台の検察車両は地下駐車場からゆっくりとスロープをまわって、出口にすすんだ。先頭の車両が出口のところでいったん停止し、ヘッドライトをつけ、ワイパーを作動させると冷たい雨の中に乗り入れていった。

検察合同ビルと日弁連会館は数百メートルしか離れていない。その距離を検察車両の列が低速で走行した。渡辺は部下の大下哲也《おおしたてつや》とともに先頭から二台目の車に乗り込んでいた。四年前に静岡地検から転属してきた大下は、今日の執行で渡辺の副官を務めることになっていた。助手席にすわっている大下が後部シートをふり返った。

「どうにもいまいましい雨ですね。内部に踏み込むわれわれはともかく、外で阻止線を張る連中はずぶぬれですよ」

渡辺は無言でうなずくと、窓ガラスの方に視線を向けた。この強制捜査が本当は誰の命令でおこなわれるか、それを知っているのは自分ひとりだけだ。彼はいま検察の指揮権に対する反乱部隊を率いている。

曇《くも》ったガラスの表面を雨のしずくが幾何学的な模様を描いてながれ落ちた。彼はその微妙に変化するラインを見つめながら、不安をはらいのけ、覚悟を決めた。ここまで来てはもう引き返すことはできない。弁護士会の本部はすぐそこにある。皮肉なことに、日弁連の新しい会館は旧検察庁の跡地に建っていた。

「到着しました」ハンドルをにぎっている事務官が知らせた。渡辺の乗った車両は道路から弁護士会館の正門を入り、正面に設けられた駐車場に停止した。

「さすがに早いな。あっという間だ」助手席の大下はかわいた笑いを上げた。

八台の車両は弁護士会のせまい駐車場を占領する形で次々と停車した。車のドアが開け放たれ、フードつきの防雨具を着込んだ事務官たちが雨の中に飛び出し、三台のバンから阻止線用のバリケードやテープを運び出した。どしゃぶりの雨の中、弁護士会館の正門と裏門にバリケードが置かれ、立入禁止を示す黄色いテープが張りめぐらされた。

検察官たちは傘《かさ》をさして会館正面の玄関に小走りで向かった。まだ早朝であり、彼らの邪魔《じゃま》をするものは誰もいなかった。渡辺は玄関前に集まった六、七人の検事の先頭に立ち、コートから雨のしずくをはたき落とすと内ポケットに手を入れ、捜索差押令状を取り出した。しかし、彼らはそこで立ち往生をした。

日弁連会館のガラス製の扉《とびら》はオートロックがかかり、いくらインターホンを押しても内部から誰もあらわれなかった。ホテルのような円形のアーケードの下で検事たちは互いに顔を見合わせた。数年前に建設された日本弁護士連合会の新本部会館は、霞が関の官庁街に埋もれてしまうような小ぶりの建物だが、その内部はハイテク・ビルのモデル・ルームと言えるほど電子装置が組み込まれていた。そして、一ヵ月ほど前、保安システムに最新のセキュリティ・オートロックが導入され、それまで夜間だけは置かれていた守衛も姿を消し、代わって警備会社のコンピューターが建物を監視していた。そのため、業務が開始される午前九時までビルの内部は完全な無人になっていた。

強制捜査には立会人《たちあいにん》が必要だから、このままでは令状の執行ができないことになる。

「だめだ。オートロックになっている」若手の検事がうめくように言った。

アーケードの下に固まった捜査検事たちはまったく身動きがとれなかった。会館の周囲には二十人ほどの事務官が散開している。彼らは激しい雨にうたれ、ずぶぬれになりながら警備に立っていた。

「守衛がいるはずじゃないか。事前の説明でもそう聞いてる」検事の中にいらだったような声が上がった。

「何で前もって調べておかないんだ」

副官の大下は困惑した表情を浮かべた。

「前の調査ではそうなっていた。最近になってシステムが変わったのかもしれない。強制捜査の命令が出たのが昨日だからな。確認すればよかったんだが、こっちにはそんな時間もなかった」

「警備会社に連絡しろ。すぐ人を寄こすように言うんだ」渡辺は若手の検察官の腕をつかんで命じた。電子装置を埋め込んだドアわきのパネルには警備会社の連絡先が表示されてあった。そのあと、彼は背後の集団をふり返った。

「ここで待っていてもしょうがない。事務官も車に引き上げさせよう」

「バリケードはどうします？　いったん撤去《てっきょ》しますか」

「そのままにしておけ。どうせまたすぐ使う」

彼らは傘《かさ》の中にちぢこまって車に駆け戻り、周辺で配置についていた事務官にも撤《てっ》収《しゅう》の合図が送られた。エンジンが再び始動し、車はアイドリングの状態で車内に暖房の空気を送り込んだ。しばらくすると、コートにしみ込んだ雨の蒸気で車の内部にはむっとする空気が立ちこめた。渡辺は窓ガラスを透かして外を見上げ、弁護士会館を目の前にこんな車の中に閉じ込められて、自分たちはまったくバカみたいだと思った。冷たい雨とオートロックの扉が執行部隊から気勢を削《そ》いでいた。会館の周囲にぽつんぽつんと置かれたバリケードや黄色いテープも雨にけぶって、さっぱり迫力が感じられなかった。

「警備会社の連中はすぐに来ますかね。自動ドアに邪魔されたとあっちゃ様にならない」大下はうんざりしたように言うと、顔を渡辺の方に向けた。

「それに、ぐずぐずしていると会館に人が集まってきます」

「そうなったら、まちがいなく大事になるな」

雨のカーテンのせいで灰色っぽく見えている弁護士会館には、毎日何百人という弁護士が出入りしている。そんな数の弁護士に取り囲まれて捜索するのはあまりぞっとしない考えだった。

車のボンネットの上では水しぶきが跳《は》ね散っている。東京地検司法部の捜査検事と検察事務官は屋根に響く雨の音を聞きながら、窮屈《きゅうくつ》な姿勢でひたすら待ちつづけた。

渡辺が警備会社に二度目の電話を入れようとした直前、ライト・ブルーに彩色された車がしぶきを上げて会館前の道路に急停止した。正門にはバリケードが置かれているため、警備会社の小型車はそのまま歩道脇に寄るとハザー・ライトを点滅させ、エンジンを切った。車の中から青い制服を着た男が降りてくるのを見て、渡辺たちも外へ出た。中年の警備員はアーケードの下に駆け込むと六、七人のコート姿の男たちを不審そうに眺《なが》めまわした。

「どうしました？」警備員が訊ねた。

「東京地検の渡辺だが、ドアのロックを解除してもらおう」

「……一体、何があったんです」

「裁判所から令状が出ている」渡辺は内ポケットから書類をとりだし、警備員の顔の前に突きつけた。

「そこにちゃんと書いてあるだろう。さっさと開けるんだ」

「規則で勝手に開けることはできません。一応、会社に聞いてみないと」警帽のひさしの奥で警戒するように目が光った。

「勝手にじゃない！　裁判所の命令があるんだ。きみのところの警備会社はこの建物を管理してる。だったら、合鍵があるだろう」

中年の警備員は躊躇《ちゅうちょ》した。彼は契約先から毎日のように呼び出しを受けている。そのほとんどは防犯ベルが鳴ったとかセキュリティ・システムの調子がおかしいといったもので、こんな経験は初めてだった。それにここは弁護士会館じゃないか？　勝手にドアを開けて、あとで面倒が起きたら……。

「いつまで時間を無駄《むだ》にするつもりだ」渡辺は声を荒らげた。

警備員はぎょっとして目を上げた。男たちは彼を取り囲み、ドアを開けないかぎり解放してもらえそうになかった。しかも、彼らの背後はどしゃぶりの雨だ。

「責任を取ってくださいよ」警備員は渡辺に念を押した。彼は帯電シールドで保護されたパックから磁気カードを取り出し、それをドアわきのパネルにさし込んだ。壁の内部でかちりと音がして電子ロックが解除された。警備員がボタンを押すとガラス製の扉《とびら》は左右に別れて開き、同時に一階ホールの照明が灯《とも》った。

七、八人の検事はがらんとしたホールに飛び込み、そのあとから段ボールの束《たば》を抱えた検察事務官がつづいた。一部の捜査員は最上階の役員室を捜索するためホール奥のエレベーターに向かい、残りの半数は二階にある選挙管理委員会室を目ざして階段を駆け登った。会館正面の玄関には立入禁止の黄色いテープが張り渡され、防雨具を着た数人の事務官が阻止線を護《まも》るようにテープの内側にならんだ。

渡辺はドアの近くで所在なげに立っている警備員の肩をたたくと一枚の書類を渡した。

「きみには捜索の立会人になってもらう。それに署名してくれ」

「……署名って？　ちょっと待ってください。そんな話は聞いていない」

「きみは管理している警備会社の代理人だ」捜査検事はさも当然だという顔つきで言った。

午前八時三十分過ぎ、最初の職員が地下鉄駅の方角から傘をさして歩いてきた。彼は正門の前で阻止された。出勤してきた事務局の職員は、雨の中、次々と正門前で足止めを喰《く》らった。

そのあと弁護士がどっとやってきた。

東京高検の最高責任者山岸孝之はコートを脱ぐことも忘れ、憔悴《しょうすい》しきった表情で窓の外を見下ろしていた。検事長の執務オフィスからは霞が関の官庁街が一望できる。この高さからのぞくとほとんど真下に見える弁護士会館の周辺は戦場のような騒ぎになっていた。山岸が寝耳に水で知らされた東京地検の強制捜査はすでに終わっている。いまはマスコミが建物を包囲していた。会館の駐車場には、屋根に丸いパラボラアンテナを取りつけた白色やオレンジ色の中継車が何台も乗り入れ、正門ちかくの道路わきにも二台ほど停まっている。降りしきる雨の中、日弁連本部会館は何本ものテレビ用のライトに照らしだされて白っぽく浮かび上がっていた。正門周辺とそこから正面の玄関までは黒い円となった傘の列が連なっている。その中からは時々ストロボのフラッシュが光った。

「みんなあいつの責任だ……」山岸は低くつぶやいた。窓のはるか下に広がっている光景は自分をまちがいなく破滅にみちびくものだ。彼の目には傘の黒い行列が葬儀の参列者のように映った。そして、あの中で葬られているのは山岸自身だ……。

今朝、山岸が登庁したとき、その時間を見はからったように一本の電話があった。感情を排した高検司法部長の声が受話器から聞こえ、森本は「午前七時三十分、東京地検の司法部が弁護士会の捜索差押を執行しました。これは私が命じたことです」と話した。つづけて、「いずれ分かることだから前もってお伝えしておきます。いまのうちから検事総長にどう説明するか考えておくことですな」と言うと、一方的に電話を切った。

どす黒い怒りが再燃し、山岸は両手を固くにぎりしめた。これは反逆行為だった。あの傲慢《ごうまん》な男は検事総長を頂点とする検察の指揮系統を無視して勝手な命令を出している。しかも、その命令が堂々とまかり通っているのだ。日弁連という超弩級《ちょうどきゅう》の捜査にもかかわらず、庁内でチェック機能がはたらいた兆候はない……。検察にはいまや二重権力が存在していることになる。あの男はいつの間にそんな権力をつくりあげたのか？

カラフルな色の中継車のまわりではテレビカメラをかついだ人影が何人もうろうろしている。再びフラッシュがたかれ、黒い傘の列が揺れた。

「この騒ぎの狙いは何だ？」山岸は疑念を口にした。これまでにかき集めた報告を読んでも、森本の目的は皆目《かいもく》見当がつかない。司法部の検事たちは、仰々《ぎょうぎょう》しくバリケードまで用意して踏み込んだにもかかわらず、会館前に弁護士の姿が現れたとたん捜索をうちきり、撤収している。実際、連中は泥棒猫と変わりがなかった。無人の会館に忍び込み、ろくでもない書類を段ボール箱につめ込むだけつめ込むとさっさと逃げ戻っているのだ。

これでは捜索差押の意味をなさない。山岸は窓に激しくうちつける雨を前にじっと考え込んだ。森本のやつは見ているだけでいらだつぐらい傲慢な男だが、けして無能ではない。あの男がバカでないとすれば、今朝《けさ》の空騒《からさわ》ぎにもちゃんとした目的があるはずだ。思いあたることは……検事長の脳裏に三日前、検察首脳会議で森本とやりあった記憶が浮かび上がった。

司法部長は日弁連の強制捜査を強引に主張し、腰巾着《こしぎんちゃく》の龍岡まで連れてきてその意見を通そうとした。彼らがもっともらしくならべ立てた「合理的な疑い」とかいった言葉には本音はない。森本は日弁連を相手にしゃにむに戦争を仕かける気だったのだ。そうなると、今回の無謀な強制捜査もちがった意味を持ってくる。彼らは、日弁連本部会館を捜索することそれ自体を主要な目的にしていたのかもしれない。こう考えれば、捜索の内容にまったく中身がないことも理解できる。しかし、なぜ日弁連に戦争を仕かける必要があるのか……。

秘書室との間を仕切っているドアにためらいがちなノックの音が響き、女性の秘書官が顔をのぞかせた。

「検事総長から連絡が入っています。至急、部屋にいらしてほしいとのことです」彼女はそれだけを言うとすぐに引っ込んでしまった。

秘書官の消えたドアを見つめ、山岸は彼の長い検事生活の中で最悪の瞬間が訪れたことを知った。

2

温度差で曇った窓ガラスの外は冷たい雨が降っている。岩崎は自分のデスクにひじをついて困惑していた。主席検事の佐伯に何度電話をしても連絡がつかないのだ。主席係の事務官からは「いま外出中です」という返事しか返ってこなかった。彼女は駒澤の取り調べが終わった翌日、宮島信義の参考人聴取を主席に申請していた。相手は日弁連の常議員だから、佐伯の許可がないかぎりどうにも動きようがなかった。

電話が鳴って事務官の伊藤が受話器をとった。

「はい、岩崎検事係です」

岩崎は期待をこめて伊藤の四角い顔を見た。が、事務官は首を横に振り、彼女をがっかりさせた。

「北沢からです」

「北沢？」とっさには思い出せなかった。

「……北沢って、あの秘書官の？」

彼女は受話器をとると電話本体のボタンを押した。

「もしもし、岩崎ですけれど」

「北沢です」かすかな雑音をバックに内閣法制局秘書官の声が聞こえた。

「あの時は協力していただいてありがとうございました」

「いや、それはいいのですが……。荷物のことを覚えていらっしゃるかどうか、法制局で保管してある西垣先生の資料です」

「ええ、よく覚えています。整理なさるとおっしゃってましたね。何か見つかったのですか」

「たいしたものじゃないのですが、おたくの役所に関係あることなので……」

「うちに関係？　横浜地検に？」

「横浜もそうですが、検察庁全体というか」北沢は妙に歯切れの悪い言い方をした。

「それ、ものは何でしょうか」

「フロッピーです」

「フロッピー・ディスク……」突然、県警刑事の言葉が思い浮かんだ。郡司は、六十七歳になる西垣が自分でワープロをうっていたことを岩崎に話し、やたらに感心していた。

「それは西垣先生がうったものですか」

「そうだと思います。おそらく予備のためコピーしておいたものでしょう。資料の奥にまぎれこんでいたのを金曜日に見つけたのです。検事さんから名刺をもらっていたので……ただ、すぐに連絡しようにも連休でしたから」

「そんなことはかまいません。で、中身はご覧になりました」

「一応、プリント・アウトしました」

「それで？」岩崎は先をうながした。

「あの日、西垣先生が殺された当日ですが、法制審議会の場で先生が提案する予定だった改革案です。改革案にうたれた日付もそうなっています。事件には関係なくても、念のため、検事さんに読んでもらった方がいいかと思って」

「改革案？」彼女はまごついた。どうも殺人者を名指しで特定している衝撃的な文書というわけではなさそうだ。

「改革案といいますと……、それが何かうちの役所と関係あるのですか」

「とにかく読んでいただければ分かります。今日、フロッピーを書留で送りますから。実は、私は会議にくっついて京都に来ています。いまのところ今週の水曜日までこちらにいる予定です。東京に戻ったらまた連絡しますので」

岩崎は連絡を待っていますと言って電話を切った。

「あの秘書官、何か思い出したのですか？」伊藤が自分の席から興味ありげな視線を投げかけた。

「西垣の荷物からフロッピー・ディスクが見つかったそうよ」

「フロッピー？　電話で改革案と言っていたのは何です」

「フロッピーに入っていた西垣の文書、あの日の審議会で発表予定だったみたいね。北沢はうちにも関係するような口ぶりだったけどはっきりは分からない」

「そういえば……」事務官は黒いフレームを持ち、少しずり落ちたメガネの位置を直した。

「西垣は法制審議会の中で司法制度担当の委員でしたよね。何を改革しようっていうのかな」

「北沢はフロッピーを送ると言っていたから、着けば分かるでしょう」

「そんなもの事件に関係あるんですか」

「さあ、北沢も事件には関係ないようなことを言ってたわね。でも、主席には報告書を出さないと……」

「じゃあ、うちましょうか？」

「わたしの方でやります。どうせ、簡単なやつだから」

「主席といえば、あの人、この雨の中、どこかに消えちまった」

「そう、そっちの方がよっぽど問題よ。おかげで宮島の取り調べは見通しがつかない。これ以上先になると、責任をみんな駒澤や五島に押しつけて逃げられる危険がある。あいつだったら、それぐらいやるでしょう」

「主席がどっかに出かけてるのは西垣の事件に何か関係あるんですかね」

「何の関係？　まさか、そんなことはないでしょう」岩崎は肩をすくめ、デスクに置いてあるラップトップ型のワープロに向き直った。スイッチを入れて補充捜査報告書の書式を出すと彼女はキーボードの上に指をおいた。

報告書には内閣法制局の秘書官北沢祐介から連絡があったこと、西垣のフロッピー・ディスクが見つかり、内容は法制審議会に提出予定だった何かの改革案らしいこと、それらの事実を簡単に記載し、現在、北沢は出張中なので詳《くわ》しい内容は帰京してから聞く予定である、と結んだ。

「あとで、これ主席の部屋に届けておいてね」彼女は印刷した報告書を伊藤にわたした。事務官は岩崎から受け取った用紙をざっと読んで、後ろのボードにマグネットで止めた。

「コーヒーでもいれますか」彼は空になったマグカップをかかげた。岩崎は壁の丸時計をちらっと見た。午前十時二十分、お昼までにはまだかなり時間がある。

「わたしもお願い」彼女は机の上のコーヒーカップをさしだした。伊藤はそれを自分の大きなマグカップと一緒にコンパクトに設計されたキッチン・ユニットに持っていくと水で洗った。

「ちゃんと洗剤で」背後から非難がましい声が飛んだ。

「細かいところまでよく見てるんですねえ」伊藤はにやにやして言った。

「それはそうよ。あなたのずぼらなところはよく知っているから」伊藤はスポンジに粉末の洗剤をつけるとごしごしカップを洗ってあらためて水で流した。

「これで完璧《かんぺき》にきれいになった。大腸菌も九〇パーセントは消滅した」

「あとの一〇パーセントは？」

「熱いコーヒーで殺菌されるから心配ないでしょう」

岩崎は伊藤が机の上に置いてくれたカップを手にとって窓の方を向いた。彼女は降りつづく雨を見ながら薄い陶器に口をつけた。捜査は中断し、外はうっとうしい雨で、おまけに彼女が飲んでいるのは大腸菌が一〇パーセントも残ったコーヒーだった。

「こういう中途半端な状態が一番最悪ね」彼女はなみなみと注がれたコーヒーをこぼさないように慎重な手つきでカップを置いた。

「この時間だと他はどの部屋も取り調べの真っ最中だというのに、わたしたちだけがとり残されている」

「でも、たまには仕事がないのもいいじゃないですか」

「なに言ってるの。やらなきゃならないことはあるのよ」

「分かってますよ。宮島信義でしょう」伊藤は真面目《まじめ》な表情を取りつくろって二、三回うなずいた。彼は岩崎の逆鱗《げきりん》に触れることを恐れて自分のコーヒーに専念した。コーヒーを飲むといつものようにタバコが吸いたくなった。伊藤はスーツの上から内ポケットの部分をさわってそこにタバコの箱とライターが入っていることを確認した。

彼は総務課に行くために立ち上がった。総務課はいまでも喫煙派が多数を占めている。あの部屋だったら、空いている椅子《いす》にすわっておおっぴらにタバコが吸えた。

「ちょっと、総務課……」

突然、ドアが開き、伊藤の言葉は途中で切れた。ノックもせずに、検事の山本が飛び込んできた。岩崎より四期先輩の捜査検事は顔を蒼白《そうはく》にして、両目は血走っていた。

「東京地検が日弁連に踏み込んだ。臨時ニュースが流れている。東京の連中は西垣の事件で本部会館を強制捜査したんだ」

山本の蒼《あお》ざめた顔を見返しながら、岩崎の頭の中では一切の思考力が停止した。からっぽの頭の中に西垣の事件という言葉だけが大きく響きわたった。

「いまテレビでやっている。公判部に行くんだ。みんなも集まっている」

岩崎と伊藤は山本につづいて四階フロアーの公判部に急いだ。横浜地検公判部は三つの係に別れ、合議体の刑事裁判を担当する第一係の部屋にはビデオ内蔵型のテレビが置かれてあった。

テレビの前にはすでに二十人以上の集団ができている。公判検事だけでなく、取り調べを中断して駆けつけた捜査検事、それに事務官や一般職員まで全員が息を殺して画面に見入っていた。岩崎は集団の背後から爪先立《つまさきだ》ちをして、人の肩ごしに画面をのぞき込もうとした。山本が岩崎の腕を引っ張り、集団の間に分け入って彼女を前列の方に押しやってくれた。何人かの検事が岩崎の存在に気づくと、彼らはいぶかしげな視線を向けた。彼女が西垣事件の専任捜査検事であることは誰もが知っていた。

三十インチの大型画面にはライトに照らされた日弁連の白い会館をバックに報道記

者らしいリポーターが傘をさし、もう一方の手にマイクをにぎって早口でしゃべっていた。

「……こうした相次ぐ抗議に対して、東京地検は沈黙を守っています。現段階で記者会見をするのは時機尚早《じきしょうそう》であり、捜査上からも支障があるというのが公式の理由ですが、一部の情報では今回の強制捜査は検察内部にも異論があったと言われており、東京地検の沈黙をめぐっては様々な憶測《おくそく》を呼んでいます。……いずれにしても、今回の事態がわが国の戦後司法の歴史に残る異常な出来事であることはまちがいありません。今後、検察庁と弁護士会の全面的な対立にまで発展すれば、法曹界《ほうそうかい》、いやもっと広く司法の全分野にわたって大きな混乱が引き起こされるでしょう」

カメラがパンして、会館正面の玄関に向いた。大勢の報道陣がつくる人垣の間を襟にバッジをつけた弁護士たちが次々と会館内部に入って行く。彼らの大部分は厳しい顔をして報道陣の間をすりぬけていったが、何人かは途中で止まり突きだされたマイクに向かって勢いよくしゃべっていた。

次に、カメラが切り替わって、画面にはスタジオの風景が映し出された。波のかたちをした曲線のテーブルに弁護士や元検察官、法制度の学者など四人のゲストがならび、その真ん中に座った司会者とアシスタントの女性は固い表情を浮かべていた。

「もういい。このあとは勝手なおしゃべりだ」集団の最前列にいる公判部長は後ろの部下をふり返った。

「こいつらのおしゃべりを聞いていても事実関係についちゃ何も分からん。あとは昼のニュースまで待つしかない。みんな、自分の仕事に戻るんだ」

リモコンが操作されて、テレビの画面は暗くなり、音も消えた。その場に集まった人間は再び日常の世界に引き戻され、のろのろと部屋の出口に向けて動きはじめた。岩崎は集団のしんがりについて公判部をあとにした。

五階フロアーの自分のオフィスに戻ってからも、岩崎にはいま東京で起きているのが何のことかさっぱり分からなかった。ただ、ひとつだけはっきりしているのは、西垣の事件が彼女の手からもぎ取られてしまったということだ。

彼女は西垣総合法律事務所でほこりだらけになりながら、テラックス社の裁判記録を見つけ出した。その記録を手がかりにして、今度は弁護士会の水面下を泳ぎまわるピラニアを釣り上げた。岩崎が釣り上げたのはいまのところ一匹だけで、駒澤啓介は小物だが、彼の背後に宮島信義という大物がいることが分かっている。事件の背景に日弁連の会長選挙が絡んでいることも突き止めていた。そこまできて、突然、彼女はお払い箱になってしまった。岩崎の代わりに、東京地検が乗り出し、彼らは最初から派手な頂上作戦を展開している。いきなり、日弁連本部会館の強制捜査に踏み切っているのだ……。

いずれ東京地検の応援が必要になることは分かっていた。しかし、こんな形になるとは予想もしていなかった。大体、事件を横浜地検から東京地検に移管するために必要な事務引取移転手続もおこなわれていないし、引き継ぎの手続は何もかも無視されている。

主席が姿を消しているのはそのせいかも知れない。いくら何でも横浜地検の幹部検察官には事前に東京地検から連絡が入っているだろう。まちがいない。佐伯は岩崎が申請した宮島の参考人聴取についてものらりくらりと返事を延ばしていた。あの痩《や》せこけた狸《たぬき》はとぼけていたのだ。

「絶対に許せない。つるし上げてやる」

「えっ、何です？」伊藤が驚いて女性検事をみた。

「主席のこと。あいつは今度の強制捜査を知っていたはずでしょう。空《そら》っとぼけていたのよ。それなのに宮島の参考人聴取なんか申請して、わたしはバカみたいじゃない」

「で、雲隠れしてるのですかね」

「今日は地検で徹夜してでもあの狸《たぬき》をつかまえてやる」

「主席、戻ってくるでしょうか？」

内線のベルが鳴って、伊藤が受話器をとった。受話器からの声を聞くと、彼はしぶい顔でうなずいた。

「受付からです。県警の刑事が来ているそうです」

「郡司刑事？」

「ええ、相当、頭に血が昇っているようですよ。日弁連の強制捜査の件でしょうね、やっぱり」

「ちょっと待つように言って」

「やっこさん、もうこっちに向かってます」

岩崎は顔をしかめると部屋のドアに視線を向けた。しばらくして、検事オフィスのドアが静かに開いた。郡司としては怒りにまかせて開けたつもりだったが、ドア・クローザーに内蔵された衝撃吸収装置のはたらきで彼の一撃は空振りに終わった。

県警の刑事はくたびれたスーツの上に、これまた年季の入ったステンカラーのコートを着込んで部屋の中にずかずか踏み込んできた。彼は岩崎の正面にはすわらず、部屋のすみにあるソファーに腰を下ろした。

「聞かせてもらおうか。いったい、どういうことなんだ」

「すこし落ち着いたらどうなの」岩崎は郡司におだやかな顔を向けた。刑事のコートの裾《すそ》から雨のしずくがぽたぽた床に落ちて、床の上には小さな水たまりができていた。

「落ち着け？　検事さん、このどしゃぶりの中、おれが何でここまで来たと思っているんだ？」

「何で？」

「直接、あんたのすました顔に文句を言いたいからさ。電話なんかじゃらちがあかない」

「日弁連の強制捜査のことなら、わたしに文句を言っても無駄《むだ》よ」

「無駄なわけないだろ。ほかに誰に言えっていうんだ。おれの記憶にまちがいがなければ、西垣の事件はうちの県警本部が捜査をしている。それに横浜地検が協力していたわけだ。捜査協力もなんとかうまくいっていた。検事さんにはこっちの情報もちゃんと流してやった」

「それなのに何で東京地検がしゃしゃり出てくるのだ、と言いたいのでしょう」

「おれの言いたいことが分かっているのなら、説明してもらいたいね。しかも、東京地検のやってることは狂っている。宮島も調べてない段階で日弁連の本部会館にガサ入れはないだろう」

「……信じてもらえるかどうか分からないけど」岩崎は両手で前髪をかきあげた。

「日弁連の強制捜査は、わたしもたったいまテレビで知ったのよ」

郡司はソファーの中で脚を組み、黙って彼女の方をにらんでいた。

「わたしは宮島の参考人聴取を準備していた。これは県警にも伝えてあるわね。当然、日弁連本部の捜索差押なんてまだ先のことだと思っていた。ところが今日になったら、東京地検が行動を開始している。まぬけなことに、わたしはそれをテレビで知ったわけ。西垣事件の担当検事がね」

「横浜地検の幹部は知っていたんじゃないか？」

「それはこちらの内部問題だから、わたしとしても推測でものは言えない」

「検事さんの言ってることが本当なら、幹部のくそ連中をかばってもしょうがないだろ。あんたを騙《だま》していた連中だぜ」

「幹部が今日のことを知っていたとすればね」もちろん、連中は知っていたのだ。岩崎はそう確信していた。

「知らないわけはないと思うがね。……じゃあ、これからのことだが」郡司の口調に当惑の感情がまじった。

「そっちの態勢はどうなる？　つまり、検事さんが引きつづいて担当するのか、それとも東京地検がこのまま事件をかすめ取ってしまうのかってことだ」

「それも、いまは分からない」自分でも情けない答えだった。

郡司は太い眉《まゆ》を寄せた。

「まあな、どっちにしろ、いまさら東京地検が引き継いでも、こっちには捜査協力する義理はない」

「そう？　東京地検にも美人検事はいるわよ」

「あんたも、けっこう脳天気なんだな」県警の刑事は組んでいた太い脚をほどくと立ち上がった。

「言いたいことは言ったから帰る」

「ずいぶん早いのね」岩崎も立ち上がった。

「ああ、東京地検がどえらいことをやってくれたからな。こっちの捜査本部も大混乱だ。昼から、くだらない会議がある」

郡司はすぐには動かず、岩崎の顔を見た。

「検事さんは何も知らないようだからひとつだけ教えてやるよ。警察庁経由で入ってきた情報だ。今朝《けさ》、日弁連に踏み込んだ検事は東京地検でも司法部の連中なんだ。……ちょっと変だろうが。ふつうは刑事部が出るはずだ。それに強制捜査の裏には東京高検司法部の意向が強くはたらいているらしい。検察もいよいよヤキがまわったんじゃないか」

彼はそう言って、今度は静かにドアを開け、出ていった。

夕方の五時すぎになって、岩崎はやっと主席検事に会うことができた。佐伯は一切の説明ぬきで、「西垣の事件は東京地検が引き継ぐことになった。事件はきみの手を離れた」と告げた。これが二年前ならば、岩崎の視界もくやし涙でかすんだであろうが、彼女は涙を見せる代わりに凄味《すごみ》のある眼差《まなざ》しを佐伯に向け、「正式な事務引取権《ひきとりけん》が行使されないかぎりこのまま捜査をつづけます」と宣告した。事件を正式なルートで東京地検に移管するためには、検察庁法一二条にもとづいて、まず、横浜地検の検事正が岩崎から事件を引き取り、さらにそれを東京高検の検事長が東京地検に移さなければならない。そんな手続を踏んだら面倒になって、その上、ある検事から担当事件を取り上げたことが記録に残ってしまう。佐伯の顔が困惑と怒りで真っ赤になるのを見届けて、彼女は主席執務室から退席した。

その日の夜、岩崎は伊藤と一緒にテレビの前に寝そべり、リモコンを片手にあらゆるニュース番組をチェックした。日弁連の強制捜査はどの番組でもトップあつかいで、テレビ画面には弁護士会本部会館前の混乱が繰り返し映しだされた。彼女は画面から流される検察に対する批判も何度となく聞かされた。弁護士会、政党、労働組合、人権団体、市民団体、環境保護団体、学術団体、作家連盟、学生のサークルからボランティアまで、およそ団体と名のつくものはこぞって検察の強制捜査を非難していた。弁護士出身の議員は国政調査権を行使すると息巻き、別の議員は検察庁の予算を削《けず》ってやると脅《おど》した。来月早々に再開される議会で法務委員会が大荒れになることはまちがいなかった。

事件の渦中《かちゅう》にある宮島は、弁護士会が捜索差押《さしおさえ》を受けたその日の午後、都内の病院に緊急入院をしていた。宮島の事務所では、たまたま持病の肝硬変《かんこうへん》が悪化したことによる入院で強制捜査とは無関係であるとのコメントを出したが、入院先は彼が法律顧《こ》問《もん》をしている総合病院だった。宮島に代わって画面には中丸俊彦の厭味《いやみ》ったらしい顔が登場し、彼は今回の強制捜査は茶番であり、日弁連会長選挙への不当介入だと断罪した。駒澤や五島については何の報道もなく、彼らの存在はまだマスコミに漏れていないようだった。

一方、検察庁は沈黙をつづけていた。岩崎と伊藤が目を凝《こ》らし、耳をそばだて、画面に集中しても当然あるべき検察側の反撃はひとつもなかった。東京地検、東京高検、最高検察庁のすべてが押し黙り、検察王国の同盟者である法務省も寡黙《かもく》になっていた。

3

日弁連本部会館が強制捜査を受けた日の翌日、西麻布《にしあざぶ》から青山《あおやま》方向に走る外苑西通《がいえんにし》通りの裏道は霞町《かすみちょう》交差点周辺のにぎわいとは対照的に夜の静けさに包まれていた。その日の夕方まで降りつづいた雨が細い路面を濡らし、しだいに強くなっていく風は翌朝の冷気を予感させた。近代的なマンションと古い木造家屋がまじった路上の一角に、高い板塀《いたべい》で道路に面した部分に目隠しをした料亭があった。赤坂《あかさか》の料亭が不況と相続税の直撃を受けてさびれていくなか、この店は近代的経営で店舗《てんぽ》を維持していた。店の経営形態は十年も前に法人化され、女将《おかみ》は株式会社の取締役のひとりだった。この店は経営戦略でも古い料亭のイメージをうち破って、独自のメンバーズ・カードを発行し、金払いのよい個人会員、法人会員を獲得していた。いったん獲得した会員にはバカ高い料金をわずかに値引きする恩恵をあたえ、彼らを固定客としてつなぎとめた。西垣のギルドはこの料亭の準法人会員になっていた。

　この夜、ギルドの幹事会が招集されていた。都内各地から集まった幹事会員は、座敷に入った瞬間、かつて西垣がすわり、最近は宮島がすわっていた上席に中丸俊彦が腰を下ろしているのに気がついた。

「昨日の検察庁の暴挙は……」中丸は左右にならんですわった十四、五人の会員を見わたした。

「……みなさんも十分にご存じのとおりです。この件に関して宮島先生の名前がいろいろと取《と》り沙汰《ざた》されていますが、これはまったくの言いがかりにすぎません。先生の潔白はすぐにでも証明されるでしょう。ただ、残念なことに宮島先生は、昨日から体調を崩されて入院しています。私たちとしては、今後のことも考えておかなければなりません」

　それを待ちかまえていたように右端から声が上がった。

「発言してよろしいですか」浜口《はまぐち》という体の大きな弁護士が身を乗り出すようにして周りをながめた。

「私の方から提案があります。私たちのギルドは西垣先生が亡くなったあと、宮島先生を暫定的《ざんていてき》な代表者にして活動をつづけてきました。本来からいえば、宮島先生に正式な幹事会長になっていただくのがスジです。しかし、先生は入院なさってしまった。このままでは幹事会長が空席になってしまう。日弁連の会長選挙まで一年を切っています。今回の選挙では何としてもわがギルドから候補者を出さなければなりません。正式な幹事会長がいつまでも空席というのはまずいでしょう」そこでひと息つくと、浜口は上席の中丸に顔を向けた。

「私は中丸俊彦先生を幹事会長に推薦します」

「賛成！」数人の声がつづいた。

「私も中丸先生に代表者になっていただきたい」とくに大きな声で賛同した鴻野《こうの》という弁護士が力をこめて言った。

「いまわれわれのギルドはやっかいな問題をかかえています。この状況がつづいたら会はばらばらに分解しかねない。いまは、過去のいきがかりをすて、結束するときです。その点、中丸先生であれば、会務にも詳しいし、実力もある。きっと、わがギルドを盛りたてて再建してくれるでしょう。幹事会の代表者として、また日弁連の会長候補としても先生が最適任と考えます」

中丸は薄い 唇《くちびる》 に満足気な笑みを浮かべて自分を支持する発言を聞いていた。反対の意見は出なかった。料亭の座敷にならんだ幹事のうち少なくとも二、三人は苦虫を嚙《か》みつぶしたような表情をしている。しかし、彼ら旧西垣派の幹部たちも自分たちに対抗馬を立てる力がないことは知っていた。

「私としては……」浜口の大きな身体《からだ》が立ち上がった。

「今日の幹事会で正式に中丸先生を幹事会長に選びたいと思っています」彼はゆっくりと座敷をみわたした。

「みなさん、そういうことでよろしいでしょうか」

最初に三、四人の会員から熱心な拍手が起こった。そのあと座敷の全体に熱のこもらない拍手が広がった。どうにも力の入らない拍手をしながら、集まった幹事たちはこの会合がはじめから仕組まれていたことに気づいた。宮島が入院している間に、百五十人のギルドの代表幹事と日弁連会長候補の地位はそっくり中丸の手に転げ落ちたのだ。

「この間の状況はわれわれの思惑どおりに推移しています」龍岡は自信にあふれた口調で報告した。彼の低く聞きづらい声もふだんよりずっと張りがあった。

「検察記者クラブの連中が毎日押しかけていますが、検事長も最高検もいまだに何ひとつ発表できない状態です。それに無罪判決もいまのところぴたりと止まっている。東京高検管轄《かんかつ》内の裁判所はどこも静かなものです」

「検事長の山岸や最高検にわれわれを処分できるはずがない。彼らにはそんな度胸はないんだ」森本の口もとが侮蔑《ぶべつ》するように歪《ゆが》んだ。

「マスコミの反応は、これも予想したとおりです。テレビ、新聞どれをとっても検察批判の一色ですね」龍岡はデスクに積み上げられた全国紙に視線をやった。

「強制捜査から二日経《た》ったのにいまでも一面であつかっている。検察ファッショなんて言葉も久しぶりに目にしました。これじゃ、しばらくはうちの連中も肩身がせまいでしょうな」

「肩身がせまいのは日弁連も同じだ。いくらマスコミがわれわれを批判しても、単位弁護士会の会長が連名で抗議声明を出したところで、日弁連が打撃を被《こうむ》ったのはまちがいない。本部会館の強制捜査を受けて日弁連のイメージはすっかり色褪《いろあ》せてしまった」

「弁護士は信用が第一ですからね。そいつが消し飛んだことになる」司法部次長は目を細め、相槌《あいづち》をうった。

「彼らはわれわれほど組織が強力ではない。このショックから回復するまでには時間がかかるだろう。弁護士会がおろおろしている間に、こちらは再建案を通してしまえばいい」

「その点では、もうひとついいニュースがあります。今後予定されている法曹三者の司法協議会ですが、日弁連は出席を拒絶してきました」

「開催は中止か？」

「延期です。日弁連は協議会そのものから委員を引き上げると通告してきたのですが、間に入った裁判所が必死でなだめて、とりあえず開催を無期限に延期するということで落ち着いたようです」

「裁判所も余計なことをする」森本は渋面《じゅうめん》をつくった。

「しかし、部長、延期は無期限ですから。実際は中止も同然でしょう。これで日弁連との間をつなぐパイプはなくなった。わたしたちは気がねなく前へ進めます」

森本は革張りの椅子に背中をあずけた。確かに部下の言うとおりだ。今回の強制捜査は、日弁連の中枢《ちゅうすう》にくさびをうち込み、彼らを弱体化させ、同時に検察と弁護士会の敵対関係を煽《あお》ることにあった。森本が率いるグループの検察再建案を実現するには、弁護士会の力を削《そ》ぐことはもちろん、弁護士会と検察庁の間に細々とつづいている友好関係を根もとから断ち切ることが必要だった。それが、いまやふたつとも実現している。弁護士会は捜索を受けて泥をかぶり、彼らと検察を結びつける協議の場も事実上なくなった。一時的に検察批判の大合唱が起きることぐらいはどうということもない。

「来月には議会が再開される」森本は革のきしる音をさせて椅子の中で身体を動かした。

「できれば、その会期中に再建案を上程したいものだ」

「法務省にいるグループがすでに検察庁法の改正案と司法試験法の附則《ふそく》改正案をまとめ上げています。改正案は一括《いっかつ》して法制審議会に提出され、議会が始まる前には、法務省と最高検に対して内示される予定になっています」

「そのあとが本当の勝負になるな。高検首脳会議の様子を見ても、いまの庁内はリベラル派と腰ぬけの巣窟《そうくつ》だ。リベラルの連中は数からいえばたかが知れているが、あいつらは法曹一体などという甘い幻想をもっている」

「改正案が内示されたら、おそらく頑強《がんきょう》に抵抗するでしょうね」

「このビル全体がぐらぐら揺れるほどの騒ぎになるだろう。そして……」森本はケースからタバコをとりだした。

「もちろん、敗れた方が一掃されるのだ」

彼は口にくわえたタバコに火をつけ、深く吸い込んだ。薄い紫煙が立ち昇り、煙は高い天井にとどくまえに拡散して消えた。

しばらくの間、会話がとぎれた。

「ささいなことですが、佐伯から連絡が入っています」沈黙のあと、龍岡が口を開いた。

司法部長は何があったという顔つきで部下を見た。

「岩崎検事のことでちょっとした問題が……」

「また、あの女か」

「彼女は西垣の事件から手を引くのを拒んでいます。佐伯に対して正式な事務引取手続を要求したようです」

「何を思い上がっているんだ！」

「多分、面倒なことにはならないと思います」龍岡は取りなすように言った。

「佐伯には新しい事件を岩崎検事に配点するように言いました。そっちでいそがしくなれば、西垣の件にかまけている暇はなくなるでしょう」

「どうせなら、山ほど事件を押しつけてやれ。国籍のちがう外国人の事件を三、四件配点するのもいいぞ。横浜ならいくらでも転がっているはずだ。あの生意気な女は通訳探しで一日中駆けまわることになる」

森本は吸いさしのタバコを灰皿でぎゅっともみ消した。司法修習生担当検事を集めた会議の席ではじめて岩崎を見てから、この二、三週間の間、反抗的な若い女性検事にはずっといらいらさせられっぱなしだった。

4

岩崎は手にした調書を机に置くと正面の被疑者を見た。浅黒い肌をした外国人の女性はきょとんとしている。その代わり、彼女の隣にすわった中年の通訳は自分が取り調べを受けているかのように脂汗《あぶらあせ》をかいていた。事務官の伊藤と被疑者を連れてきた港南《こうなん》警察の係員はうんざりとした顔で通訳をにらんでいた。通訳のマスターした言葉と被疑者の使っている言葉は、同じ国でもそれぞれ地域的に特殊性をもった異なる言語らしく、取り調べは悲惨《ひさん》なくらいちぐはぐな会話になっていた。

岩崎はまだ二十歳《はたち》そこそこの女性被疑者の頭越しに、壁にある丸時計を見上げた。時計の針はまもなく午後七時をさそうとしていた。

「これ以上やっても無駄《むだ》なようね」彼女は伊藤に合図すると、額に汗を浮かべている通訳人に目を向けた。

「それじゃ、ご苦労さまでした」

「お役に立てなくてまったく申し訳ありません」生真面目《きまじめ》そうな中年の通訳は恐縮して頭を下げた。

「いえ、そんなことはありません。こちらが地域性を考えないで通訳を指定したのですから、ミスはわたしたちの方にあります。また何かのときはお願いします」

厚いトレーナーの上下を着た外国人の被疑者は警察の係員にうながされ、再び手錠《てじょう》と腰縄《こしなわ》の姿で部屋の外に連れ出された。

「あの子はここがどこだったのかも理解していないでしょうね」岩崎はため息をついた。

彼女は今朝になって、突然、新しい事件の配点を受けた。岩崎が登庁してすぐに検察コードK１４０、覚醒剤《かくせいざい》取締法違反事件の捜査記録が彼女のデスクにまわってきた。午後になると、更《さら》に別の事件を二件配点された。そのふたつともが検察コードの最後にFがくっつく外国人の事件だった。

佐伯はどうも作戦を変えたらしい。岩崎から西垣の事件を取りあげることは棚上げして、彼女に次々と新しい事件を押しつけ、事実上、西垣の件には手がまわらないように妨害しているのだ。事件の配点を拒むことは出来ないから、佐伯の作戦は見事に的中した。岩崎は三件の身柄事件をかかえて自分のオフィスに釘《くぎ》づけになっていた。

「あの子の通訳を何とかしなくちゃね」

「でも、うちがもっている通訳は手一杯ですよ」

「警察が調べたときの通訳がいるはずでしょう」

「警察のですか？」伊藤が疑わしそうに聞き返した。

「しかし、警察だって通訳には苦労している。おいそれとはこっちにまわしてくれませんよ」

「だから、丁寧《ていねい》に頼みこむわけよ。電話なんかじゃなくて、直接、出向いてね」そう言うと、彼女は事務官の顔色をうかがった。

「ああ、やっと分かりましたよ。私が出向くわけですね。丁寧に頭を下げに」

「検察官のわたしが行くよりもあなたの方がいいでしょう。向こうだって気がねがないし」

「じゃあ、帰りがけに警察まわりをします。加賀町《かがちょう》警察、県警本部、水上警察の順でまわってみます。さっきの女性が留置されているのは港南警察でも、そこが通訳を抱えているとはかぎりませんからね」

「そのまま帰っていいわよ。通訳の件は明日報告して。ただし、絶対に警察からもぎとってきてね。通訳が見つからなかったから勾留《こうりゅう》延長ではかわいそうでしょう」

伊藤は警察が作成した捜査記録を開いて被疑者の氏名、国、出身地域、使用言語を走り書きするとそのメモ用紙をカバンに入れ、ドア近くのハンガーからコートをとった。

「通訳の件ですが」彼はコートに腕を通しながら思いついたように言った。

「よかったら、今夜中に報告しましょうか」

岩崎は笑って手をふった。

「明日でも充分。あなたも久しぶりに自分の家に帰りなさい」

伊藤はわずかに肩をすくめるとドアを開けた。

岩崎は誰もいなくなったオフィスで事務官がワープロで打った覚醒剤《かくせいざい》取締法違反事件の供述調書に目を通した。覚醒剤についてはほとんど定型の書式ができているので何も問題はなかった。尿検査でもフェニルメチルアミノプロパン塩酸塩が検出されており、覚醒剤自己使用の事実は争えない。弁護人は情状の面で裁判所に泣きを入れるしかないだろう。

彼女は供述調書の綴《と》じられた捜査記録のファイルをロッカーに入れた。ロッカーの中には駒澤啓介の調書と県警本部から送られてきた実況見分調書、鑑識の報告書など西垣事件のファイルがひとまとめになって置かれている。彼女はファイルをちらっと見るとそのままロッカーの扉を閉めた。

岩崎がコートを着て、加湿器のスイッチを切ったとき、内線の呼び出し音が鳴った。彼女は事務官の机にある受話器に手を伸ばした。

「はい」

「あ、岩崎検事、まだいましたか。総務課の奈須野《なすの》です」受話器から古い職員の声が聞こえた。

「ええ、いま帰ろうと思っていたところです」

「ちょうど、間に合ってよかった。検事に書留が来ているんですが、いまから届けましょうか」

「それだったら、わたしの方が帰りがけに寄りますよ。すぐ行きますから」

「そうですか。すみませんが、お待ちしています」

彼女は部屋の明かりを消して、ドアのキーをロックすると二階の総務課に行くためにエレベーターに向かった。

二階フロアーの角にある広い部屋ではこの時間でも数人の職員が黙々と机にかがみ

こんでいた。岩崎が声をかけると主任席にすわっていた奈須野が顔を上げ、彼は大判の封筒《ふうとう》を手にしてドアのところに歩いてきた。

「わざわざすみませんね。夕方に届いたので連絡が遅くなってしまって」髪に白いものが混じった総務課主任は恐縮しながら、封筒を女性検事にわたした。

「確かに、受け取りました」

彼女は封筒を裏返しにして差出人欄《らん》を見た。神経質そうな細い字で北沢祐介の名前が書かれてあった。

岩崎は奈須野に挨拶《あいさつ》をして、総務課の前にある階段を足早に下りた。一階の玄関ロビーのところで、大判の封筒をふたつに折りたたみ、バッグにしまうと、彼女はコートのポケットに手を突っ込んで外に出た。三月がちかいというのに風は冷気を帯び、おまけに強風だった。岩崎はポケットに両手を入れたまま、目の前にある地下鉄駅まで勢いよくダッシュした。

彼女が大倉山のマンションに帰ったのは午後八時すぎだった。２ＤＫの部屋も空気が冷えきっている。暖房のスイッチを入れ、手早くセーターとジーンズに着替えた。コンタクトを外すとたちまち部屋の中の視界がぼやけた。岩崎は、壁際《かべぎわ》のパネルに引っかけてあるメガネを取り、キッチンのすみに置かれた小さな冷蔵庫のドアを開いた。九時から始まるニュースまでには食事を済ませてしまうつもりだった。

二十九インチの画面にコンピュータ－グラフィックの描きだす鮮明なタイトル・デザインが映り、そのあと、ニュースキャスターが登場した。彼女はソファーの上で膝《ひざ》を立て、画面をじっと見守った。さっき読んだ夕刊には、検察発表はたったの一行も載《の》っていなかった。これだけの大騒ぎになっているのに検察がひと言もコメントしないのは異常な状況だ。新聞の社説はその沈黙自体に対して厳しい疑問を投げかけていた。

しかし、テレビの方は新聞よりはるかに移り気だった。強制捜査から二日間がすぎて、日弁連の事件はもうトップ・ニュースの座をすべり落ちている。オーソドックスな紺色《こんいろ》のスーツとそれにふさわしい髪形をしたキャスターが「次に日弁連会館の捜索に関連してのニュースです」と伝えたのは、番組が始まってから五、六分後のことだった。新しい進展に欠け、事件のあつかいも三番目に後退している。画面では市民団体の開催した、それほど刺激的とは言えない抗議集会の模様が流されていた。岩崎は膝を抱えるようにして、テレビにながれる映像を目で追った。

突然、電話が鳴りだし、彼女は背後の受話器をふり返った。コードレスホンはソファーから身体を伸ばせば届くところに置いてあった。

岩崎はソファーの背に身体をあずけて手を伸ばした。受話器を取る前に時計に目をやり、この時間だと母親かもしれないという予感が頭をかすめた。

「はい」

「検事さんか、事件に動きが出たぜ」いきなり野太い声が聞こえてきた。

まったく予想もしなかった声に、一瞬、返事ができなかった。

「なに驚いてるんだ。地検に電話したら、帰ったっていうから自宅を教えてもらったんだ。自宅の電話を聞くのに一苦労したよ」郡司は腹立たしげな口調で言った。

「よく教えてもらえたわね」岩崎はリモコンでテレビを消した。

「西垣の事件で緊急に連絡しなきゃならないと言ってな。もっとも、そのとおりなんだが」

「いったい、何があったの？」

「あのじいさんの秘書官に北沢ってやつがいたろう。さっき、京都府警から連絡があって……」彼は沈黙し、すぐにつづけた。

「今夜、死体で発見された」

「死体で！　それ、殺されたっていうこと」

「そうなるだろうな。顔にはぶん殴られた跡があるし、首を折られている」

「……西垣の時といっしょじゃない」彼女は受話器を強くにぎった。西垣が殺害されたときも脊柱《せきちゅう》を折られている。あのときと同じだ。

「確かに、じいさんのときと状況が似てるんだ。北沢の方は指とか手はやられていないようだが」

「ちょっと、もう少し詳しく説明して」

「さっき報告を受けたばかりだぜ。こっちだって細かく聞いたわけじゃない。いま分かっているのは、こういうことだ。……北沢は京都のホテルで開かれた学会に出張していた。国際知的所有権法セミナーとかいう学会で、そいつに参加した法制審議委員のつきそいだよ。セミナーは今日までの予定だった。北沢も夜には東京に戻ることになっていた。ところが、いったんホテルの部屋に戻ったきり、夜になっても出てこない。それでだ、部屋を開けてみたら、秘書官がひでえありさまになっていた」

「部屋は?」

「めちゃくちゃだった。これも西垣のじいさんのときと同じだな。目撃者がどうしたなんてことは聞かないでくれよ。詳しいことは何も分かっていないんだ」

「それで、時間は分かっているの?」

「発見をしたのはつい一時間前だよ。殺害時間は検死結果を待たないと……」

「でも、そんな前のことじゃないわね。北沢が部屋に戻ってから夜までの間でしょう」

「まあ、四、五時間っていうとこかな」

「だけど何で北沢が……」彼女の言葉は途中で消えた。

「ああ、問題はそのことだ。おれも、同じことを考えた。北沢の殺しはじいさんに関係がある。誰だってそう思うだろう。京都府警もそう考えたからこっちに連絡をくれたんだ」

「…………」

「おい、聞いてるかい？」

「……事件の全体がひっくり返ってしまう」しばらく間をおいて、岩崎はぽつりと言った。

「とんでもないくらいにな。いくらなんでも、宮島が北沢にまで手を伸ばすとは思えない。皆目、動機がないからな。大体、法制局の秘書官を殺さないと日弁連の会長になれないってわけでもあるまい。おれたちはこれまでくそみたいな手がかりを追っていたんだ。こうなったら、最初からやり直しだよ」

「やり直すって、そんな簡単にはいかない。こっちは日弁連の本部会館まで捜索しているのよ」

「簡単にいかないのは、検事さんのところだろう。というか、能なしの東京地検だな。こっちには関係ない。あいつらが独断でやったことだ。勝手に独走して、そのあげくが、でかい石にけつまずいて倒れちまった。バカ丸だしだ。東京の連中は、赤っ恥をかいて、自滅すりゃいいさ」郡司は、東京地検の強制捜査がよほど腹にすえかねているのか、一気にこき下ろした。

「検事さんは、まだ事件担当だろう?」彼は訊ねた。

「ええ、そのつもりよ」

「明日、おれの方は京都に行ってくる。向こうで詳しいことが分かったら連絡してやるよ」

「ぜひ、お願い」

「あと、この件は、もうマスコミの一部が嗅《か》ぎつけている。京都府警も今夜中には発表しなきゃならない。明日の朝刊にはでかでかと載《の》るぜ」

岩崎は電話を切ったあと、バッグの中からふたつに折った封筒をとりだした。しかし、北沢から届いたフロッピーは明日にでも地検オフィスで調べようと思っていた。しかし、いまは、これが非常に重要なことのように思えてきた。

このフロッピーのことは県警の刑事に話していない。彼女にもどんな文書が出てくるか分からなかったからだ。表を広げて見るとまちがいなく京都の消印があった。岩崎は慎重に封筒の下側を手でやぶった。茶色い紙のなかには三・五インチのフロッピー・ディスクが一枚だけ入っていた。封筒の中をのぞき込んでもあとは空っぽだった。彼女はダイニング・キッチンのつづきの部屋に行き、机の上に積まれた美術や建築関係の本をどかしてワープロを置いた。ディスプレイロックを解除して、電源を入れると、画面がぱっと明るくなった。

岩崎は黒い回転椅子にすわって、プラスチックの保護ケースからフロッピーを抜き出した。フロッピーはワープロの機種と製品ラベルがちがっている。彼女は引き出しを開け、互換用のフロッピーを探して、それをディスクドライブに差し込んでカーソルを動かした。マニュアルを思い出しながら、三回ほどフロッピーを差し替えてキーボードを操作すると、画面に「読込完了」という表示が浮かび上がった。

岩崎は、いったん文書リストの画面に変え、そこにひとつだけ文書が登録されていることを確認した。事実上、それが西垣文雄の遺書だった。

彼女は実行キーを押した。

横長の液晶画面に最初の一ページがあらわれた。日付の下にうたれた『検察制度の改革』という表題が岩崎の注意を引いた。北沢が電話で話していた改革案というのはこのことだ。検察の改革——西垣はこんなものを法制審議会に提案しようとしていたのか。彼女はカーソルを移動して画面に映った文書を目で追った。Ａ４の書式にびっしりとうたれた書面には検察の組織、機構の概説にはじまり、ここ数年の北米都市型犯罪の急増にともなって法定刑法犯、公判請求事件がいずれも爆発的に増加している現状の分析がつづいた。数年前、公判請求事件は年間十四、五万件で安定していたが、いまでは二十万件に達しようとしている。

　西垣の改革案は細かい統計数値を上げ、刑事司法が直面する危機をたっぷりと煽《あお》ったあとで本論に入っていった。検察はこの膨大《ぼうだい》な犯罪を前に機能障害をおこしている。司法修習生の中で検察官志望者は激減し、その結果、検察庁の定員割れは全国に及んでいた。二、三年後には検察官総数が一千人を切ることはまちがいない。犯罪数の増加はいまや検察の手に余るものになっている。公判請求事件が二十万件ということは、警察から検察に送られてくる全事件数は二十万件をはるかにしのいでいることを意味した。検察はそのひとつひとつについてあらためて被疑者を取り調べ、必要な補充捜査をすませ、起訴不起訴を決定し、公判廷に臨むことになる。

　しかし、検察官が絶対的に不足している現状では、今後、そのような捜査を維持することは不可能だ。では、どうすればよいのか？　岩崎はカーソルを動かし、液晶の画面に集中した。西垣の改革案はその後半部分で解答を示していた。読んでいくうちに、ある個所にきて彼女の指が止まった。キーボードに指をおいたまま、岩崎はじっと画面を見つめた。

「公判専従論……」彼女は口に出してつぶやいた。

西垣の改革案の中には、戦後ずっと検察庁の存在をおびやかしてきた亡霊が復活している。改革案は歴史の深層に穴をうがち、底の方を引っかきまわして、検察幹部が震えあがる理論を引っ張り出していた。こんなものが実現すれば……検察庁は営々として築き上げた城砦《じょうさい》を追いはらわれ、誰も相手にしない弱小官庁のひとつに転落してしまう。西垣は法制審議会の場でいまの検察を解体しようとしていたのだ。

そう思った瞬間、背筋に冷たいものが走った。西垣をうとましく思っていたのは宮島だけではない。誇り高く、みずからの権威を絶対視する検察幹部がこの改革案を知ったら……。彼らはけして西垣を許そうとはしないだろう。

かった。

5

検察庁が、戦後、強大な王国をつくりあげるまでの道のりは平坦なものとはいえなかった。

戦前には現在よりもはるかに強力な検察王国が存在していた。司法を支配していたのは、事実上、検察官だった。司法省の下にあって、検察官は官僚《かんりょう》機構を利用し、早くから司法行政を掌握《しょうあく》して、裁判所に対しても直接間接に影響を及ぼしていた。彼らは警察との関係でも命令者の立場に立っていた。旧刑事訴訟法は、検察官を捜査の指揮者と定め、警察はその下僕にすぎなかった。そして、検察は国民の思想さえも強制的に管理していた。治安維持法成立後、昭和のはじめに思想係検事が制度化され、全国に配置された。彼らは、天皇制に反対する危険思想の持ち主を根絶《ねだ》やしにする使命をおびていた。思想弾圧で悪名をとどろかせた特高警察も内部では思想係検事の指導を受けていたのである。検察官は捜査から公判、司法行政、そのすべてを牛耳《ぎゅうじ》っていた。

戦後の民主化はその状況を一変させた。

思想検察は廃止され、間もなく公職追放の嵐が吹き荒れた。昨日まで権力の中枢《ちゅうすう》にいたエリート検事たちは次から次へと荒廃した焦土《しょうど》に投げだされ、旧検察の活動は停止した。警察に対する優位性を規定した旧刑事訴訟法もなくなった。

このような中で産声《うぶごえ》を上げた戦後検察庁は、弱々しく、警察からもそっぽを向かれていた。検察庁に残った者は、自分たちが新しい社会で生き残るためにはどうすべきかを考え、世の中を眺《なが》めまわして、結局、民主化された新制度に適応することを決めた。本質的かどうかはともかく、彼らは戦前の殻《から》をすて、脱皮した。そのあと戦後司法修習を終了した一期生が新任検事として入庁してきた。新任検事は戦前の検察ファッショなどという負い目を感じることもなく、言葉の真の意味でフレッシュだった。何年か経《た》つと彼ら戦後修習の検事が第一線で活躍するようになった。新しくなった検察庁は新しい王国を再建するために前進をはじめた。

旧司法省は法務省と名前を変えていたが、戦後も一貫して検察の同盟者だった。検察庁は、法務官僚の後ろ楯《うしだて》をえて、せっせと影響力の拡大につとめ、刑事司法の各領域に足がかりをつかんだ。多少のでこぼこはあったにしても、全体としては満足のいく結果だった。検察官は、再び法律立案など司法の中核にも関与するようになった。敗戦によって失った陣地を回復し、戦後、新たに手に入れた権力をためしてみて、古い検察首脳――彼らは拭《ぬぐ》い去ったはずの戦前の体質を少なからず引きずっていたが――その首脳たちも、次第に自信をとりもどしていた。

しかし、刑事司法の水面下では、順風満帆《じゅんぷうまんぱん》に見える検察庁の未来を揺るがす、別の動きが進行していた。

昭和三十八年になって、後に「公判専従論」として知られることになる、ひとつの論文が法律専門誌に掲載された。これが検察史上、最大の論争の始まりだった。論争は、あっという間に学会の枠を超えて、検察改革案にまで高まった。公判専従論者は、「検察は捜査から手を引け」と命じた。法律学会の大規模セミナーで、弁護士会の機関誌で、議会の委員会で、検察官は公訴提起と公判活動に専念し、捜査活動は警察にまかせておくべきだという強力な論陣が張られた。これが当事者主義を基本とする新しい刑事訴訟法の理想とするシステムであり、同時に検察官の負担軽減にもつながる、彼らはこう主張した。極言すれば、公判専従論者はアメリカ型の検察制度を目ざしていた。米国では、検察官は「政府のための法律家」であり、「探偵」ではないという考えが強い。連邦検事も地方検事も、一般の事件捜査にはほとんど首を突っ込まず、公判活動に全力をそそぐ。理想に燃える公判専従論者は、その制度をわが国にも導入することを要求した。

当時の法律専門誌に載った「検察官よ、法廷にかえれ」という呼びかけは、若い層の検察官に大きなインパクトを与えた。彼らは、日頃、自分たちのエネルギーが警察捜査の上塗りに浪費されていると感じていた。警察が取り調べた被疑者に、もう一度、同じ質問をすることに何か意義があるのか。自分たちは、もっと公判活動に力をそそいで、弁護人と交互尋問《こうごじんもん》の技を競うべきだ。構造汚職のような特殊な事件を除き、ふつうの事件の捜査は警察で十分に対応できる。警察はやる気満々だし、それで別に不都合はない。公判専従論に対して検察内部からも賛同の声が上がりだした。

検察の首脳陣はまったく別のことを考えていた。彼らは「公判専従論」に陰謀の臭《にお》いを感じとった。警察は機会あるごとに目ざわりな検察庁を追いはらって、捜査の領域を独占しようとたくらんでいる。「公判専従論」はその恰好《かっこう》の理由になった。検察首脳にとって、これは警察との権力闘争だった。彼らには、警察の捜査独占を許すつもりはなかったし、権力闘争で敗北することなど思いもよらなかった。万が一、公判専従論者の改革案が実現すれば、検察は法廷の中に閉じ込められてしまう。裁判所の片すみに王国をつくっても何の意味もなかった。検察首脳が考えている王国をつくるにはもっと広い場所が必要だった。そこで、彼らは反撃した。

双方の間で激しい論争が展開された。検察側も学者を動員し、相手方をたたきつぶすために理論を構築した。高い有罪率を誇る精密刑事司法は、検察官が捜査から公判まで一貫してたずさわっていることで実現している。検察官が捜査から手を引けば、精密度は下降し、裁判は混乱におちいってしまう。アメリカの刑事裁判の現状を見れば、そのことは一目瞭然《いちもくりようぜん》だ。ずさんな証拠で、凶悪犯人が無罪になり、裁判所では司法取引が横行している。「公判専従論」が生みだすのは収拾のとれない混沌《カオス》だけだ。彼らはそう主張した。さらに当事者主義といっても、法廷の交互尋問の技術で裁判の結果が左右されては、それはもはや裁判とは呼べない。そんなものは判定で勝ち負けを争うスポーツと同じだ、と批判した。

論争は昭和三十八年から数年にわたってつづいたが、検察側はかろうじて踏みとどまった。「公判専従論」による改革は見送られ、検察も王国を失わないですんだ。しかし、改革が見送られたのは検察側の理論が勝《まさ》っていたということではない。本当のところ、現実の改革を必要とするほど状況が逼迫《ひっぱく》していなかったのだ。検察庁には、当時、捜査の領域に割くことのできる十分な人的資源が存在した。

論争は決着のつかないうちに中断し、検察を脅《おびや》かした「公判専従論」という問題も未解決のまま先送りされた。

岩崎はワープロのスイッチを切った。バックライトが消えて、液晶の画面は漆黒《しっこく》に変わった。

西垣の改革案はよそおいを新たにした公判専従論だった。基本的な内容はかっての改革案と同じだ。しかし、彼が発表しようとした改革案は以前の公判専従論などかすんでしまうくらいの破壊力をもっている。当時と現在では状況がちがっているのだ。いまや検察庁の人的資源は枯渇《こかつ》しかかっていた。その危機を一挙に解決できる。捜査から手を引き、公判だけに専念するのであれば現状の検察官数で十分に対応が可能だった。それどころか、余剰《よじょう》が生まれるくらいだ。

この案が発表されたら、それこそ大騒ぎになる。しかも、改革案を作成したのは法制審議会委員で弁護士会の大物だった。この案が公になれば今度こそ検察の改革が実現するかもしれない。いや、改革という言い方は正しくないだろう。実際には検察庁の解体だ。私人、公人を問わず、また、私企業、官公庁の区別なく、あらゆる個人と団体に対して直接捜査権をもつことが、これまで検察庁の権威をずばぬけて強力なものにしてきた。

同じ捜査機関でも警察は捜査しかできない。が、検察官は自分で捜査をして、自分で起訴もできる。公訴権を独占し、捜査権も与えられているのだ。その権力は絶対的なものがある。しかし、権力の一翼を占める捜査の領域から撤退することになれば、いまの検察庁は実質的な終焉《しゅうえん》をむかえる。改革案によって誕生するのは新しい検察だ。新しい検察庁は、これまでよりずっと控えめで、目立たない存在になるだろう。

事件にはまったく新しい角度から光が投射されていた。岩崎たちがこれまで再現につとめてきた犯罪の全体像は、轟音《ごうおん》を立てて崩れさり、その瓦礫《がれき》の下から別の犯罪像が姿をあらわしていた。西垣は、いまの検察中枢にいる人間が絶対に受け入れることのできない検察改革案を用意していた。その案を法制審議会で発表する当日に殺害されている。

岩崎は消えて暗くなった画面をぼんやりと見ていた。検察官が事件に関与しているなんてことがありうるだろうか。頭の中は混乱していたが、意識の淵《ふち》に、細切《こまぎ》れになった記憶の断片が浮かび上がった。ほとんど不鮮明な断片の中で、奇妙にはっきりしている記憶があった。捜査が始まってまもなく、ひょろひょろとした佐伯は「東京高検にせっつかれている」とこぼしていた。あれはたしかテラックス社の裁判を報告したときだ。あのとき、彼女はなぜ東京高検がでしゃばってくるのか疑問を感じた。いま思えば、この事件の捜査は最初から東京の意向がはたらいていたのだ。

そして、偶然、エレベーターでいっしょになった望月のとりつくろった笑い……もうすぐ退職する検事が口にした検察至上主義という言葉も気にかかった。

岩崎はジグソーパズルのようにばらばらになった断片を寄せ集めて、これまでに判明している事実の隙間《すきま》に埋め込んでいった。予想どおり、彼女が完成させたパズルの絵図は実に醜悪《しゅうあく》なものとなった。

西垣は検察改革案を法制審議会に提出するつもりでいた。その情報が事前に検察内に流れたとする。改革を望まない者、例えば、望月の言った検察至上主義者が西垣の改革案をつぶすために彼の殺害を実行した。西垣に加えられた拷問についてはよく分からない。おそらく、改革案の流出先を聞きだすためだろう。しかし、たった一枚のフロッピーが殺害者の追求からこぼれ落ち、北沢のもとに残った。

殺害者は北沢も殺した。当然、改革案を闇に葬り去るためだ。

「ちょっと、待って」岩崎は自分の考えをさえぎった。

こんなことはバカげている。北沢の手に改革案があることを知っていたのは彼女だけだ。電話での口ぶりでは、彼は岩崎以外の誰にも話していないようだった。そして、岩崎が伝えたのは伊藤ひとりだ。伊藤が事件のことをぺらぺらしゃべるとは思えない。他に検察内で知っていた者など……。

次の瞬間、彼女はダイニング・キッチンに駆け込み、受話器をとって、登録してある短縮番号を押した。七、八回、呼び出し音が鳴って、やっと相手がでた。

「はい」

「夜おそく、ごめんなさい。ちょっと聞きたいことがあるの」

「あ、通訳でしたら、がっちりとつかまえましたよ」伊藤が明るい声で答えた。声の背後にはリズム音楽が流れている。

「通訳？　ああ、あれね、どうもありがとう。それより、北沢から電話があったでしょう、二日前に」

「例の秘書官ですか」

「そう、あのとき、わたしが報告書をうって渡したのを覚えている」

「……ええ、覚えています」

「あれ、どうした？」

「報告書をですか……」

「そう、主席に届けるように言ったでしょう」

「ちゃんと届けましたよ。その日のうちに」彼は心外だという口調で言った。

「それって、まちがいがない？」

「まちがいっこないですよ。あの日は日弁連の強制捜査があったから。主席はいませんでしたが、係の事務官に渡しています。主席の手に、きちんと渡っているはずです」

「…………」彼女は顔から血の気が失せていくのを感じた。

「どうしたんです。あの報告書に何かあるのですか」受話器の向こうで、怪訝そうな伊藤の声が訊ねていた。

新幹線ひかり56号は夜の闇を疾走《しっそう》していた。京都を発車して間もなく二時間以上がすぎようとしている。ゆったりとした車内はすわっている乗客もまばらで、車内販売も終わり、東京駅に着くまでの静かな時間を迎えていた。

先頭から四両目の自由席にすわった男は、列車の振動に身をゆだね、暗い窓に顔を向けていた。新横浜《しんよこはま》駅が近づくにつれて窓の外にながれる光は数を増している。窓の外を見ながら、男の脳裏にはガラスに映る光とはまったく別の情景が広がっていた。彼はつり上がり気味の目を閉じた。まぶたの裏に、北沢祐介の苦悶《くもん》の表情が浮かび上がり、すぐに消えた。

男はもどかしげに頭をふった。首の骨を折った瞬間、あの秘書官が見せた断末魔《だんまつま》の表情……。男はその時の情景を目に焼きつけたはずなのに、もう細部がぼやけかかっている。時間が足りなかったのだ。ホテルの中では、いつまでも北沢をなぶりつづけることは無理だった。フロッピー・ディスクの行方《ゆくえ》を白状させた段階で時間切れとなってしまった。

横浜の自宅で西垣文雄を殺害したときには十分な時間があったから、男も満足できた。西垣の手足の関節を砕き、じっくりと首の骨をねじまげて、老人の顔に吹き出した絶望の表情も最後まで楽しめた。

男は目を開けると、車内にすえつけてあるフックから革のコートを取り外した。彼に指令を出している人間は西垣文雄のフロッピーの行方を気に病んでいる。男にはどうでもいいことだった。彼は自分の何にも代えがたい楽しみのためにその命令を利用していた。それだけに、京都での殺害には欲求不満が残った。

男は右手をコートのポケットに入れた。彼は、ポケットの中で、工業用の特殊ゴムでつくられたボールに触り、そっと手のひらで包んだ。北沢の口の中から取り出したときは唾液《だえき》にまみれていたゴムも、いまはからからに乾いている。男は列車の振動に揺られながら、唾液で濡れたゴムの感触を思い出そうとするようにボールをにぎりしめた。

岩崎は八階に上がるエレベーターの中で腕時計に目を走らせた。午後五時十分。この時間になって、ようやく佐伯をつかまえることができた。彼がいま自分の執務室にいることは係の職員に確かめてあった。

彼女は、昨夜のうちに内心のためらいや迷いを遮断《しゃだん》していた。いまや、対決をする時だった。

岩崎はエレベーターを降りるとフロアーの奥にある部屋に向かい、ノックもせずにドアを開けた。

主席検事は自分のデスクで電話をしている最中だった。彼は顔を上げ、岩崎の姿を目にとめると通話口に何かささやいて受話器を置いた。

佐伯はデスクの上に両手をのせて、ちかづいてくる岩崎を待ち受けた。

「西垣の件なら話し合っても無駄《むだ》だな。きみが事件担当に復帰することはない」彼は落ちくぼんだ目を向けた。

「では、北沢の件はどうです」彼女は手にもっていた新聞をデスクの上に放り投げた。

部下の無礼なふる舞いに、一瞬、主席検察官の表情が険しくなった。しかし、岩崎のただならぬ気配を感じると、彼は怒りを呑《の》みこみ、新聞に視線を落とした。朝刊の社会面には京都で殺害された北沢の記事が大きく載《の》っている。記事の内容は昨夜、県警の刑事から聞いた説明とほとんど同じだった。それ以上の詳しい状況は、京都府警に出張している郡司の電話でもはっきりとしなかった。

「この男は西垣の秘書官だ。私もこの記事は読んでいる」

「彼は、わたしのところに連絡してきた直後に殺されています。彼が殺害された原因はわたしへの連絡と関係があるはずです」

「きみへの連絡が何の原因になっているかは知らないが、この事件は京都府警が調べるだろう。そんなことが、きみの無礼なふる舞いとどう関係するんだね？」

「北沢が連絡してきたことを知っているのは、わたしと事務官を除けば主席だけです」

佐伯の顔が憤激でこわばった。

「私が北沢の殺害に関係しているとでも言いたいのか」彼はかすれた声で訊ねた。

「わたしがお聞きしたいのもそのことです」彼女は佐伯の目をまっすぐに見下ろした。

「きみがいましていることは上司に対する許しがたい侮辱《ぶじょく》だ。それぐらいは自覚しているのだろうね」

「自分の話している内容は理解しているつもりです」

「それならけっこうだ」佐伯はそっけなく言った。

「わたしの質問に対する主席のお答えはどうです？」

「ばかばかしくて答える気にもなれない。犯人は自分の都合にあわせて殺すんだ。こちらで日にちを指定できるわけがない。昨日、殺害されたのも偶然だよ」

「偶然ですって？」岩崎は冷ややかに笑った。

「陳腐《ちんぷ》な冗談はやめてください。北沢はこれまでまったく狙われる理由がなかったのですよ。それが、改革案のことに触れたとたんに殺されてしまった。日弁連の会長選挙など、はじめから事件に無関係だったのです。とっくにご存じだと思いますが、この一連の事件の裏には、西垣が作成した改革案が絡んでいる、わたしはそう考えています。もちろん、わたしが話しているのは検察の改革案のことです。日弁連なんかのじゃなくてね」

「……きみは、改革案の現物をもっているのか？」

「ええ、北沢は殺される前に郵送してくれました」

「それをどうするつもりだ」主席の声には強い懸念がまじっていた。

「証拠として保管し、西垣事件の捜査を続行します。まだ、事務引取の命令は受けていませんからね。必要があれば、法制審議会のメンバーからも検察関係者からも事情を聞くつもりです」

「検察関係者から……」落ちくぼんだ目に不安そうな色が浮かんだ。

「そんなことをしても何もならない。きみが笑いものになるだけだ。それだけじゃなく、検察官適格審査会にかけられて懲戒されるだろう。冗談ですまされないのはきみの方だ」

「それは、最高検が判断することです」

「最高検だって！」

「そうです。この件については、すべて最高検察庁の監察部に報告する予定でいます。報告書と一緒に改革案も添付します」

もし、最高検の監察部も彼らに支配されていたら、あとは法務大臣に報告するしかなかった。

佐伯は黙り込んだ。彼のかさついた顔は急に老け込んで、生気がなくなった。

「……なにも分かっていない。きみは自分がしようとしていることを何ひとつ分かっていないんだ」

「どういうことでしょう？」

主席の返事はなかった。彼は身体をかがめ気味にすると力なく手をふって、岩崎に出ていくように命じた。

「わたしはオフィスにいます。お話がある場合は五階に連絡してください」

彼女は踵《きびす》を返して主席のデスクを離れた。

岩崎が自分のオフィスに戻ってから二十分後に電話のベルが鳴った。彼女が取った電話の相手は主席検事ではなかった。電話口に出た岩崎に対して、東京高等検察庁の司法部次長龍岡豪紀は、有無を言わさず、すぐに高検司法部まで出頭するように命じた。

6

周辺の建物に明かりが残る中で、検察庁の巨大なビルは夜空に黒々としたシルエットを浮かび上がらせている。日弁連の強制捜査以来、ビルの窓には一斉《いっせい》にブラインドが下ろされ、外部との接触を断ち切った検察側の固い姿勢を象徴していた。

伊藤の運転する古いセダン車は、入口でふだんより厳しいチェックを受けたあと、ゆるやかなスロープを下って、地下二階の駐車場に停車した。一階ロビーに上がってから、岩崎は伊藤を待合室に残して、高速エレベーターに乗った。

エレベーターに乗ったのは岩崎ひとりだけで、彼女はドアの上に点灯《てんとう》する表示階の数字を見つめた。一階から十五階までは通過になっている。16という数字が点灯し、デジタルであらわれる数字は次々と変わり、すぐに23が表示された。エレベーターは静かに停止して、ドアが両側に開いた。

岩崎は照明の落とされた長い廊下を歩いていった。両側にはいくつもの部屋がならび、その中ではいまも大勢の検事や事務官がいそがしく働いているはずだ。しかし、防音材がしっかりしているせいか廊下には物音ひとつこぼれてこない。彼女が歩いている廊下には死のような静謐がただよっていた。

東京高検の司法部長オフィスは廊下の終点にあった。岩崎はその前で立ち止まり、前髪をかき上げ、ドアをノックした。

ドアを開いて中に足を踏み入れたとたん、彼女は目の前に広がる空間の大きさに驚いた。彼女がいつも広く感じている横浜地検の主席オフィスなどここにくらべれば犬小屋同然だった。司法部長の執務室にはごてごてした余分な調度品はなく、空間の全体を機能性と冷たいほどの威厳が支配していた。はるか向こうの窓際にどっしりとした巨大なデスクがあって、そこに肩幅の広い男が待ちかまえていた。デスクの正面の右わきにはやや小柄な額の禿《は》げ上がった男がすわっている。あれが龍岡だろう。彼らは沈黙し、岩崎に冷たい顔を向けていた。

彼女は意を決して司法部長のデスクにちかづいていった。身体をしめつける緊張感で司法部長のデスクは何百メートルも先にあるような錯覚にとらわれた。東京高検の権力者は革張りの椅子にすわって彼女の動きをじっと見つめていた。この部屋に入ったものは、こうして歩きながら、あの視線に射すくめられて、途中で腰がくだけ、部長のデスクにたどりつく頃には這《は》いつくばってしまうにちがいない。

岩崎は何とか這いつくばらずにデスクの前に立った。

「横浜地検の岩崎です」

「すわりたまえ」森本は表情を殺した声で言った。

「きみに会うのは二度目だな」

「はい」彼女は司法部長の正面にすわった。頬肉《ほほにく》を削《そ》ぎ落としたような精悍《せいかん》な顔、低くよく通る声、威圧的な態度、彼は司法修習生担当者会議で会ったときと少しも変わっていなかった。

「きみは検事になって何年になる？」

「はい、今年で丸二年になります。四月から三年目です」

「二年間、横浜かね」

「そうです」

「きみが二年間、横浜地検にいる間、新任検事は何人入ってきた？」

「横浜地検にですか……」岩崎はちょっと戸惑った。そういえば、彼女が検事になってから横浜地検にはまだ後輩がひとりも配属されていない。彼女はいまだにルーキーだった。

「ゼロですが」

「その間に何人の検事が辞めた？」

「……多分、四人じゃないでしょうか」望月を入れると五人になる。

「マイナス四か」森本はつぶやき、あらためて岩崎の方を見た。

「われわれが直面している問題はそういうことだ」

「はい？」

彼は軽蔑《けいべつ》するように目を細めた。

「貴重な検察官が辞めていく一方だということだよ。修習生の担当だったらそれぐらいは分かるだろう。状況はきみが考えている以上に深刻になっている。いまでは修習生の人数を増やすとか、裁判官や弁護士から検事にリクルートをするなどといった小手先の方法では定員割れをカバーすることはできん。検察庁を再建するには抜本的な改革案が必要なんだ」森本は言葉を切って、褐色《かっしょく》の革張りの椅子に身体をあずけた。その姿勢で、再び口を開いた。

「ただし、われわれに必要な改革案は……もちろん西垣の公判専従論なんかじゃない」

「知っていたのですか！」岩崎は驚いて聞き返した。

「おおよそのことはな。お互いの時間を節約するために単刀直入に話そう。……西垣は法制審議会に提案する前、こういうものを次回に出すからといって検察側の委員に改革案の中身を知らせてきた。彼にしてみれば当事者には事前に知らせておくことがフェアだと考えたのだろう。そして、法制審議会に出席している検察側委員はうちの部から出ているのだ」

それじゃ、西垣の紳士的な態度が彼の死を招いたのだ。司法部の検察首脳は改革案の存在も、また、それがいつ審議会に提案されるかも知っていた。そして、日の前で平然としゃべっている森本はその検察首脳のひとりだった。

「くだらない公判専従論が何の役に立つ。われわれは法廷に閉じ込められ、警察への指揮権を失い、すべてを手放すことになる。公判専従論が実現すれば、戦後の刑事司法で検察が築き上げてきたものを全部ぶちこわしてしまう」

彼は背後の窓を顎《あご》でさした。広い窓にはグレーのブラインドが下ろされ、部屋の明かりを遮断《しゃだん》していた。

「あの外には裁判所と弁護士会館がある。公判専従論は連中を喜ばせるだけだ。多分、この辺りでにらみをきかしている警察庁あたりも喜ぶだろう。が、そんなことを許すわけにはいかない」森本はそう言って、岩崎を試すような視線で見た。

「それに、きみの知らないこともある。改革案はふたつも必要はない。ひとつだけあれば十分だ。そうじゃないかね？」

「別の改革案？　そんなものが存在しているのですか」

「われわれ自身の検察再建案がな。せっかく来てもらったのだから、教えておこう。間もなく法制審議会の場で正式に発表される手はずになっている。公判専従論などという敗北主義に尻尾をふらなくても、これで検察の危機は克服されるだろう。きわめて単純な方法によって、検事の不足というバカバカしい事態を永久に追放できるのだ」

「永久に追放……」岩崎はつぶやいた。彼女は森本に対して嫌悪の感情を抱きながらも、無意識のうちに彼の話に引き込まれていった。長期にわたってつづいている検察官の不足を永久に止める手段など存在するのだろうか。

「検察再建案は……」高検の司法部長は抑制した口調で言った。

「検事の独立採用制を骨格としている」

独立採用制——しばらくは焦点の合わないレンズのように意味がぼやけていた。やがて、言葉の意味が鮮明になってくると、彼女は自分がバカみたいにぽかんと口を開けていることに気づいた。森本は法曹三者の一体性を破壊するつもりだ。検察官を裁判官や弁護士から切り離そうと考えているのだ。いまは法曹三者とも同じ修習生の中から採用されている。それを廃止して、森本は検察庁が独自に検事を採用する制度を目ざしているのだ。

「そんな制度を採ったら、現在の司法試験や修習生などはどうなるのです？」

「裁判所や弁護士会がつづけたいのなら勝手にやればいい」彼は冷淡に切りすてた。

「きみも修習生を担当して連中の愚かさは分かっているだろう。大体、検事の数が減少しているのは修習生の中からしか採用できないからだ。連中が嫌だといえば、いまの制度では他から採用できない。しかし、検察官になりたい者は世の中にごまんといるはずだ。独立採用制をとれば、若く優秀な人材がどっと押し寄せてくる。われわれは人員不足というくびきから永遠に解放され、しかも、公判専従論などのように捜査領域から撤退する必要もない」

森本は法曹界の根幹を破壊する内容を得々と話していた。岩崎はそれを聞きながら、どこかで同じようなことを聞いた記憶が頭をよぎった。……そうだ、佐伯が同じことをしゃべっていた。西垣の事件で最初に呼び出されたとき、主席検事は検察官の希望者は本来、何千、何万といる、いまの制度が検事への応募を邪魔しているのだと非難していた。

「法曹間の一体性が失われてしまう」彼女は疑念を口にした。

「いまでも法曹界はそれほどまとまっているわけじゃありません。うちばかりでなく裁判所も閉鎖的ですから。それでも、ぎりぎりのところではお互いの信頼関係がある。弁護士とだって法廷でやりあっても、意識のどこかでは同じ法曹という信頼があります。とくに同期の間では修習生のときに一緒に学んだという安心感がある。独立採用性をとったら、わずかに残っている信頼関係も消えてしまいます。検察官の数は増えても、法曹界の全体がとげとげしいものに変わってしまうでしょう」

「法曹一体などというのは幻想にすぎん」森本はいらだったように撥《は》ねつけた。

「われわれは何のために無能な裁判所や恥知らずの弁護士を信頼しなければならない

のだ。第一、彼らを信頼している間に検察庁からはどんどん人がいなくなってしまうぞ」

「それとこれは別です」

「同じだ！」

彼は若い部下に疑わしい視線を向けた。

「きみは腰抜けのリベラル派かね」

「リベラル派でも検察至上主義者でもありません」

岩崎の答えを聞いて、司法部長の表情はわずかに戸惑いをみせた。森本は力をぬくように薄く笑いを浮かべたが、彼の口もとに浮かんだのは親しみのかけらもない冷笑だった。

「まあ、いいだろう。どちらにしてもだ、いまでは、きみのいう信頼関係など存在しない。日弁連本部会館の強制捜査によって対立は決定的になっている。こうした状況が生まれたからには弁護士会に気がねする必要もない。われわれは独立採用制を実現しやすくなったわけだ」

「まさか……」岩崎は信じられない思いで目を見開いた。

「そのために強制捜査をしたのじゃないでしょうね！　再建案を通すために……」

「私は必要であれば実行する。弁護士会に戦争をしかけることで再建案が成立するなら、当然、そのようにするさ」

「当然って、これだけの騒ぎになっていることをどう考えるのです。マスコミや議会ばかりでなく、世論がこぞって非難しているんですよ」

「そんなことは予測ずみだ」森本はそっけなく言った。

「相手は日弁連だぞ。検察批判の大合唱ぐらいは仕方のないことだ。しかし、あの強制捜査のおかげでいまじゃ弁護士会とのあらゆる接触が途絶《とだ》えている。それに、打撃を受けた点でいえば、向こうだって同じだろう。独立採用制を通すためには連中との絆《きずな》を絶つこともそうだが、弱体化させることも必要だからな」そのあと、彼は皮肉っぽくつけ加えた。

「今回の件では、きみの作成した供述調書も少しは役立っているんだ」

駒澤啓介の調書だ！　岩崎は思わず唇《くちびる》をかみしめた。森本と彼の率いる司法部はあの調書を利用して日弁連の強制捜査に踏み切ったにちがいない。そうとも知らず、岩崎は彼らのためにせっせとお膳立《ぜんだ》てをしていたのだ。

部屋の中に沈黙がながれた。さっきから石のように黙りこくっている龍岡とともに、森本の方も椅子に深々と身体を沈め、腕を胸の前で組んで岩崎に目をすえていた。

　彼女は息苦しさを覚えた。まるで三人の周囲だけに重苦しい空気が凝縮された感じだ。……いよいよ説得が始まるのだ。岩崎はそう直観した。森本は強引に彼女を説き伏せようとするだろう。

「いままでのことをきみがどう受けとめているかは分からないが」司法部長は岩崎の目を見ながら静かに口を開いた。

「私としては、正直に話してきたつもりだ。それは、検察庁の置かれている状況を理解してほしいからに他ならない。いま検察は組織の危機に直面している。このまま放っておけば、検察官総数はあと数年もしないうちに一千人を切ってしまう。一方、われわれの手にはそれを抜本的に解決できる再建案がある。この再建案は何としても実現させなければならない。いま、きみに西垣の改革案などを持ってうろうろされると困る」

「殺人を見逃せということでしょうか」

「そんなことは言っていない。佐伯から大体の報告は受けている。きみがわれわれを疑っているのも知っている。しかし、それはまちがっているぞ。私は殺人を犯すほど公判専従論などはおそれていない。西垣の死は不幸な偶然だったのだ」

「独立採用制にとっては、きっと幸運な偶然でしょうね」

森本は岩崎の皮肉に不快な視線を投げた。

「不幸か幸運かは主観の問題にすぎない。肝心《かんじん》なことは彼の殺害にわれわれが無関係だということだ。あの時は、弁護士会の内紛が動機だと思っていたし、私は、いまでもそうあってほしいと願っている」

「いいでしょう。西垣の殺害は偶然とする。だけど、秘書官の方はけして偶然じゃ説明できませんよ。彼は西垣が殺されたあともぴんぴんしていた。ところが、改革案を見つけたとたんに殺害されてしまった。そして……」彼女はふたりの上級検察官を交互に見た。

「秘書官が改革案を見つけたことを知っていたのは、検察内部の人間だけです」

森本の精悍《せいかん》な顔にはじめて困惑の色が浮かんだ。彼はちらっと龍岡を見た。龍岡は黙ったままだ。

「……秘書官の件は、正直なところ、私には分からない」

岩崎は目をそむけ、視線を机の上に落とした。みがき抜かれたデスクの表面にはぼんやりと自分の影が映っていた。

「では、もうお話しすることはないと思います」彼女は椅子から腰を浮かせた。

「待ちたまえ」森本が手で制した。

「すでに事態は動き始めているんだ。いまさら止められないぞ。われわれは日弁連にも踏み込んでしまったし、再建案も上程されようとしている。こっちは引き返すことができないところまで来ているんだ。きみが妨害すれば、この動き全体がつぶれてしまう」

「この事件ではふたりも殺されているのですよ」

「それを解決すれば、きみは満足なのか！」彼はたたきつけるように言った。

「くだらない正義感を満足させるために西垣の改革案やそれにまとわりつく事件の内容を公表したらどうなると思っているんだ。再建案が頓挫《とんざ》するのはもちろん検察庁は潰滅的《かいめつてき》な打撃を受ける。潰滅的な打撃だ！　いったい、そのことが分かっているのか。何もきみに刑事司法全般に及ぼす影響を考えろとはいわない。その代わり、その頭でも理解できる同僚や部下のことを少しは考えてみるんだ。上司、同僚、事務官、誰だっていい、検察庁に勤めるひとりひとりの職員が、きみの自己満足のために深い傷を負う。それも、全員が検察の職責に忠誠を誓っている人間だ。彼らが犠牲になっていいはずはあるまい」

岩崎は固い表情で高検司法部の責任者がまくしたてるいびつな論理を聞いていた。

彼が自分の言葉に微塵《みじん》も疑いを抱いていないことは明白で、それが岩崎にはショックだった。彼女はこうしてすわっていることに苦痛を感じはじめた。彼女にも言いたいことはいっぱいある。しかし、目の前で説得を続けている男に何を言っても無駄だろう。森本は自分のゆがんだ価値観と異なる考えは一切受けつけないのだ。

「部長はまちがっていると思います」岩崎は穏やかな声で言うと、椅子を後ろに押して立ち上がった。会談は決裂だ。偶然、わきに座っている龍岡と目が合った。彼は憎悪に燃えた視線で岩崎をにらみつけていた。

岩崎は森本に一礼をすると、ドアの方に向かった。出口は部屋に入って来たときよりもずっと遠くに見えて、あそこまで行き着けるかどうかも疑問に思えた。

森本はブラインドを開けた窓からじっと暗闇を見つめていた。

「彼女を止めることはできない」彼は部屋に背中を向けたままでつぶやいた。部下の龍岡は黙っていた。

司法部長はふり返ると龍岡に視線を注いだ。光沢のある赤いネクタイに照明の光が反射している。司法部の優秀な副官は椅子にもたれかかり、ぴかぴかに輝いている額へ手を当て何ごとか考え込んでいた。

森本は上質のマホガニー材から削《けず》りだされたデスクの縁に腰をのせ、次長検事を見下ろした。この男は、いつも同じ色のネクタイをしている。副官の首にまかれているのは、真っ赤な鮮血の色だ。

「きみに聞きたいことがある」彼は部下に声をかけた。

龍岡は椅子の中から上司の顔を仰《あお》いだ。森本の表情はこれまでに見たことがないほど冷ややかなものだった。

「いったい、西垣と彼の秘書官を殺したのは誰なんだね」司法部長は低い声で訊ねた。

7

フロントガラスを通してこぢんまりとしたマンションの明かりが近づいてきた。伊藤はブレーキ・ペダルの踏み具合を加減して、マンションの階段のところでぴたりと車を停車させた。

「つきましたよ」彼は助手席をふり向いた。

「……ありがとう」岩崎はドアを開け、歩道に長い脚《あし》を出した。外に出ようとしたところで、彼女は動きをとめた。

「コーヒーぐらいはいれてあげるけど」彼女は伊藤に顔を向けた。

「そうですねえ」彼は躊躇した。

「そのあと、また車に乗り込んで運転するというのも億却《おっくう》だし」

「じゃあ、まっすぐ帰りなさい」

「まっすぐですか?」

「ごめんなさいね。今日はわたしもいろいろ考えることがあるから」岩崎は伊藤の手を軽くにぎって、車の外に降りた。

走り去る車を見送ったあと、マンションの階段を昇った。いつもなら三階まで一気に昇ってしまうが、東京高検での出来事が彼女の足取りを重くしていた。

キーを差し込んでドアを開けると、岩崎は室内に入った。一瞬、伊藤の角張った顔が浮かび、そのまま内鍵はかけず、壁のスイッチを押した。

部屋が明るくなり、その瞬間、岩崎は息を呑《の》んだ。目の前に男が立ちふさがっている。彼女は叫ぶ間もなく、みぞおちに強い衝撃を感じた。

岩崎はマンションのせまい入口ちかくに倒れ込んだ。腹部を殴られて息がつまり、反射的に身体をふたつに折った。男は彼女の口を手でふさぎながら、ぐいぐいダイニング・キッチンへ引きずって行った。身体に加わる衝撃の度に胃のあたりから激痛が走って、声を上げることもできない。男はダイニング・キッチンの中央に岩崎の身体を転がし、やわらかいビニールの紐《ひも》を取りだして手際よく両手を背中で縛《しば》り上げた。

岩崎は両手の自由を奪われ、腹部から全身に広がる痛みに身体が震えた。顔を床に押しつけられた彼女の目には動きまわる男の二本の足しか見えなかった。そのあと細い顎《あご》を手で強くつかまれ、口の中に何かが押し入ってきた。弾力のあるものが口腔《こうこう》いっぱいに広がり、あらゆる発声を封じた。無機質なゴムの感触が舌先を押さえつけている。ゴムのボールだ！　その意味に気づいて、岩崎の背筋を冷たい恐怖が走りぬけた。

男は彼女の上半身を起こすと、正面にまわって、いきなり頬《ほお》を殴りつけた。岩崎の身体は横ざまに倒れた。男は再び彼女の身体を引き起こすと、耳もとに顔を近づけた。

「いまのは警告だ。でかい声を上げると殺す。分かったらうなずけ」

岩崎は目を見開き、二、三回、うなずいた。口の中が切れて、血の金属的な味が舌先を刺激した。男は口の中に指を突っ込むとこぶし大のボールを取り出した。床に転げ落ちた灰色のボールは唾液《だえき》と血で赤く光っていた。

そこで、男の動きが止まった。彼はすばやく岩崎の口を押さえ、ドアの方に目をやった。外に靴音《くつおと》が聞こえている。張りつめた緊張の中で、岩崎の目もドアに釘《くぎ》づけになった。彼女はドアの内鍵が閉められているのを見てひどく失望した。自分が痛みにのたうちまわっている間に男が施錠《せじょう》したのだ。たしかに、この男はプロにちがいない。

インターホンが鳴って、激しくうっている岩崎の鼓動数は更《さら》に跳ね上がった。

「よけいなことを言うな。追い返せ」男は彼女の首に両手を回してほんの少し圧迫した。

「検事、やっぱり、コーヒーだけつき合わせてください」伊藤の間のびした声が聞こえてきた。いつもなら煩《わずら》わしく感じるときもあるが、いまの彼女にはとても大切な声だ。しかし、叫ぶことはできない。そんなことをしたら、たちどころに男の指が頸動《けいどう》脈《みゃく》に食い込むだろう。

男はせかすように首にまわした手に力をこめた。岩崎は浅く息を吸って、ドアに向かって声を掛けた。

「伊藤くん、今日はだめ。よく聞いてね。L166は明日検討しましょう。分かった？」

ドアの反対側で戸惑ったような沈黙がつづいた。

「分かった？」彼女は念を押した。

「ええ、分かりました。じゃあ、おやすみなさい」

どたどたした靴音は遠ざかり、階段を降りる音がして、しばらくすると車のエンジンが回った。

「おい、さっきのは何だ。Lのなんとかっていうのは」

「わたしたちが担当している事件よ」彼女ははじめて男の顔をまじまじと見た。生白い顔、顎から頬にかけては濃い髭剃《ひげそ》りあとがあり、髪の毛は耳のところでまっすぐに切られている。つり上がり気味の目が岩崎を見下ろしていた。男の年齢は三十歳にも四十歳にも見えた。

「西垣の事件以外にもやっているのか」男は訊ねたが、別に答えは期待していないようだった。

「ごく簡単な質問がある。質問はふたつだ」彼は岩崎の顔にくっつけるようにして指を二本立てた。

「ひとつ、北沢から送られた改革案のコピーはどこにある？」

「あなた、森本から命令されたのね」

これを聞いて、一瞬、生白い顔に不思議そうな表情が浮かんだ。そのあと男はくすくす笑った。

「……ちがうの？」岩崎は混乱した。森本でなければ、一体、誰が黒幕なのか。彼女は高検の部長室で彼女に向けられた憎悪の視線を思い出した。あの禿げ上がった額の男、森本の副官……。

「次長の龍岡！　彼が命令したのね」

「ここは検察庁でもなければ、あんたは質問する立場にもない」男はふくみ笑いをしながら、顔をちかづけた。

「改革案のコピーだ。どこにある」

「地検のわたしのオフィス」

「オフィスのどこだ？」

「引き出しのなか。フロッピー・ディスクが入っている」

「プリント・アウトしてあるのか？」

彼女は首をふった。もちろん、実際は印刷して、ロッカーの中に入っていた。

「ふたつ目の質問だ。あんたが改革案のことをしゃべった人間は誰だ？」

岩崎は口を結んだ。男の顔を見ながら、彼女はぞっとする事実に気がついていた。

この男は顔を隠そうともしていない。吐《は》く息がかかるほど蒼白《あおじろ》い顔をちかづけ、醜悪な形相《ぎょうそう》を堂々と見せつけている。そんなことをする理由はひとつしかない。男は彼女を殺すつもりなのだ。全身の血が逆流し、耳の奥ではげしい唸《うな》りを上げていた。

「答えは！」男は手で岩崎の両頬をつかみ上げると乱暴に揺すった。

「みんな知っている」彼女はでまかせを口走った。

「同僚の検事、事務官、それに県警本部の刑事もね。あなただって、そんなに殺すことはできないでしょう」

男は手を離すと、疑わしい目つきで反抗的な眼差《まなざ》しを向けている女性検察官を見た。

「でたらめを言うなよ」

「だったら、確かめてみたら」

生白い顔がにやりと笑った。

「確かめることなら、あんたの身体で十分だ」

男は岩崎の髪をつかんで顔を上に向け、再び、血のこびりついたボールを口の中に押し込んだ。そのまま彼女の前にしゃがみこみ、低い声で話しかけた。

「これは個人的な質問なんだが、あんた、なぜ自分は安全だと思ったんだ」

男は髪の毛を突き放し、岩崎は顔を強く床に打ちつけた。

彼女は床に倒れた姿勢で少しずつ後退した。一メートルも下がらないうちに狭いマンションの壁にぶつかって行き場を失った。タイトなスカートがめくれ上がり、ストッキングと下着が男の目に触れた。彼女は身体をよじるようにしてスカートの裾《すそ》を戻そうと懸命に努力をした。

「犯されることでも考えているのか。そんなことはド素人のやることだ」男はにやにや笑ってちかづいてきた。

蒼白い表情の中で、つり上がり気味の目が興奮で濡れたように光っている。

「西垣のときはたっぷり時間があった。北沢のときは少ししかなかった。あんたの場合はたっぷりとある」

岩崎は絶望の中で思った。もし、サディストの目つきがあるとすれば、まちがいなく彼女の前にいるこの男の目がそうだ。

「ふたつ目の質問に対する答えを用意しておけ」男は彼女の背後にまわり、左手の小指をつかんだ。岩崎は自分の小指が関節と逆方向に力を加えられていくのを感じた。骨の折れる激痛で頭がまっ白になる直前、彼女の脳裏には写真で見た西垣の死体の惨《さん》状《じょう》が浮かんだ。

岩崎は痛みに喘《あえ》いでいた。しかし、彼女の悲鳴は口に詰《つ》まったボールで細々とした叫びにしかならない。岩崎には時間の経過も分からなくなっていた。男はゆっくりとゴム状のボールを取り出した。

「改革案を知っているやつは誰だ？」

「……みんな知っている」彼女は血といっしょに言葉を吐き出した。

「いいだろう。タフな方がこっちも楽しめる。左手だけで指はあと四本も残っている」

「やめて」彼女は懇願した。骨折した小指の痛みは左手の全体を被《おお》っていた。それに、お腹も刺すように痛む。

「いまさら、無駄だよ」男は血の固まりとなったボールを手に取って、岩崎の唇に押しつけた。

「どっちにしろ、あんたはここで死ぬんだ」彼は平然と言った。

突然、大音響が上がって、マンションのドアが内側にたたき開けられた。男はその場に凍りつき、岩崎は伊藤の救援がやっと到着したことを知った。部屋の中に、バールをにぎった制服警官を先頭に七、八人の男が突進してきた。岩崎のかすれていく目には彼らの姿がスローモーション映像のように映っていた。

伊藤は倒れている女性検事に駆け寄って、彼女を抱き起こした。

「よかった、間に合って」

彼のうれしそうな声が頭上で聞こえた。

ちっとも間に合っていない、わたしは指を折られてしまった。岩崎は文句を言おうとしたが、目に涙があふれ、言葉にならなかった。

「ぼくには検事のメッセージは何でも分かるんですよ」伊藤は優しくロープをほどきながら言った。

「L166が監禁罪だってこともね」

エピローグ　証言

低い雲が空に立ち込めていた。岩崎は横浜地方裁判所新館の裏口の階段を上っていった。正面玄関にはマスコミや傍聴人がつめかけて大変な騒ぎになっている。しかし、通行規制が敷かれているため、裏口は関係者しか立ち入れなかった。彼女は鉄製の錆《さ》びたノブに手をかけた。

「よう、しばらくぶりじゃないか」階段の下から声がかかった。

岩崎にはふり返る前に声の主が分かった。

「久しぶりね」彼女は階段の下に立っている県警の刑事の方を向いた。

「わざわざ来てくれたの？」

「別に、検事さんの証言を見守るためにわざわざ来たわけじゃないがね。事件の結末を見届けるためにな」

岩崎は思わず微笑《ほほえ》んだ。この刑事の態度は少しも変わっていない。

「しっかり、見届けてね」

「ああ」郡司は仏頂面《ぶっちょうづら》でうなずいた。

県警の刑事はズボンのポケットに両手を突っ込むとその場を離れかけた。彼は、そこで思い出したように、再び岩崎を見上げた。

「検事さん」郡司はポケットから出した右手をにぎりしめると骨太の親指を突き立て、一直線に首を切るまねをした。

「くそったれどもを地獄に送ってやれ」そう言って、刑事はにやりと笑った。

四月の午後にしてはめずらしく寒い一日だった。横浜地方裁判所の第七〇一号法廷は、広い廷内の温度が傍聴人の熱気で高くなるほど人々がつめかけていた。昨年の裁判所規定の改定にともない法廷内への持ち込みが許可されたテレビカメラは、先ほどから弁護側と検察側のやりとりを中継している。内閣法制局審議委員を含むふたりに対する殺人罪と一件の殺人未遂《みすい》、更《さら》に公文書毀棄罪《ききざい》など十件近い公訴《こうそ》事実でふたりの被告人が起訴されていた。起訴されたふたりのうち、ひとりは元検察官、しかも、事件当時は東京高等検察庁の幹部検察官であり、この事件は被害者と犯人の多くが法曹関係者という異常な状況の中で審理がすすんでいた。

元検察官龍岡豪紀の弁護側は全面的に争うかまえを見せていた。若手の弁護人は伝聞証拠の排除という原則をもちだし、共同被告人が黙秘権を行使しており、反対尋問は不可能になっていると主張して、検察側提出の証拠を葬り去ろうと強力な論陣を張っていた。しかし、裁判は検察側の圧倒的な優位のうちに公判が重ねられている。被告人の間では内紛が表面化して、今日の第四回公判の終了後にも双方の被告人から審理の分離が請求されるとの情報が流れていた。

壇上の裁判長は弁護側の何度目かの異議申立《いぎもうしたて》を却下《きやつか》すると検察官席の方に目を向けた。

「検察側の証人の準備は出来ていますか」

「はい、裁判長」横浜地検の公判検事が立ち上がった。

「事件枝番3の岩崎紀美子に対する殺人未遂について被害者本人を証人として申請します」

テレビカメラの砲列が一斉《いつせい》に証人席に向けられた。報道陣の後方では、傍聴人が証人席を少しでもよく見ようと身を乗り出すようにした。

紺《こん》のジャケットと同系色の細身のスカートを着た岩崎は証人控え席から立ち上がり、額にかかる前髪をかきあげた。彼女は法廷を横切って、傍聴席を埋めつくしている人々を背後にして証人席に立った。傍聴席の後列には、三月まで彼女の事務官を務めた伊藤と相変わらずよれよれのスーツを着た県警の刑事がならんですわっているはずだ。彼女は被告人席を完全に無視していた。

裁判長の簡単な人定質問のあと、先月まで岩崎の同僚だった検察官が主尋問をするために立ち上がった。公判検事はオールバックにした髪をなでつけながら、証人席にちかづいた。

「証人はいまどちらに勤務していますか」彼は型通りの質問をした。

「浦和地方検察庁にいます」岩崎は正面の裁判官に顔を向けたままで答えた。

「今年の二月には？」

「横浜地検にいました」

公判検事はうなずくと、いきなり事件の核心に入った。

「二月二十六日にあなたのマンションで何がありました？」

「その日、夜九時すぎ、わたしは部屋に潜《ひそ》んでいた暴漢に襲撃されました」

「あなたを襲撃した犯人は何人ですか」

「ひとりです」

「襲撃されたときの部屋の状況とか犯人の様子を簡単に聞かせて下さい」

「そのとき、部屋には明かりがついていましたし、犯人も覆面《ふくめん》などは被《かぶ》っていませんでした」

公判検事は黙っていることで岩崎に先をつづけるようにうながした。彼女はちらっと公判検事を見て、そのあと明確に答えた。

「わたしは襲撃者を目撃しています」

同時に、テレビカメラのレンズが岩崎の端正《たんせい》な横顔をアップで写しだした。

「最初にそのことを聞きますが」公判検事は被告人席に視線を投げつけて言った。

「証人を襲撃した人間はこの法廷の中にいますか」

岩崎は被告人席を向いた。衛吏にわきを固められてふたりの男がならんですわっている。すっかり顔色の悪くなった元高検検察官は彼女の冷たい視線を浴びると禿げ上がった額を伏せた。岩崎は右側にすわっている蒼白《あおじろ》い顔の男を止面から見た。つり上がり気味の目が無表情に見つめ返していた。

「います」岩崎は答えると、蒼白い顔の男を指さした。くそったれどもを地獄に送ってやれ、頭の中を郡司の言葉がよぎった。

「わたしの位置からは右側にすわっている男がそうです」彼女は裁判所書記官が記録に書きとめられるように位置関係を特定した。

「彼がそのときの襲撃犯です」

岩崎の目に弁護士たちが低い声で相談を始める姿が映った。

公判検事は何気ない口調で質問をつづけた。

「あの男は西垣文雄と北沢祐介も殺害していますね？」

岩崎が答える前に、弁護人席から猛烈な異議の声が上がった。

「異議！」三人の弁護士は血相を変えて叫んだ。

「完全な誘導尋問です。検察官に質問を撤回させてください」彼らは壇上の裁判官に向かって腕を振りかざした。

公判検事は弁護人に負けないように声を張り上げ、異議を却下するように訴えた。たちまち法廷は修羅場《しゅらば》となり、双方が裁判官席に詰《つ》め寄った。

緊張しながらも、岩崎は証人席で苦笑した。弁護人と検察官が裁判官の頭ごしに悪罵《あくば》の応酬《おうしゅう》をかわしている様子が目に映った。刑事裁判のいつもの光景だ。彼らは法廷で激論をたたかわせ、外ではお互いに認め合っている。検察官の独立採用制は法制審議会の場に提出されることなく、法曹一体はかろうじて維持された。しかし、今回の事件では弁護士会、検察庁のいずれもが深い痛手を被った。それでも、内部に沈殿した膿《うみ》が摘出《てきしゅつ》されただけ、よかったのかも知れない。

宮島信義はあれ以来ずっと入院したままで、おそらく実際に肝硬変《かんこうへん》が悪化したのだろう。彼を裏切った中丸俊彦は日弁連の会長に立候補する代わりに、配下の駒澤啓介といっしょに懲戒《ちょうかい》にかけられた。留学中の五島裕司もカナダから呼び戻されている。涙ながらの弁明にもかかわらず、綱紀委員会は若い弁護士に対して懲戒相当の決議を下した。

検察庁も激変している。検察至上主義グループの責任者は森本幸雄だったが、本当の狂信主義者は別にいた。龍岡豪紀が異常なほど権力に執着する人間であることは、この法廷でも暴露されていた。彼は、五年前に自分が担当した収賄《しゅうわい》の事件で、参考人として取り調べたサディストを使って次々と殺人を犯していたのだ。日弁連の捜索差《さし》押《おさえ》を強行したのも、実際には龍岡の判断だった。最悪の場合は上司の森本を殺害し、彼にすべての責任を押しつけようと考えていたのかも知れない。狂信者はこの法廷で裁かれ、森本も検察庁を去った。検察至上主義のグループはばらばらになり、いまでも庁内に残っていた。森本がひとりで責任を取ってグループを守ったからだ。あの佐伯敬一でさえ、まだ検察庁にしがみついている。もっとも、猫背の男は、四月の異動で北の国境線近くまで飛ばされてしまった。

そして、検事総長……。岩崎が今度の事件で心に痛みを感じるのは検察の最高責任者に辞表を書かせてしまったことだ。辞表は、本来、同じ検察官を告発した彼女が書くべきもので、実際、岩崎は検事正あてに辞表を提出した。その三日後、検事総長から直接、電話があった。彼は岩崎をねぎらい、怪我《けが》の様子を聞いて、そのあと辞表を撤回するように命じた。これからの検察にはきみのような人間が必要なのだ……。検事総長のおだやかな声が彼女に退職の決意をにぶらせた。彼女は二年前の春、彼の面前で、検察の職責と正義の実現に誓約し、新任検事の第一歩を踏み出したのだ。そのときの鮮烈な記憶がよみがえり、岩崎は辞表を撤回した。しかし、彼女が辞職を思い止まってから一週間後、龍岡の起訴が正式に決まった時点で検察の最高責任者は辞職した。

検察庁の定員割れもつづいている。しかし、たったひとつだけ意外なことがあった。新しい司法修習生の中で検事希望者が数を増やしているのだ。検察の危機にすすんで身を投じようとする正義感か、過剰気味の弁護士になっても高収入の見込みがないという打算の産物か、検察の人事担当者も気まぐれな修習生の志望に戸惑いを見せていた。ただ、今回の法曹界を揺るがす事件の余波の中で、これが唯一の明るいニュースだった……。

法廷の騒ぎは収まり、公判検事は憮然《ぶぜん》とした面持《おもも》ちで証人席ちかくに戻ってきた。三人の弁護士はささやかな勝利の表情を浮かべて自分たちの席についた。

彼女は身じろぎをし、無意識のうちに左手の小指をさわった。あの日以来、小指をさわることが癖《くせ》になっていた。左手の小指はわずかに外側に曲がって、これは生涯、治りそうにもなかった。

法廷内は静かな緊張に包まれていた。背後からは何台ものテレビカメラの磁気テープのまわる音が低く響いてくる。岩崎は証言をつづけるために、わきに立っている公判検事の方を向いた。

解説

西上心太

中嶋博行が本書『検察捜査』で第四十回江戸川乱歩賞を受賞したのは一九九四年、いまから二十一年前のことである。このたび本書の続編である『新検察捜査』（二〇一三年）が文庫化されることをふまえ、活字を大きくするなど装いを新たに刊行されることになった次第である。

ひとくちに二十一年というが、当時生まれた子どもが成人に達しているわけで、時の流れを思えば感慨深いものがある。この機会に久しぶりに読み返したのだが、内容がまったく古びていないことに驚いてしまった。

当時を少し振り返ってみると、八〇年代末から九〇年代初めにかけて、翻訳ミステリーではリーガル・サスペンスあるいはリーガル・スリラーと呼ばれる法曹界を舞台にしたミステリーが大流行していた。その先鞭《せんべん》をつけたのがスコット・トゥローの『推定無罪』だろう。いまも続いている週刊文春の「傑作ミステリー・ベスト10」の一九八八年海外部門で一位を占めている作品で、法廷ミステリーというジャンルだけにとどまらない、重厚な心理小説としても高く評価された作品である。その後、スピーディな法曹エンターテインメントに徹したジョン・グリシャムやスティーヴ・マルティニの諸作品も次々と紹介され、先のトゥローとともに、何度も各誌ベストテン企画の上位を占めたものだ。

また同じころ、異常殺人者や大量殺人者を扱ったサイコ・サスペンス（スリラー）も食傷気味になるほど出版されていたことも記憶にとどめておきたい。このジャンルを代表する作品といえば映画化もされ、だいぶ時を経て発表された続編も話題になったトマス・ハリスの『羊たちの沈黙』であろう。

そして女性を主人公にしたフェミニズム・ミステリーも流行していた。女性作家による女性主人公の物語を女性が好んで読み、海外作品の場合は女性翻訳家が翻訳する。そのため3Fとか4F小説という妙な略号で呼ばれてもてはやされた。特にハードボイルドの分野ではサラ・パレツキーのシカゴの女性私立探偵ヴィク・ウォーショースキー・シリーズ、スー・グラフトンのカリフォルニアの架空都市サンタ・テレサに事務所を構える女性私立探偵キンジー・ミルホーン・シリーズは、長年にわたり根強い人気を誇ったものだ。

関口苑生は『江戸川乱歩賞と日本のミステリー』（マガジンハウス）の中で「この三大潮流のジャンルは海外作品からの影響が大であったが、わけの分からぬ、どうにもしようがなくなった現代社会の病理を描写するには絶好のテーマであったこともあり、日本でも一躍主流のものとなっていく」と当時の様相を端的に総括し、本書について「リーガル・サスペンスの形をとりながら、その実態はまさにこの三大潮流を融合させた、ハイブリット《ママ》・ミステリーの先駆たる作品であった」と述べている。

さてその「三大潮流」が融合した本書はどんな物語なのか。

弁護士の西垣文雄《にしがきふみお》が神奈川県の自宅で殺害された。手足や指の骨が折られるなど、遺体には凄惨《せいさん》な拷問《ごうもん》の跡が残されていた。西垣は法制審議会委員を務める東京弁護士会所属の重鎮で、次期の日本弁護士連合会（日弁連）会長への出馬も噂《うわさ》されていた。横浜地方検察庁の検事・岩崎紀美子《いわさききみこ》は上司の佐伯主席検事の命を受け、捜査に当たることになった。強い恨みによる犯行と見立てた岩崎は、西垣が扱った案件を調べていくうちに、自分の顧客から訴えを起こされていた事実をつかんだ。西垣のミスにより企業買収（M&A）に失敗した買収側企業の代表者が自殺していたのだ。そのため遺族から損害賠償の裁判と、弁護士会へ懲戒申立《もうしたて》を出されていたのだった。

だがこの裁判と懲戒申立の裏には、日弁連会長選をめぐるきな臭《くさ》い陰謀が隠されていた。一方、東京高等検察庁司法部長の森本幸雄《もりもとゆきお》は、大物弁護士の死と弁護士会の内紛を好機ととらえ、強引な手段で検察至上主義を実現させるための第一歩を踏み出そうとしていた。

作者が本書を書こうとした動機は、受賞の言葉に現れている。

「彼ら（筆者注・検察官）はいつも完璧《かんぺき》な証拠を提出してくる。どんなにささいな事件であってもけして手を抜くことはない。刑事法廷で出会う検察官の真摯《しんし》な姿勢には、手ごわさと同時に同じ法曹として畏敬の念さえも感じる」。だが検察官不足が抜本的に解消されないため、精密刑事司法の担い手である検察官がオーバーワークで苦しみ、圧倒的な強さを持ちながら脆弱性《ぜいじゃくせい》をはらんでおり、そのような検察が抱える現実的な問題や、法曹全体に潜む危機を描きたいというのである。

最低でも千二百人の検事が必要なところ、千百人を切ってしまう事態が目前であるということが本書の中でも語られている。日弁連の弁護士白書2014年版によれば、実際に一九九〇年代前半は検事数は千二百人を切っており、毎年千百七十〜千百九十人という状態が続いていたことがわかる。

裁判官、検察官、弁護士になるのには司法試験に合格しなければならない。この試験が難関で、九〇年頃までは毎年五百人程度しか合格しなかった。それから漸増して七百人から千人へと増えていく。そして様相が大きく変わるのが二〇〇六年である。法曹人口の増加を図るため司法試験改革が行われ、新しい司法試験が始まったからだ。

これにより合格者は毎年二千人を超えるようになり、それにともない検事数は千八百人台まで増えている。裁判官数も同様に九一年のおよそ二千人から三千人弱と増えている。この二者に対して比較にならないほど増えたのが弁護士数で、九一年の一万四千人から二〇一四年は三万五千人にまで増加しているのだ。月数万円という弁護士会への会費も払えないという悲惨な話も漏《も》れ聞くほど、弁護士は過当競争の時代に入ってしまったようだ。

法曹界は裁判官、検事、弁護士の三者が対等であるべきなのだが、やはり「官」は強くなにかと「民」を見下しがちだ。ことに戦前までの検察は絶対的な権力を握っていたという。本書の事件の背後から浮かび上がってくるのが、その時代に回帰して法曹界を支配しようとする検察至上主義者たちが目論《もくろ》んだ企みである。人出不足が準備不足を呼び敗訴が増えていくという悪循環。それを正すために禁断の手法を用いようと画策する者どもが蠢《うごめ》きはじめるのである。なにやら目的のためには手段を選ばない、いまの政府と似ているではないか。

それは余談としても、近年大阪地検特捜部と東京地検特捜部で冤罪《えんざい》や証拠捏造《ねつぞう》という大きな不祥事が起きた。また贈収賄が疑われる事案を不起訴にするなど与党政治家がからむと及び腰になることも含め、検察の劣化ではないかと思える出来事が続いている。受賞の言葉にある「圧倒的な強さとそこに潜む脆弱性」と「法曹界が直面する潜在的な危機」が、時を経てはっきりと現れてきたのだ。二十一年前に読んだ時点では知るよしもなかった作者の先見性には脱帽するしかない。

法曹界の構図と現実を見すえた陰謀、さらに法曹界の未来までを予測した先見性。それがリーガル・サスペンスとしての本書の読みどころである。

次はフェミニズム・ミステリーとしてのヒロインを見てみよう。岩崎紀美子、二十八歳。検事になって三年目の若手である。高検のお偉いさんのお説教にも反論するなど小生意気で負けん気が強く型破り。美人で目立つというので、上司はマスコミの注目を集めるために彼女に捜査を命じるのだ。コンビを組むのが三歳年上の検察事務官の伊藤《いとう》である。この二人は男女の関係にあるのだが、その描き方が実にさらりとしていていい。伊藤がどんな男であるか、紀美子が彼をどう思っているのか、ほとんどそれに筆を費やさないのである。また紀美子の生立ちや過去にもほとんど触れようとしない。唯一の例外が、実家の母から電話がかかってくるというワンシーンだけなのだ。最近は主人公や脇役のあれこれを詳細に描いてストーリーが停滞する作品が多いだけに、あっさりとした淡彩の筆さばきが逆に新鮮に感じる。そして二人の交わす会話と行動が、クライマックスシーンにつながる伏線となっているところも無駄がなくて感心する。本当に新人だったのかと思いたくなるくらい洗練されているのだ。

最後がサイコ・サスペンスの味付けである。この点に関しては謎解きに関わるので多くを語れないのだが、拷問を受けた凄惨な遺体が発見される冒頭は、読者を引き込む導入部として鮮やかであるし、クライマックスが冒頭と対比する形で配されている点も心憎い。「犯人」の扱い方に不満を漏らす選考委員もいたが、わたしはこのような描き方はありだと思う。読者はどのようにお考えだろうか。

江戸川乱歩賞受賞作品といえども二十年以上もロングセラーを続けることは容易ではない。しかし本書は初刊行以来、ずっと版を重ねてきた。それは面白さだけでなく、作品がはらんでいる先見性にある。残念なことに弁護士の仕事が忙しいのか本作を含めて中嶋作品はわずか六作しかない。すなわち受賞第一作である女性弁護士が陰謀に巻き込まれる『違法弁護』（九五年）をはじめ、最高裁に出向中の女性検事が判事殺害事件に挑む『司法戦争』（九八年）、当番弁護士が遭遇する事件を描いた短編集『第一級殺人弁護』（九九年）、新米弁護士が殺人事件の裁判に挑む『ホカベン　ボクたちの正義』（〇八年）、そして『新検察捜査』（一三年）である。寡作であるがいずれも本作に優るとも劣らない作品ばかりである。

そして二〇一五年十月にはいよいよ本書の続編『新検察捜査』が文庫化される。結婚、出産、離婚を経た岩崎紀美子がどんな事件に挑むのか。キャリアと年輪を重ねた紀美子の活躍を楽しみに、しばしお待ちいただきたい。

この物語はフィクションです。文中に実在する人名、役職、組織などと同一あるいは類似の呼称が登場したとしても作者の脚色がなされておりすべてフィクションです。

本作品は一九九四年九月、小社より単行本刊行され、一九九七年七月に講談社文庫で刊行されたものの新装版です。

|著者| 中嶋博行　1955年茨城県生まれ。早稲田大学法学部卒。ジョン・グリシャムの作品に影響を受けて小説執筆を始め、横浜弁護士会に所属しながら'94年『検察捜査』で第40回江戸川乱歩賞を受賞。現役弁護士ならではの法曹界のリアリティと、国家権力の影を作品に取り込むスケールの大きいエンターテインメントで人気を博す。著書に『違法弁護』『司法戦争』『第一級殺人弁護』など。『検察捜査』のヒロイン、検事岩崎紀美子の登場する『新検察捜査』が最新作。

新装版《しんそうばん》 検察捜査《けんさつそうさ》

中嶋博行《なかじまひろゆき》

2015年８月12日第１刷発行
2015年10月１日第２刷発行

発行者――鈴木　哲
発行所――株式会社　講談社
東京都文京区音羽2-12-21　〒112-8001
電話　出版（03）5395-3510
　　　販売（03）5395-5817
　　　業務（03）5395-3615

Printed in Japan

講談社文庫
定価はカバーに
表示してあります

デザイン―菊地信義
本文データ制作―講談社デジタル製作部
印刷―――豊国印刷株式会社
製本―――株式会社国宝社

ISBN978-4-06-293181-6

講談社文庫刊行の辞

二十一世紀の到来を目睫に望みながら、われわれはいま、人類史上かつて例を見ない巨大な転換期をむかえようとしている。

世界も、日本も、激動の予兆に対する期待とおののきを内に蔵して、未知の時代に歩み入ろうとしている。このときにあたり、創業の人野間清治の「ナショナル・エデュケイター」への志を現代に甦らせようと意図して、われわれはここに古今の文芸作品はいうまでもなく、ひろく人文・社会・自然の諸科学から東西の名著を網羅する、新しい綜合文庫の発刊を決意した。

激動の転換期はまた断絶の時代である。われわれは戦後二十五年間の出版文化のありかたへの深い反省をこめて、この断絶の時代にあえて人間的な持続を求めようとする。いたずらに浮薄な商業主義のあだ花を追い求めることなく、長期にわたって良書に生命をあたえようとつとめるところにしか、今後の出版文化の真の繁栄はあり得ないと信じるからである。

同時にわれわれはこの綜合文庫の刊行を通じて、人文・社会・自然の諸科学が、結局人間の学にほかならないことを立証しようと願っている。かつて知識とは、「汝自身を知る」ことにつきていた。現代社会の瑣末な情報の氾濫のなかから、力強い知識の源泉を掘り起し、技術文明のただなかに、生きた人間の姿を復活させること。それこそわれわれの切なる希求である。

われわれは権威に盲従せず、俗流に媚びることなく、渾然一体となって日本の「草の根」をかたちづくる若く新しい世代の人々に、心をこめてこの新しい綜合文庫をおくり届けたい。それは知識の泉であるとともに感受性のふるさとであり、もっとも有機的に組織され、社会に開かれた万人のための大学をめざしている。大方の支援と協力を衷心より切望してやまない。

一九七一年七月

野間省一